Vorwort

Die Idee zum Buch schleppe ich seit Jahren mit mir herum. – Ein Satz, den man oft von mir liest, ich weiß. Sehr oft.

In diesem Fall ist es eine Idee aus dem Jahr 2011.

Seit Alfred Bioleks extrem erfolgreichem *Alfredissimo!* sind sie fester und großer Bestandteil von TV-Sendern und Streaming-Diensten: unterhaltsame Koch- und Backsendungen, überall und in verschiedensten Formaten. Von mitmachen bis mitschämen – alles ist dabei.

Es ging sogar so weit, dass Tim Mälzer zwischenzeitlich das Ende der Standard-Kochshows verlangt hatte (hat er wirklich: am 22.3.2009 bei SPIEGEL Online).

Was fehlte trotz allem? Also zumindest mir?

Genau: Eine bitterbös-lustig-liebevolle Parodie auf Kochshows.

Und was ist deutscher als deutsch, obwohl die Erfindung österreichisch ist? – Das Schnitzel.

Damit war klar, dass mein Buch nur *Schnitzel Surprise* heißen kann.

Jetzt hoffe ich, dass so etwas den Leserinnen und Lesern auch gefehlt hat.

Damit es aber nicht bei schnödem Lesekonsum bleibt, habe ich noch was angefügt.

Zum einen das Küchen-Musatirical zum privaten Selbstvertonen: *Das Schnitzel des Todes*. Blättern Sie ruhig mal nach hinten. Nur zu! Der Titel? Die Eingeweihten erinnern sich womöglich an den *Tannenbaum des Todes* und wissen, was gemeint ist. Dreckig, böse und gemein.

Ich bin gespannt, wie mögliche Songs klingen, und werde mich regelmäßig auf verschiedenen Social-Media-Plattformen danach umschauen. Sie können die Lyrics auch dezent auf die Melodie rücken, wenn Reim und Länge nicht gänzlich passen.

Außerdem sind ein, zwei Rezepte für Essen und Getränke dabei, basierend auf den TV-Formaten, die in der Geschichte vorkommen. Ganz ohne geht es eben nicht.

Oh, und *die* Erweiterung für jede Eiskarte eines Cafés: die Eisklippe (des Todes, natürlich).

Somit ist das Büchlein voll mit Unterhaltung, Kulinarik und Musik!

Nur die Melodien, die müssen Sie selbst basteln.

Nun wünsche ich guten Appetit bei *Schnitzel Surprise* – und ich schwöre: Es ist mit Hingabe zubereitet. Wenn ich was anrichte, dann mit viel Liebe.

Und dass mir ja kein Lachen im Hals stecken bleibt!

Markus Heitz,
im Sommer 2023

»Wenn ein Architekt einen Fehler macht, lässt er Efeu darüber wachsen.
Wenn ein Arzt einen Fehler macht, lässt er Erde darauf schütten.
Und wenn ein Koch einen Fehler macht, gießt er ein wenig Sauce darüber und sagt, dies sei ein neues Rezept.«

Paul Bocuse,
französischer Spitzenkoch und Begründer der Nouvelle Cuisine

KAPITEL 1

Wer anderen ein Schnitzel klopft, wird selbst zum Tier

THERAPIETAGEBUCH

Ich soll das schreiben, hat meine Therapeutin gesagt. Aufschreiben. Alles.
Würde mir helfen, hat sie gesagt. Und könnte mir bei der bevorstehenden Verhandlung wegen schwerer Sachbeschädigung inneren Halt geben.
Tja.
Dann mach ich das mal.
Aber wenn ich merke, dass das alles nur Quatsch ist, lass ich es.
Die Verhandlung, das wird eh ein Spaß ... Dabei bin ich das Opfer, wirklich! Bin provoziert worden. Vom Sender und von Max.
Und richtig abgezockt! Wie sollte ich da ruhig bleiben?
Also, das war in Wahrheit nämlich so ...

Shit, das ist doch super! Sie werden verfilmt, Herr Mann! Nein, *wir* werden verfilmt!«

Thom saß Max, dem jugendlichen TV-Producer sämtlicher bisheriger Vorkommnisse, im kleinen Aufenthaltsraum von Studio 3 gegenüber.

Vorkommnisse. Anders konnte Mittvierziger Thom diese aufgezeichneten Test-Episoden quer durch die Koch- und Backsendungen nicht bezeichnen, abgesehen vielleicht von *Unfall* oder *Shit Show.* Wenigstens hatte es Unterhaltungswert und ihm ein Einkommen beschert, das seine Schulden reduzierte. Wenn auch nicht tilgte.

Und *was* sie nicht alles gemacht und angedacht hatten!

The Löffelchen, Bäcker sucht Frau, Restaurantretter am Limit, German Streetfood – was Deutschland wirklich isst, SchmeckDown - Wrestling Cooking, Um Topf & Kragen, Durchfall oder Durchstart, The Masked Chefs Sing Along, Sanftes Töten: Besuch im Schlachthof, Kitchen Machinista – Küchengeräte im Test, Deadly Cooking, Die Essensflüsterer: Tier vs. Pflanze ... und vieles mehr. Den Titel *Fart Food* hatte er verweigert, obwohl es um Bohnen, Erbsen und Linsen gegangen wäre. Alles hatte Grenzen.

Wenn auch keine sehr engen. Für *Deadly Cooking* hätten sie ihn beinahe nach Japan geflogen und Fugu zubereiten lassen. Ohne Vorbereitung und Ausbildung. Um ein Haar wäre er zudem dank *SchmeckDown* beim Wrestling in den USA gelandet. Im Ring. Was für ihn als Laien ähnlich tödlich wie Fuguverzehr gewesen wäre.

Thom, charismatisch, Durchschnittsmann mit braunen Haaren im Standardkurzschnitt und gewinnendem Lächeln, kam das alles gerade sehr absurd vor.

Max nicht. Niemals.

Max war 25, frisch von der Filmakademie, überambitioniert und freakig, von der Frisur bis zu den Klamotten. Irgendwas zwischen Hipster und Schlunz. Für Thom waren alle Menschen, die sich außerhalb der Wohnung oder des Sportbereichs in Trainingskleidung bewegten, einfach nur Schlunz.

Doch Max kam beim jüngeren Publikum verdammt gut an.

Er war genau der Richtige für sämtliche überdrehten Formate, die sie bislang quotenstrategisch und erfolgreich für den Privatsender Sat7 VoxTL in die Testphase gebracht hatten. Obwohl Thom bis heute nicht wirklich verstand, wie die Millionen Views auf Social Media passiert waren. Diese Bildschirmküchenunfälle begeisterten offenkundig alle unter Zwanzigjährigen.

Thoms defizitäres *Mann'is Schnitzeleck* verkaufte hingegen kein einziges Essen mehr als vorher – dabei hatte er lediglich dafür bei dem TV-Kram überhaupt mitgemacht. Sich breitschlagen lassen wie ein Schnitzel, um seinen Laden und sich vor dem Ruin zu retten.

»Na ja, Verfilmung. Ich weiß nicht«, entgegnete Thom unsicher.

Eigentlich war er froh, dass es fast vorbei war. Gleich begann die

Aufzeichnung des Formats *Plus 1 Panade*, in dem es – o Wunder – um panierte Lebensmittel ging, um die man keine Panade erwartete. Suppe zum Beispiel. Oder Butter. Kuchen. Pasta. Und Markklößchen. Noch fünf weitere Testsendungen, danach endete sein Vertrag mit dem Sender.

»Keine Angst. Sie werden von jemand anderem gespielt. Jemand, der zwanzig Jahre jünger ist. Wir haben einen französischen Kitchenfluencer gefunden mit mehr als anderthalb Millionen Follower auf Insta. Und auf TikTok das Doppelte.« Max lächelte, als wäre Thom zu dämlich für das alles.

»Aha.« Alleine für das Wortspiel um *Kitchen* und *Influencer* hätte er Max gerne mit dem Kopf in den Pizzateig gedrückt, bis Blasen aufstiegen, die nicht von der Hefe stammten.

»Ist nix Persönliches. Nur wegen des Zielpublikums. Und Auslandslizenzen. Wir haben schon Anfragen.« Max lachte meckernd und falsch wie eine billige Spielzeugfigur, der die Batterie ausging. »Kommen Sie! Was wollen Sie mehr? Sie sind bereits international bekannt als *Desaster Chef* und *Catastrophy Cook*. Also übersetzt –«

»Desasterküchenchef und Katastrophenkoch. Is klar.« Thom nickte dabei so langsam, dass Max die stumme, unflätige Beleidigung hätte erkennen müssen.

»Ich hab hier meine erste Drehbuchversion. Sat7 VoxTL gefällt's. Ist eine Mischung aus *Stromberg*, mega Erfolg, und *Der kleine Mann*, leider quotenmäßig bissl abgekackt«, sagte Max, begeistert von sich selbst. »Nur mal das Intro. Ist das geil, oder was?« Er schob ihm die Handvoll Blätter zu. »*Das* ist größer als *jedes* Scheiß-Küchen-Koch-Sonst-was-Format! Damit versenken wir *Kitchen Impossible* beim nächsten Deutschen Fernsehpreis in der Heißluftfritteuse! Das wird der Grimme-Preis!«

Thom nahm die Blätter und las, ohne dass er Max korrigierte, denn: In einer Heißluftfritteuse konnte man nichts versenken.

BARES FÜR GARES
- Skript/Serial -

INTRO
*Close-up, schnelle Schnitte
Einkaufswagen rollt durch generischen Discounter.
Nacheinander werden eine Palette Blaubeeren, Champignonkistchen und Quarkpackungen aus dem Rabattregal wegen knappem MHD hineingeworfen. Das Datum ist der aktuelle Tag.
Danach kommen einige Flaschen günstiger Wodka rein.
– Schnitt –
*Close-up
In geschwungener Handschrift wird auf eine abgeranzte Tafel unter *Tagesempfehlung* mit quietschender Kreide Folgendes geschrieben:

Frischer, gesunder Blaubeerquark
LECKER!

– Schnitt –
*Close-up
In einer Küche werden die Champignons auf die Anrichte geschüttet. Ein paar fallen auf den Boden und werden wieder auf die Anrichte gelegt, schwarze Erdkrümel mit mehrmaligem feuchtem Pusten entfernt.
*Kamera zieht auf.
Azubi macht Wasser für das Waschen der Pilze klar.
Held kommt dazu: »Was habe ich dir gesagt?« Zeigt aufs Wasser. »Pilze niemals waschen! Sonst geht der Geschmack ab.«
Azubi: »Aber die sind …« Deutet erklärend auf die schwarzen Krümel.
Held: »Das bisschen Erde schadet keinem. Die großen Brocken machst du weg. Bau ’ne dunkle Soße, dann fällt das nicht auf.« Geht weiter.
Azubi betrachtet die Pilze – und pustet wieder auf einen Krümel, hustet dabei.

Held aus dem Off: »Und wenn du fertig bist, füll den Billigwodka in die Nobelflaschen um!«
– Schnitt –
*Close-up
Wieder die abgeranzte Tafel.
Unter

Frischer, gesunder Blaubeerquark
LECKER!

wird jetzt mit quietschender Kreide hingekritzelt:

handgepflückte Keller-Champis
an dunkler Biersoße
im Pannenkuchen
LECKER, LECKER!

– Schnitt –
*Totale
Flug durch leeren Gastraum, der aus den Achtzigern stammt. Schwenk auf zwei Typen Ende vierzig. Sie sitzen an der Theke, bestellen Bier.

Held: »Hunger, Männer? Leckere Pilzpfanne …«
Mann 1: »Lass mal. Hab schon gegessen.« Zeigt hinter sich. – Kurzer Kamerazoom durchs Fenster auf den Fastfood-Laden, der brechend voll ist – »Zwei Burger.«
Held verzieht das Gesicht »Ach, die machen doch nix frisch. Alles nur aufgetauter Mist. Mein Koch gibt sich solche Mühe, und ich war extra auf dem Markt heute Morgen!«
Mann 2: »Also gut, ich nehm eine.«
Held strahlt und schreit die Bestellung in die Küche: »Einmal Pannenpilze!«
– Schnitt –
*Close-up & schnelle Schnitte + passende Geräusche, Küche
Azubi macht den Pfannkuchen // streut noch Glutamat-Pulver in die Pilzpfanne // rührt einmal durch // klatscht alles auf den Teller

// fegt lose Petersilie von der Anrichte auf das Essen und trägt es raus. Findet im Gehen noch einen Pilz am Boden, hebt ihn auf und drapiert ihn obendrauf.
– Schnitt –
*Totale Gastraum
Azubi stellt Gericht Gast 2 hin: »Mahlzeit! Pilzpannenkuchen.«
Gast 2 schaut auf das Essen, schnuppert dran: »Riecht lecker! Wie bei meiner Omma.« Bekommt von Held Besteck gereicht, das nicht poliert ist. »Sogar mit Deko-Pilz.«
Held nimmt Edel-Wodkaflasche in die Hand: »Freut mich! Hier, der geht aufs Haus.«
Gast 2 grinst und trinkt sofort, beginnt zu essen.
Gast 1: »Sach mal, wieso machst du keine Burger? Das läuft wie dumm, und du hättest mal wieder Besucher um zwölf. Also dann, wenn man Hunger hat.«
Held: »Burger. Bin ich Ami, oder was?«
Gast 1: »Dann sag doch *Bouletten …*«
Gast 2 mit vollem Mund: »Franzose isser auch nich.«
Azubi neugierig: »Schmeckt's?«
Gast 1: »Wenn er *so* fragt, hätte ich an deiner Stelle Angst, Martin.«
Gast 2: »Nee, is lecker. Merkt man halt, dass es frisch gemacht ist.«
Held: »Sag ich doch.« Stellt ihm noch ein Glas Wodka hin.

INTRO ENDE

Thom hob den Blick. Entsetzt. »*Das* soll *ich* sein?«

»Jau. Na, ja. Irgendwie«, sagte Max. »Ein bisschen. Vielleicht. Nicht so richtig. Aber doch schon.«

»Ich bin in dem Skript null sympathisch! Und schon gar nicht … so!«

»Na und?« Max zuckte mit den schmalen Schultern. »Wir haben unser gemeinsames Scripted Reality TV hinter uns gelassen, Herr Mann. Jetzt ist die Fiction dran. Da geht *alles.*«

»Es *basiert* aber auf mir. Die Leute werden denken –«

»Ah, ah«, machte Max verneinend und hob den gereckten Zeigefinger. »*Das* ist was Eigenständiges! *Das* ist die Serie *Bares für Gares!* Steht doch oben.«

Thom zog die dunklen Brauen zusammen. »Aber Sie haben gesagt, *ich* werde verfilmt.«

»Na, nicht so richtig«, wiegelte Max ab. »Sagen wir: Sie sind meine Inspiration gewesen. Mehr nicht. Meine Küchenmuse. *Kitchen Muse.* Auch ein guter Titel, eigentlich. Besser als *Desaster Chef* und *Catastrophy Cook,* oder?«

Langsam dämmerte es Thom: Inspiration und Musen musste man nicht bezahlen. »Keine Beteiligung für mich, richtig?«

Max lächelte verkniffen. »Nö.«

»Die ganzen Kochbücher, die danach kommen?«

»Nö.«

»Merchandise, Küchenzubehör und so was? Pfannenkollektion? Mini-Sammelfiguren? Kuschelschnitzel?«

»Nö«, sagte Max zum dritten Mal nonchalant. »War die Idee des Senders«, fügte er leiser hinzu. »Die wollen halt keinen Stress, wenn es um Lizenzparteien geht.« Dann lachte er die Schuld schlecht rüber zu Sat7 VoxTL. »Ey, tut mir echt leid, dass Ihr Vertrag aufgehoben ist und die restlichen Sendungen nach unserem Panade-Format nicht stattfinden. Sehen Sie es doch positiv: Sie haben mehr Zeit für eigene PR.«

»Was?«, blökte Thom vor Überraschung. »Aber der Boss sagte vor Kurzem noch in der Kantine zu mir –«

»Oh«, machte Max peinlich berührt. »Ich dachte, Sie hätten die Kündigung schon?«

»Scheiße, nein! Weswegen? Weil ich meine eigenen Vorstellungen …?«

»Der Justiziar hat festgestellt, dass Sie gegen Vertragsvereinbarungen verstoßen haben.«

»Ich bin *doppelt* raus?« Thom fühlte, wie seine innere Fritteuse beständig hochheizte. Seine Schulden waren längst nicht gänzlich getilgt und würden es durch den Rauswurf auch so bald nicht sein.

»Bei unserem Vertrag und bei *Bares für Gares,* ja. Wir sind fertig mit Ihnen.« Max lächelte, als habe er Thom eben eine Million Euro geschenkt statt ihn unter die Schuldenguillotine geschoben. »Aber Sie haben den Fame von Social Media. Damit können Sie doch Geld auf den ganzen Plattformen machen. Kooperationen und so.« Er beugte sich vor. »Danke, Herr Mann. Wirklich, *danke!* Für die Inspiration und die vielen lustigen Stunden …«

»… bei denen ich mich zum Affen gemacht habe. Von dem Fame wird aber nix mehr übrig sein« – Thom hob das Skript in die Höhe – »wenn ich *so* dargestellt werde. *Alle* werden denken, ich wäre ein Arschloch! Und meine Schulden sind auch noch nicht abbezahlt.«

»Ach, das wird schon. Ist außerdem die Rohversion der Serie. Der Sender hat noch nicht entschieden, ob der Held im Verlauf der Serie sympathisch oder unsympathisch erscheinen soll. Kann man im Schnitt noch retten. Alte Filmweisheit.« Max nahm sich ein Schnittchen von der Catering-Platte. »Viele Arschlöcher sind berühmt. Da kommt es auf Sie auch nicht mehr an.« Er hielt im Zubeißen inne. »Äh. Das war jetzt nicht so gemeint.«

Der Lautsprecher im Aufenthaltsraum knackte. »Herr Mann, bitte ins Studio drei. Wir beginnen in fünf Minuten.«

Jetzt fühlte Thom sich nicht nur falsch dargestellt – sondern auch noch verraten und verarscht. Ausgebootet. Von Max und von Sat7 VoxTL. Weil er unbequem zu werden drohte und man ihn ersetzen wollte, wurde er weggeworfen wie eine verdorbene Zutat.

Das verlangte nach Rache. Instant. Heiß serviert.

Wie gut, dass die Folge von *Plus 1 Panade* live gesendet wurde. Auf verschiedenen Kanälen. Für Tausende Zuschauerinnen und Zuschauer. Thom würde zum Abschied beweisen, dass man *alles* panieren konnte. Die Studioeinrichtung. Max. Dessen beschissenes Skript. Jedes Utensil und Teil, das er in die Finger bekam.

Und danach würde er ins Senderbüro von Doktor Wilhelm-Jörn von Schmofler marschieren, mit einer Schubkarre voller Semmelbrösel, Mehl und Ei. Ganz sicher konnte er den betrügerischen Boss an den Haaren durch die Schlotze ziehen und auf die Sonnenbank im

Aufenthaltsraum zwei legen. Drei Kilo Butterschmalz, höchste Stufe. Bis es knusprig roch und die Schreie verstummt waren.

»O Shit, Mann!« Max kaute und betrachtete ihn nachdenklich. »Was machen Sie denn plötzlich für ein Gesicht?«

»Wie denn?«

»Erinnert mich an die Szene in *Shining*. Als der Psycho durch die eingeschlagene Tür grinst.« Max schauderte.

»Ist nur inneres Glück, das nach außen scheint.« Federnd sprang Thom auf die Beine und dehnte sich wie ein Sportler vor dem Wettkampf. »Auf zur letzten Sendung!«

»Sie sind jetzt nicht angepisst wegen *Bares für Gares?*«

»Nö«, sagte er und imitierte Max' Tonfall.

»Oder wegen des Rauswurfs?«

»Nöhö.« Nein, er war gerade nicht angepisst.

Im Gegenteil.

Seine Laune stieg. Pure grimmige Freude auf das Panademassaker. *So etwas* hatte das Internet noch nicht gesehen. Man würde danach Tapeten und Rauputzmischungen in diesem Muster herstellen, das stand fest. Und das Design nach ihm benennen. Oder *Panada Galore*. Mit dem Slogan: *Oh, wie schön ist Panada.* Oder lieber *Panademie?* Dazu als Maskottchen ein lustiger Panda mit gleichem Muster auf dem Bauch. Der Panadabär.

Der Irrsinn formte sich hinter Thoms Stirn. Er verstand Jack Torrance plötzlich sehr, sehr gut.

»Heute bekommen die Zuschauer was geboten.« Thom klatschte einmal in die Hände. »*Das* können Sie mir glauben.«

Max legte die angebissene Schnitte langsam zurück auf die Platte. »Wie meinen Sie das?«

»Erleben Sie dann. Hautnah.« Thom wandte sich zur Tür des Aufenthaltsräumchens. Er durfte nicht zu früh ausrasten, sonst würde der Sender versuchen, ihn aufzuhalten. »Bis gleich! Nicht verpassen. Ich habe eine Überraschung für Sie.« Wieder das Kichern. »Sie sind nämlich *auch* eine Inspiration, wissen Sie?« Auf dem Gang blieb er kurz stehen und riss sich zusammen. »Wie viel Semmelbrösel sind noch im Zutatenlager? Wissen Sie das zufällig?«

»Zwei Säcke voll.«

»Cornflakes auch?«

»Jaaa«, antwortete Max schleppend und langsam misstrauisch werdend.

»Eier?«

»Zehn Steigen. Aber die braucht *Promibacken* nachher.«

»Alles klar. Wird reichen.« Thom eilte los. *Promibacken. Klingt wie die Arschbacken von Prominenten,* dachte er.

Vor seinem inneren Auge sah er den Panadabär, der ihm übertrieben fröhlich zuwinkte und eine Panierstraße mit menschengroßen Schüsseln aufbaute.

Thoms irres Grinsen breitete sich aus.

Szene aus TÖKENTOOK *(Wortspiel für »Thekentalk«, Sat7 VoxTL, Format verworfen)*

Halbglatzen-Martin: »Und dann hammse Tim Mälzer gefragt, ob man denn als Fernsehkoch überhaupt kochen können muss.«
Schnurrbart-Stefan: »Was hat er gesagt?«
Halbglatzen-Martin: »Nö.«.

KAPITEL 2

Man(n) nehme …

THERAPIETAGEBUCH

Habe mir das jetzt nochmals durchgelesen.
Nein, so kann ich nicht anfangen. Das erweckt nicht den richtigen Eindruck.
Also, schon, aber … ich muss einige Episoden dieser Zusammenarbeit mit dem Sender vor Gericht aufgreifen, damit die Zusammenhänge deutlich erkennbar werden.
Womit fange ich an?
Am besten mit dem Einstieg. So wird klar, wie arg die mich bei Sat7 Vox*TL* verarscht haben und warum ich bei Plus 1 Panade so ausgerastet bin.
Panadabär.
Ich find's immer noch lustig …

Thom stand hinter der Theke und polierte keine Gläser.
Tat er nie. Sein *Schnitzeleck* war eine Kneipe, in der es leckere Schnitzel gab, und kein Restaurant. Das war der feine Unterschied. Wie Wirtshaus und Gasthaus. Er blieb Wolf Haas und seinem Roman *Knochenmann* für immer dankbar für diese Unterscheidung und den deutlichen Hinweis, wie die Prioritäten in den jeweiligen Etablissements aufgeteilt waren.

Statt Gläser zu polieren, las Thom lieber verschiedene neue Soßenrezepte auf seinem Smartphone. Er suchte im Internet nach etwas, das seine Schnitzel nach vorne brachte.

Indisch stand bei ihm gerade hoch im Kurs: Spicy Panade mit Kurkuma und feiner Currymischung, dazu ein Chutney, das jedes schnödes Preiselbeergematsche ausstach. Oder lieber einen Mango-Lassi-Espuma auf einem Extrateller?

»Noch 'n Pils?«, fragte Thom seine beiden Stammgäste ohne aufzuschauen. Er kannte den Takt, mit dem die Männer tranken, die etwas älter waren als er.

Halbglatzen-Martin, 48 Jahre, im Holzfällerhemd, der *Highway to Hell* von AC/DC nach vier Bier auf der Jukebox drückte. Und Schnurrbart-Stefan, 47 Jahre, in ärmelloser Jeansjacke, der mit *Slice me nice* von Fancy nach sechs Bier konterte. Zusammen waren sie *Da MetaldiscBro's* und fanden sich sehr lustig.

Ansonsten herrschte entspannte Leere im Gastraum, der Achtzigerjahre-Flair verströmte wie sonst kaum ein Laden der Stadt. Elvira- und Indiana-Jones-Flipper, Samantha-Fox- und KISS-Poster, Billardtisch mit grüner Bespannung und Ditschstellen von Queues, ein blinkend dudelnder Geldspielautomat, eine zerfledderte Dartscheibe und daneben ein elektrischer Dartautomat. Alles seit den Achtzigern. Originaler ging es nicht. Hier war *Stranger Things* nach wie vor »normale Dings«, wie Stefan es nannte.

Und doch kam so gut wie niemand Neues. Weder aus der Generation A bis Z noch die Snowflakes, die Boomer oder wie sie alle hießen. Thom vergaß die Bezeichnungen immer.

»Klar«, sagte Martin zum Pils.

»Immer«, stimmte Stefan zu.

»Läuft.« Thom nahm den Gästen die benutzten, leeren Gläser ab und befüllte sie neu. Sein Beitrag zum Wassersparen. »Hunger, Männer? Lecker Pilzschnitzel.«

»Lass mal. Hab schon gegessen. Bei deiner Ex.« Martin zeigte hinter sich auf den Fastfood-Laden, der brechend voll war. »Zwei Burger. Macht sie gut.«

Thom verzog das Gesicht, das für seinen Geschmack bereits zu viele Falten hatte. »Ach, Sabine kocht doch nix frisch. Alles nur aufgetauter Convenience-Mist und Fritteusenfraß. Mein Küchenazubi gibt sich solche Mühe. Und *ich* war extra auf dem Markt heute Morgen!« Er machte die Gläser über den Eichstrich voll und stellte sie auf die Deckel vor den Männern. Die Schaumkrone balancierte am

Rand, ohne überzulaufen. »Kräutersaitlinge, Steinpilze und Pfifferlinge. Und Morcheln. So eine Soße habt ihr noch nie gegessen.«

Stefan nickte und rieb sich über den grauen Schnauzer. »Also gut, ich nehm eins.«

Thom strahlte. Damit konnte seine Kreation zeigen, was sie draufhatte. »Einmal Pilzschnitzel de luxe«, rief er, sodass ihn sein Azubi Boris in der Küche hörte.

»Du und deine Angebernamen immer«, sagte Martin und gluckste.

»Du weißt doch, dass er der beste Kochlehrling vor vielen, vielen Jahren war«, begann Stefan und senkte die Stimme. »Damals. Zu einer anderen Zeit.«

»Ah, nicht wieder die alte Leier«, erwiderte Thom im Versuch, ihn aufzuhalten. »Du klingst wie der Märchenonkel aus der Hölle.«

Passend dazu tönten wuchtige Schläge aus der Küche. Das Schnitzelfleisch wurde verprügelt.

»Thomas Paul Mann schloss als Jahrgangsbester ab.«

Rums.

»Hatte sein eigenes Restaurant und war auf dem Weg zum ersten Stern.«

Rums, rums.

»Doch dann endete der steile Aufstieg von Thomas Paul Mann …«

Rums, rums, rums – »AUA!« – es schepperte – »Verdammte Scheiße, ey« – *rumsrumsrums.*

»… im *Schnitzeleck.* Wo die Gerichte *Schnitzeltod in Venedig* und *Der Frittenberg* heißen«, sprach Stefan, als kommentierte er eine Dokusendung. »So traurig.«

»Kein Salz in die Wunde, bitte.« Thom füllte die Biergläser noch einmal auf.

Er gab sich wirklich Mühe, das Beste aus seinem Namen zu machen. In der Schule hatte er mal etwas von Thomas Mann gelesen und nervig gefunden, mehr aber auch nicht. Dafür mussten dessen Romantitel jetzt für die Karte herhalten. Rache wurde heiß serviert.

Er gönnte sich außerdem den Spaß, mal *Mannis*, mal *Mann'is*, dann wieder *Manni's* oder *Manns'is* auf Werbung, die Außentafel, die

Website und bei Social Media zu schreiben. Genitivapostrophenapokalypse für jeden radikalen Grammatikalen.

Es war sein letzter verzweifelter Versuch, über einen veritablen Shitstorm etwas Aufmerksamkeit und Kundschaft zu generieren.

Aber auch darüber ärgerte sich im Netz niemand.

Gescheitert. Wie bei so vielem. Wie seine Ehe mit Sabine, die gegenüber dem *Schnitzeleck* einen Asia-Burgerladen als Systemgastronomie betrieb. *Asian & burgerZ – from A to Z,* prangte Thomas nun täglich entgegen.

Zuletzt scheiterte er auch bei der Bank, die noch 250 000 Euro von ihm zurückhaben wollte, und davor beim Finanzamt. Nochmals hunderttausend.

Plus diverse private Kredite bei Freunden und Verwandten.

Das war immer sein Problem: große und gute Pläne, miese Umsetzung im Detail, famoses Scheitern.

Du blöder, sympathischer Verlierer, hatte ihn einst ein Freund tituliert und nochmals fünftausend Euro geliehen.

»Ach, wisst ihr, mit solchen Bezeichnungen kann ich einen Euro mehr verlangen«, gab Thom zurück und schenkte eine Runde Apfelkorn aus. Den süßen, originalen, wie in den Achtzigern. Nicht den sauren Müll oder eine von den Dutzend neuen Sorten, die niemand brauchte. Kopfweh ging auch althergebracht. »Mehr Gewinn.«

»Du meinst, bei deinen *vielen* Gästen?«, fragte Stefan und drehte sich zusammen mit Martin ostentativ auf dem Hocker um.

Die Blicke der drei Männer schweiften durch die Leere, und der Spielautomat dudelte seinen elektronisch-blechernen Achtzigerjahre-Lockruf ins Nichts.

Thom seufzte. »Prost.« Er hob das Schnapsglas. »Schwupp, schluck, weg!«

»Prost«, erwiderten Stefan und Martin unisono. »Schwupp, schluck, weg!«

Klack, klack, klack landeten die Gläschen geleert und umgedreht auf der Theke.

»Ach, übrigens. Nächsten Monat sperr ich zu«, eröffnete Thom. »Privatinsolvenz.«

Todesstille. Schockstarre.

In diese öffnete sich die Tür zur Küche, und Boris trat mit dem Teller herein.

Er war sechzig, ausgebildeter Koch und wurde von allen Azubi genannt, weil ihm oft die gleichen Fehler am Herd passierten wie einem Anfänger. Feuer in der Küche, Feuer in der Abzugshaube, Feuer an Boris. Alles schon da gewesen. Die langen silbernen Haare trug er konsequent im Haarnetz, die Unterarme strotzen vor alten blassblauen Tätowierungen.

Sofort verbreitete sich der leckere Duft des Pilzschnitzels de luxe. Neben dem goldgelb gebratenen Kalbsschnitzel lagen noch zwei Saitlinge, paniert und zubereitet wie das Fleisch.

»Mahlzeit!«, sagte Boris. Sein kleiner Finger zeigte bläuliche Spuren einer Quetschung. »Pilzschnitzel.«

»De luxe«, fügte Thom hinzu.

»Plus ein Euro«, kommentierte Martin und nahm seinen Kamm aus der Hemdtasche, um die Haare rund um die Halbglatze liebevoll nach unten zu striegeln. Manierismus und Hingabe zum Resthaar.

Stefan betrachtete das Essen. »Boah, riecht lecker!« Er bekam von Thom Besteck gereicht, das konsequent nicht poliert wurde. »Sogar mit Deko-Pilz.« Schnell war ein Stück abgeschnitten, und er kostete.

Martin klaute sich einen der panierten Saitlinge, und die goldene Hülle knusperte zwischen seinen Zähnen.

»Scheiße. Du kannst unmöglich zumachen«, sagte Stefan mit vollem Mund. »Das ist geil! Wo soll ich so was herbekommen?«

»Der Pilz auch!«, steuerte Martin bei. »Wo sind die ganzen Vegetarier? Die müssten dir die Bude deswegen einrennen.«

»Wir machen was im Internet. Eine Petting-tion«, schlug Stefan essend vor.

Thom grinste. »Super Name für die Rettung eines Streichelzoos. Oder Nachtklubs.«

»Was ist falsch mit den Menschen?«, regte sich Martin auf. »Wieso essen die keine Schnitzel?«

»Die essen *schon*. Aber nicht *hier*«, sagte Boris trocken.

Martin kratzte sich am lichten Kopf. »Sach mal, wieso machst du keine Burger, wenn es doch alle wollen? Das läuft wie dumm bei deiner Ex. Und du hättest mal wieder Besucher um 12 Uhr.«

Thom setzte zu einer Antwort an, als sich die Eingangstür öffnete.

Alle wandten sich überrascht um. Das hatte es um diese Zeit seit Wochen nicht mehr gegeben.

Über die Schwelle kam ein junger schlunz-hipstiger Mittzwanziger, dahinter eine schlunzige Kamerafrau und ein Tonmännchen im Anzug, an dessen Mikroangel ein LED-Scheinwerfer befestigt war; Letztere wirkten wie Abiturienten. Auf all ihren Shirts prangte: *Sat7 Vox*TL.

»Endlich«, entwischte es Martin, und er steckte den Kamm weg. »Ich dachte schon, die kommen nie.«

Stefan rempelte ihm kichernd in die Seite.

»Moment!« Thom starrte die beiden an. »Was habt ihr …?«

»Ah, der Herr Mann.« Der junge Hipster mit der wirren Frisur kam auf den Tresen zu. Auf seinen Zügen spiegelte sich Begeisterung. »Irre! Sieht genauso aus wie in Ihrer Bewerbung. Die Achtziger are alive! Mit bisschen angeranztem Zombieflair. Ziemlich authentisch.«

»Welche Bewerbung?«

»Nicht durchdrehen jetzt, Thom«, raunte Martin. »Ich hab das für dich gemacht.«

»Also, Sie sind perfekt. Bin überzeugt. Wir ziehen das mit Ihnen durch.« Der junge Mann lehnte sich an den Tresen. »Ich bin Max. Redakteur von Sat7 VoxTL. Sie haben sich bei uns beworben. Als Kandidat für *Restaurantretter am Limit.* Wir sind hier für ein paar unverfälschte Cam-Impressionen, bevor wir alles auf Vordermann gebracht haben. Und das Vorgespräch.« Nebenbei nahm er die Kneipenkarte und überflog sie. Gleich darauf lachte er laut. »Echt? *Der Frittenberg?*« Er hielt es der Kamerafrau hin. »Frauke, film das ab. Das ist Quotengold.«

Die Linse erfasste *Die Schnitzelbrocks, Schnitzel des Hochstaplers Erich Krull, Der Wille zum Schnitzel, Schnitzel in Weimar, Der kleine Herr Schnitzel* und viele andere Namen, bei denen das Literarische Quartett schreiend Reißaus genommen hätte.

»Haben Sie mal Germanistik studiert?« Max feixte.

»Nee. Wikipedia.« Thom machte drei Apfelkorn für die Crew fertig. »Ich mach aber nicht mit. In vier Wochen ist dicht.«

»*Ich* hab Ihnen geschrieben«, gestand Martin zerknirscht. »Da hat mir der Vogel hinterm Tresen aber noch nicht gesagt gehabt, dass er *so* überschuldet ist, dass er schließen muss.«

»Aha.« Max sah Thom an. In den Augen entstand etwas Unheiliges. »Schulden, ja?«

»Jepp. Wer nix wird, wird gescheiter Wirt.« Thom hob den Apfelkorn und prostete in die Runde. »Und scheitert.«

»Isses denn viel?«

»Was geht Sie das an?«

»Sind ein paar Hunderttausend«, schaltete sich Martin ein und nahm das Essen des Saitlings wieder auf.

»Mmh. Ich glaube, ich hab eine Bombenidee.« Max zückte sein Smartphone, schnappte sich ein Glas und telefonierte, trank dabei den ausgegebenen Schnaps. »Hey, Ute. Gib mir mal den Boss.«

»Was hat er denn vor?« Stefan stibitzte das Freigetränk des Tonmännchens, das nicht schnell genug gewesen war.

Schon stand Max wieder motiviert an der Theke. »Herr Mann, ich darf Ihnen im Namen von Sat7 VoxTL einen Vorschlag machen?«, fragte er feierlich.

»Dürfen Sie. Aber interessiert mich nicht.«

»Für einen Monat Arbeit mit mir übernimmt der Sender Ihre Schulden. Bei wem auch immer Sie die haben«, eröffnete der angeschlunzte Hipster.

»Geil!« Martin schwenkte das Saitlingstück mit der Gabel. »Los, zusagen, Thom!«

»Nee. Das wird irgend so ein Z-Promis-in-der-Scheiße-Format sein«, spielte Stefan die Gegenstimme. »Wo du dich zum Deppen machen musst. Um Klopapier rangeln und so was.«

»Nein, *das* nicht.« Max lächelte. »Ich bin auch Redakteur für neue Formate bei Sat7 VoxTL. Wir haben da verschiedene Back- und Kochsendungen auf Halde, die wir gerne im Internet testen würden. Mit *Ihnen*. Was die beste Quote bringt, schieben wir ins TV. Mit Ihrem Hintergrund als Koch und fast Sterne-Küchenchef sind Sie optimal. Kompetenz in Reinform.«

»Ah, Versuchskaninchen«, übersetzte Stefan abwertend. »Doch der Depp im Netz.«

»Aber bezahlt wie ein Boss«, warf Martin ein.

»Mmh«, machte Thom.

Es klang okay. Außerdem war es verlockend. Der Sender hatte nicht einmal nachgefragt, wie hoch die Schulden genau waren. Diese beschissenen Verbindlichkeiten endlich, endlich loszuwerden kam einem Lottogewinn gleich, und danach konnte er mit dem *Schnitzeleck* so richtig durchstarten. Tierisch, vegetarisch, vegan, die ganze Palette. Marketingkonzept mit allem Pipapo. Und Pu und Pe.

»Das kriege ich schriftlich?«, hakte Thom nach.

»Mit Vertrag und allem«, bestätigte Max. »Außerdem erhalten Sie eine Beteiligung an den Aus- und Verwertungen, die ins TV gehoben werden. Übersetzt: Auslandslizenzen, Merchandise, Kochbücher mit Ihnen. Das volle Programm. On top zum Schuldenabbau.«

»Scheiße, Thom! Wehe, du machst das nicht!« Martin deutete auf die goldenkrustige Kracherpanade. »Das *Schnitzeleck* ist zu gut. Und der Fame treibt dir die Leute in die Bude. Ich mach den Merch-Stand! Du brauchst Kuschelschnitzel! Und denk an deinen Azubi. Du hast eine Verpflichtung für den Jungen.«

»Der *Junge* ist über sechzig. Der geht vor mir in Rente.« Thom sah zu Stefan und wartete auf etwas Negatives.

Aber sein Schnauzbartkumpel spießte ein Schnitzelstück auf und biss ab, dass es knusperte und knisterte.

Also schlug Thom in Max' ausgestreckte Hand ein.

So nahm das Unheil seinen Lauf.

Die 15 bekanntesten Kochsendungen im deutschen Fernsehen:

Grill den Henssler
Die Küchenschlacht
Das perfekte Dinner
Grill den Profi
The Taste
Kitchen Impossible
Gewusst wie: Rachs 5€-Küche
Böhmi brutzelt
Mein Lokal, Dein Lokal
MasterChef Deutschland
Wer kann, der kann! / Nailed it! Germany
Rosins Restaurants – Ein Sternekoch räumt auf!
Die Ernährungs-Docs
Kochen mit Martina und Moritz
Ready to beef!

TV Spielfilm, 2022

KAPITEL 3

All kitchen engines running

THERAPIETAGEBUCH

So. Damit ist mal geklärt, was mir der Sender damals eigentlich versprochen hat.
Aber dann kam raus, dass Sat7 Vox*TL* mir pro Sendung lediglich 20 000 Euro von meinen Schulden abtrug. Je nach Menge der Views und Klicks kam noch was drauf.
Fand ich trotzdem okay.
Das habe ich mitgemacht, weil der Sender ja ungesehen für alle meine Schulden hatte geradestehen wollen. Konnte ich verstehen.
Also wurde der Vertrag über zwanzig Testformate von mir unterschrieben.
Außerdem haben die ersten Shows echt Spaß gemacht. Gebe ich zu. Wie die hier ...

Wir gehen vor, wie besprochen, Herr Mann.« Max, in seinem üblichen legeren Outfit, schob Thom sanft ins ausgeleuchtete kleine Studio 3, in dem eine generische, moderne Küche aufgebaut worden war. Auf der Anrichte und den Tischen daneben stapelten sich Zutaten und verschiedenste Apparaturen. Bei manchen ließ sich nicht einmal im Ansatz erkennen, wofür man die Gerätschaften nutzen könnte. »Sie machen nichts anderes, als die Dinger nach den Angaben Ihres Hosts zu testen.«

»Alles klar.« Thom, den sie in eine Art weiße Latzhose mit zwei Dutzend Firmenlogos gesteckt hatten, fand das Konzept von *Kitchen Machinista* gar nicht verkehrt. Endlich wurde der Zubereitungsplunder, den man oft gar nicht brauchte, einer echten Prüfung unterzogen. Außerdem gab es weder Skript noch Text für ihn. Leicht verdientes Schuldenabbaugeld. »Wer ist es denn?«

»Eine Kücheninfluencerin. Hat inzwischen ein eigenes Studio, eigene Produkte und eigene Fertigbackmischungen und so was.« Max deutete auf die markierte Stelle hinter dem Küchentresen am Boden. »Dahin. Und viel Spaß.«

»Habe ich.« Thom zog seine weiße Kochjacke über und glatt, rückte die dämliche weiße Mütze auf seinem Kopf zurecht, auf die man bestanden hatte, und begab sich auf Position. Ein bisschen kam er sich vor wie der Chefkoch aus der Muppet Show, es fehlten noch ein Schnauz und der Akzent. Doch nach den ersten zwei Testformaten *Bäcker sucht Frau* und *Durchfall oder Durchstart?* war es eine Wohltat, keine Texte lernen zu müssen.

Die Alliterationsmoderationstexte der Kuppelshow hatten Thom Kopfschmerzen bereitet. »Der knusprige Klaus«, »der sesamsüße Steffen« oder »die dinkelstarke Dagmar« waren nichts gegen die »roggige Rebekka«, die gern Rock hörte und selbigen trug. Wortspieltriple aus der Hölle.

Die Großaufnahmen vom gemeinsamen Teigkneten hatten zwischen Töpfern und Sexmassagetipps rangiert, und natürlich dudelte darunter der Soundtrack von *Ghost – Nachricht von Sam*. Das gegenseitige neckische Bewerfen mit Mehl endete mit einem Sanitätseinsatz: Staublunge, verklebte Lider und eine spontane allergische Reaktion auf die Trockenhefe, die jemand aus der Requisite voreilig untergemischt hatte. Die Internetcommunity stimmte gegen *Bäcker sucht Frau*, bescheinigte dem Format aber viel Lustiges.

Durchfall oder Durchstart? wurde leider durchgehend zu Durchfall. Die Kandidatinnen und Kandidaten hatten exotisch-abgefahrene Zutaten mit deutscher Küche kreuzen sollen. Die eigens eingeflogenen Produkte, von ultrascharfen Chilis über Kotzfrucht bis bestialisch stinkendem Dosenhering und mehr, hatten jeden Magen rebellieren lassen. Durchfall folgerichtig auch bei der Abstimmung. Shit Show eben.

»Geht gleich los«, sagte die Regie über Lautsprecher ins Studio. »BakyAnn ist nochmals kurz in die Maske.«

BakyAnn. Wie kamen die Influencer und Influencerinnen nur immer auf ihre Namen?

Ein bisschen Angst hatte Thom vor *The Masked Chefs Sing Along*, bei dem er als mannsgroßes Kälbchen verkleidet einen Gast-Song singen sollte. Angeblich entweder *Chop Suey!* von System of a Down oder *Flesh for Fantasy* von Billy Idol.

Das Konzept hatte man aus *The Masked Singer* geklaut: Unter den Outfits steckten berühmte Köchinnen und Köche, die das Ganze flankieren sollten. Die Fischgrillvorrichtung sei angeblich Tim Mälzer oder Steffen Henssler, die Kasserolle mit der Butterflocke Horst Lichter, und für den Ingwertopf suchte man noch jemanden. Cornelia Poletto wollte man in den Raviolo stecken und Viktoria Fuchs in den Schwarzwälder Schinken. Das musikalische Stelldichein, der Kessel Buntes namhafter Rührerinnen und Brutzler.

Es interessierte Thom kein Stück.

Seine Moderations- und Erklärungstexte für *Sanftes Töten: Besuch im Schlachthof* hatte er bereits zu Hause liegen. Dokutainment, gesponsort von der Fleischkonsumlobby, um die Flexitarier zurück an die Wursttheke zu locken, von der sie sich beim Liebäugeln mit Kartoffeln, Nudeln und Couscous entfernt hatten.

Ob die Strategie aufging, das Töten als total friedlichen Vorgang des beschleunigten Einschlafens darzustellen, bezweifelte Thom.

»Bin da, bin da«, sagte BakyAnn und trat durch die rechte offene Seite des Sets in den Küchenaufbau. Sie war Mitte zwanzig und aufgemacht wie eine Hausfrau aus den Sechzigern, allerdings von oben bis unten tätowiert, was einen schönen optischen Bruch ergab. Thom gefiel es. »Entschuldigung«, rief sie zu allen. »Mir ist eine Naht gerissen. Musste schnell getackert werden. Kann losgehen.«

»Wo denn?« Thom sah keine kaschierte Stelle an ihrem makellosen Outfit.

BakyAnn deutete an ihre rechte Brust. »Die sind neu. Hab mich zu viel bewegt.«

»Okay, ihr Lieben«, kam es aus der Regie. »Wir fangen mit dem Toastmaster ZeroHero an. Thom, du nimmst die Geräte bitte immer, die BakyAnn dir nennt, und stellst sie vor euch. Reagiere einfach nur auf das, was sie sagt. Klar?«

»Klar«, antworteten beide.

Ein Jingle erklang, das Intro von *Kitchen Machinista* tönte aus dem Off zusammen mit der Sprecherstimme: »In der heutigen Folge: Kombigeräte – sinnlos oder sinnvoll?« Die fahrbaren drei Kameras im Studio begannen mit dem Verschiebeballett, um diverse Winkel anzubieten. Totale, Details, Close-up, Gesichter. »Wie immer mit der hinreißenden BakyAnn und Co-Host Thom the Mann. Eine Schnitzellegende.«

Die Kameras stellten ihr Schwirren ein.

»Schön, dass ihr wieder mit dabei seid«, grüßte BakyAnn in die Linse vor sich. »Heute habe ich mir einen starken *Mann* eingeladen: den Thom! Entschuldige das Wortspiel. Schön, dass du da bist.«

Er nickte in die zweite Kamera, die hohe Kochmütze rutschte auf den braunen Haaren. »Bin schon gespannt, BakyAnn.«

»Dann fangen wir doch gleich an, Thom.«

»Aber sicher, BakyAnn.«

»Schnappen wir uns den Toastmaster ZeroHero, Thom.«

»Wie gerne, BakyAnn.« Er nahm den klobigen Toaster, der mindestens vier, fünf Kilogramm wog.

»Okay, kurze Info an euch: Sagt nicht jedes Mal eure Vornamen. Das ist schlimm«, meldete sich die Regie aus dem Off.

Thom wuchtete das Gerät auf den Tresen, auf dem es rumpelnd aufsetzte. »Scheiße, wer baut denn einen Toaster, der schusssicher ist?«

BakyAnn lachte. »Nein, T...euerster. *Das* ist der *Akku.*«

Er machte ein verwundertes Gesicht.

»Der Toastmaster Zero Hero hat eine integrierte aufladbare Batterie, die es dir ermöglicht, auch bei einem Stromausfall nicht auf lecker getoastetes Brot verzichten zu müssen.« Sie deutete auf die seitlichen Anschlüsse. »Außerdem ist er eine Powerbank für dein Handy.«

»Genau. Wenn der Strom weg ist, will ich unbedingt Toast. Mit allem, was mir im Kühlschrank gerade zusammenschimmelt«, stimmte Thom in übertriebener Verkaufsmanier ein und hielt die Mütze mit einer Hand auf dem Schopf. »Und kann dabei noch jemanden anrufen!«

»Nicht nur das. Du kannst ihn aufklappen *und* als Popcornröster einsetzen.«

»Wer will das nicht bei Stromausfall?« Thom erinnerte sich, dass eine Popcornmaschine auf der Liste der unsinnigsten Küchengeräte gestanden hatte. Gleich neben der elektrischen Zitronenpresse. Und elektrischen Pfeffermühle. »Abwarten und Popcorn essen. Die Spannung ist kaum auszuhalten in der Dunkelheit.«

»Apropos Dunkelheit: Der Zero Master hat auch eine Lampe eingebaut, T...euerster.«

»Natürlich.« Thom begann damit, den Toaster zum Einsatz vorzubereiten, während er zeitgleich die Kochmütze auf dem Kopf ausbalancierte. So musste sich ein Zirkusartist bei einer Jonglage fühlen.

Er steckte eine Toastscheibe in den Schlitz und aktivierte die Röstvorrichtung. Ohne Netzanschluss.

»Aber was, wenn ich Toast *und* Popcorn haben will? Versuchen wir es einfach.« Er kippte eine Handvoll Mais in den Schlitz und arrangierte das Gerät mit einigen Handgriffen um. *Klipp, klapp, klack.* »Ein echter Transformer, BakyAnn. Der Toastimus Prime.« Dann hängte er ein von der Requisite bereitgestelltes Smartphone zum Laden an.

Es dauerte keine vier Sekunden, und die ersten brennenden Popcornstücke sprangen ploppend aus dem Schlitz, zogen schwarze Rauchbahnen hinter sich her und hopsten lustig durch die Deko.

Gerade als die Studiofeuerwehr einschreiten wollte, erhob sich die Toastscheibe in Zeitlupe aus dem schwarzgrauen Rauch, als wäre es ein Kunstwerk, das dramatisch in Szene gesetzt wurde. Die eingebaute Lampe sprang an und illuminierte die rösche Oberfläche – bis das Brotstück schlagartig in Flammen stand und fulminant auflоderte.

»Tischfeuerwerk kann er auch«, kommentierte Thom und trat zur Sicherheit einen halben Schritt zurück. Sollten die Akkus hochgehen, wollte er nicht unmittelbar danebenstehen. Das Ladekabel des angeschlossenen Handys verbuk an beiden Seiten des Gerätes schmurgelnd und machte das Smartphone unbrauchbar.

»Oje, ihr Lieben da draußen vor den Bildschirmen! Das war nichts.« BakyAnn blieb die routinierte Ruhe in Person. Sie nahm einen Kochlöffel aus der Schublade und schob den lodernden Toastmaster ZeroHero einfach über die Anrichtekante, wo er von der Feuerwehr außerhalb des Kamerawinkels aufgefangen und hastig weggebracht wurde. Die eingebaute Lampe leuchtete noch, als die Truppe den Raum verließ. »Gut, dass du *das* getestet hast, Thom. Damit haben wir den Usern zu Hause viel Gefahr erspart. Und nun den nächsten, bitte: den Miracle JNRJ.«

Er war beeindruckt von ihrer Professionalität. Erstens schockte sie das Feuer kein bisschen, zweitens brach sie bei der Typenbezeichnung nicht in schallendes Gelächter aus. JNRJ oder auch INRI waren die Initialen des lateinischen Satzes *Iesus Nazarenus Rex Iudaeorum – Jesus von Nazareth, König der Juden.*

»Natürlich.« Er identifizierte das turmhafte Gebilde aufgrund des Aufdrucks, hatte aber nicht den blassesten Schimmer, was es konnte. »Und was ist das?« Keuchend positionierte er es vor der Kamera und blies die letzten schwarzen Krümel verbrannten Toasts davon. »Macht es Manna? Oder aus Wasser Wein? Oder aus einem Hering gleich tausend?«, spielte er auf die Wunder an, die der Gottessohn laut Bibel gewirkt hatte.

»Der Miracle JNRJ kann etwas viel Besseres«, sagte BakyAnn locker. »Das JNRJ steht für *Juice Now ReJuice.* Damit kannst du den Gemüse- und Obstsaft, den du damit aus einem beliebigen Obst oder Gemüse entsaftet hast, in ein anderes injizieren. Wie wäre es mit Bananensaft in Paprika? Weißkohlsaft in Pfirsich? Oder Erdbeere in Himbeere?«

Thom starrte sie an.

Nichts an dieser Funktion erschloss sich ihm. Schon einfache Entsafter standen auf der Liste unnötiger Haushaltsgeräte.

»Auch in Trockenobst«, setzte BakyAnn nach, als habe er nach einer weiteren Erklärung verlangt. »Man hat somit das Tollste aus beiden Welten: frischen Saft in getrockneten Früchten.«

Thom musste immer noch starren. Ihm fiel zu diesem Schwachsinn nichts ein.

»Oder auch in Dekoobst«, fuhr BakyAnn fort.

»Endlich eine Wachsbanane mit Vitaminen! Preist den Miracle JNRJ«, brach es aus Thom in einem Anfall von Sarkasmus heraus, und er wackelte mit den Händen wie ein Sänger in einer Gospelkirche. Wer sollte so etwas kaufen? Erzkonservative Hardcore-Christen, die auf Saftwunder standen?

»Ja, da hast du recht! Und sie könnte nach Apfel schmecken. Oder Rotkohl«, fügte BakyAnn freudig hinzu. »Außerdem –«

»Noch mehr Wunder!« Thom schob den Miracle JNRJ einfach über den Tresen, scheppernd zerbrach er auf dem Boden. »Den testen wir erst gar nicht. Das ist mir zu dumm. Außer er setzt sich nach drei Tagen wieder zusammen. *Dann* bin ich beeindruckt.«

»Wow.« BakyAnn hob anerkennend die Augenbrauen. »Okay, Co-Host. Harte Ansage. Wie du meinst.« Sie nickte zum nächsten Großgerät. »Nachdem JNRJ von uns gegangen ist, wird es Zeit für eine weitere Weltneuheit, ihr Lieben da draußen.« Sie deutete auf einen kastenförmigen Apparat, in dem ein metallener Messbecher steckte. »Der Tempmalmix 5000.«

Thom blinzelte. »Müsste es nicht Thermo-«

»Nein, *Tempmal*mix«, grätschte die Regie-Offstimme leicht panisch dazwischen. »TEMP-MAL-mix. Fünf-tausend.«

»Der Tempmalmix 5000 ist die erste Küchenmaschine der Welt, die Lebensmittel sowohl zerkleinern und mixen als auch erhitzen und anbraten *und gefrieren* kann. Der Namensteil Temp weist auf die Freeze- und Cookfunktion hin. Mit Internetzugang und via App von überall aus steuerbar«, referierte BakyAnn. »Der Kompressor macht es möglich, dass Sie –«

»Aus jeder Soße ein leckeres Soßeneis machen können«, ergänzte Thom grinsend. »Oder Suppeneis. Warum nicht ein Brathuhneis? Mhm, boah, so lecker.«

Es senkte sich eine mehrsekündige, seltsam irritierende Stille auf das Set herab.

Thom räusperte sich. »Was testen wir denn? BakyAnn?«

»Wir machen den Härtefall: Risotto, Steakstreifen, Gemüsebeilage *und* Pfirsicheis.« BakyAnn deutete auf den Tempmalmix. »Alles auf *einmal!* Thom.«

»Auf einmal?«

»Auf einmal!« Sie zeigte auf den Kühlschrank im Hintergrund. »Legen wir los.«

Es fehlte nur noch ein: »Können wir das schaffen? Ja, wir schaffen das!« Sollte die Maschine *das* wirklich hinbekommen, würde Thom sich das Ding sofort kaufen.

Da kam ihm ein perfider Gedanke. »Warum kein paniertes Schnitzel zum Risotto? Das passt viel besser.«

Ohne auf ein Go aus der Regie oder von BakyAnn zu warten, eilte er zum Kühlschrank und sammelte zusammen, was er brauchte. Danach raffte er die Semmelbrösel und die Cornflakes aus dem Schrank.

Alles landete im Tempmalmix 5000, der von BakyAnn mit viel Erklärung programmiert wurde. Thom beschränkte sich aufs Nicken, Lächeln und Deuten, wie man es in Verkaufsshows sah. Ab und zu rückte er an der wackligen Kochmütze herum.

Das panierte Schnitzel hatte er nicht umsonst ausgesucht. Gleich würde er die beste Werbung für sein *Schnitzeleck* bekommen: das absolute Versagen dieser dämlichen Maschine. Niemand machte Schnitzel so gut wie er und sein Azubi.

Aus dem Tempmalmix 5000 konnte nur gematschtes Fleisch herauskommen. Irgendwas zwischen Chicken Nuggets und Hackepeter. Ohne Petersilie.

»Jetzt müssen wir nur noch den zweiten Stecker für den Kompressor einstecken, und es kann losgehen«, sagte BakyAnn und bereitete den nächsten Höhepunkt von *Kitchen Machinista* vor. »Wärst du so nett, Thom?«

Den zweiten Anschluss hatte er beim Wuchten des Geräts völlig übersehen – und nun staunte er über das fingerdicke Kabel, das aus dem Gehäuse hing. »Das ist ein Starkstromanschluss?« So etwas kannte er von Fritteusen und Pizzaöfen. »Welcher normale Haushalt hat einen Starkstromanschluss in der Küche, außer für Backofen und Herd?«

»Wir«, sagte BakyAnn strahlend. »Gruß an die Elektrikerinnung! Rein damit.«

Thom tat, wie ihm geheißen.

»Jetzt nimm dein Smartphone und verbinde dich über das Netz mit unserem Tempmalmix 5000. Du hast die Ehre, ihn zu starten.«

Thom folgte auch dieser Anweisung – und bekam Zugriff. Ihr Vorführmodell war ohne Passwort ausgestattet. »Dann mal los!« Mit einem Fingerwisch aktivierte er es.

Entgegen seiner Erwartung sprang das Küchengerät an.

Der Tempmalmix 5000 brummte, wummerte, macht *Tzzz* und brodelte, quirlte, summte, machte *Ssswiii,* erhitzte und wummerte wieder.

Zehn Sekunden lang.

Fertig, stand auf Thoms Smartphone-Bildschirm. *Ping!* machte das Gerät im Studio mit dem ältesten Sound einer Mikrowelle.

Thom und BakyAnn sahen sich verwundert an.

»Wenn wir gleich den Deckel öffnen«, orakelte die Kitcheninfluencerin, »sollten wir Risotto, paniertes Schnitzel, Gemüsebeilage und Pfirsicheis sehen. Richtig, Thom?«

»Richtig, BakyAnn.« Er streckte die Hand nach dem Knopf aus, der die Abdeckung in die Höhe schnellen lassen würde.

Dabei stellte er fest:

Es roch nach Risotto.

Es roch nach Gemüsebeilage.

Es roch nach Schnitzel.

Und sogar nach Pfirsich.

Thom hatte ein bisschen Angst und keine Ahnung, wie dieser Tempmalmix 5000 diese Wunder hinbekommen hatte. In zehn Sekunden. Ob er sich mit Miracle JNRJ verbündet hatte, um Rache zu nehmen?

»Das ist super. Schön langsam«, kam es aus dem Regie-Off. »Wie SlowSex. Wir machen ein Close-up. Krankamera: POV-Simulation – JETZT!«

Thom drückte den Knopf.

Klick, fump, klapp – eine Wolke aus Dampf und Kälte stob auf.

Das Kamerabild zeigte einen Brei. Mit Pfirsich, Reis, zermahlenem Schnitzelfleisch und Erbsen. Teils brodelte es, teils glühte etwas, und an anderen Stellen dampfte Eis.

Kein normaler Mensch würde das essen.

Aber es roch himmlisch. Das musste er dem Tempmalmix 5000 lassen.

»Ich habe nicht gewusst, was mich hier erwartet. Es war alles so unglaublich langweilig. Und zwischendurch immer wieder Köche, nichts als Köche. Es war schrecklich.«

Literaturkritiker Marcel Reich-Ranicki,
in seiner Wutrede bei der Verleihung des Deutschen Fernsehpreises 2008.
Er lehnte den Ehrenpreis für das Literarische Quartett *ab.*

2009 bekam der Urvater der TV-Koch-Entertainments den Ehrenpreis: Alfred Biolek.

ASIAN &
BURGERZ

KAPITEL 4

Voulez-Wu

THERAPIETAGEBUCH

Das Gericht muss unbedingt von den vielen Vertrauensbrüchen erfahren, die mir vom Sender angetan wurden.
Das Beste ist: Das hat Sat7 Vox*TL* ausgestrahlt, nachdem ich rausgeflogen bin.
Sie haben es den Usern als Zusatzcontent und »Kitchen Soapera« verkauft, dabei war das blanke Rache.

Thom stand hinterm Tresen und polierte keine Gläser. Sondern sah sich um.

Das Technikteam von »Freaky Max«, wie ihn die angeschlunzte Kamerafrau und das Anzug tragende Tonmännchen gelegentlich ansprachen, hatte ganze Arbeit im *Schnitzeleck* vollbracht. Nach ihrem Einfall in die Kneipe waren überall Live-Cams angebracht worden. Direktübertragung aus der Küche, Direktübertragung aus dem Gastraum. Eine Mischung aus *Big Brother* und Koch-Dokusoap.

Warnschilder an der Eingangstür machten potenzielle Gäste auf das Filmen sowie Streamen aufmerksam und dass weder ihre Gesichter verpixelt noch ihre Stimmen verfremdet wurden. Eintritt auf eigene Übertragungsgefahr, Abgabe sämtlicher Rechte inklusive, sobald das rote Warnlämpchen über der Tür leuchtete.

Sat7 VoxTL hatte die Ausschreibung für die nächste Kuppelshow bereits auf den Weg gebracht, die mutigsten Rückläufer waren schon da. Bald sollte im *Schnitzeleck* die erste Ausgabe *von Dates First – Ein Tisch und Zwei* laufen, dreist abgekupfert von einem anderen Privatsender und nur leicht modifiziert, um einer Klage zu entgehen.

Thom blickte auf die Uhr. Kurz vor zwölf.

Martin und Stefan hatten sich für heute entschuldigen lassen. Der Schnauzbart musste zum Arzt, das Schütterhaar zur Arbeit. Aber sie hatten versprochen, am Abend auf Schnitzel und Pils vorbeizukommen, damit der Azubi was zu tun bekam.

Somit blieb die Kneipe leer. Wie an den vielen Tagen zuvor.

Die Tür öffnete sich, und eine dunkelhaarige Frau in Thoms Alter, die er verdammt gut kannte, kam langsam herein: Sabine. Seine Ex.

»Was ist denn hier los?«, fragte sie verwundert.

»Nix.«

»Ja, eben!« Sie trug die Arbeitsuniform ihres eigenen Fastfoodladens, des *Asian & burgerZ;* eine wilde Mischung aus Burgerbutze-Imbissmontur und touristisch verklärter Asiatracht. »Ich dachte, du bist der neue Internetstar. Sollte das *Eck* nicht voller angesagter Influencer und Jugendlicher sein? Der neue Hotspot der Stadt?«

»Bisher mehr Schnitzelspott.« Thoms Herz schlug schneller. Der Anblick der Frau, die es zehn Jahre mit ihm ausgehalten hatte, machte jedes Mal etwas mit ihm. Gefühle – die einzige Sache, die man nicht panieren konnte. »Was kann ich für dich tun? Brauchst du Wechselgeld?«

»Wird gerade gefilmt?« Misstrauisch schaute Sabine zu den Kameras hoch, die unter undurchsichtigen Abdeckungen steckten, damit man als Gast nicht sah, wohin die Linse zielte. Sie rückte den Schirm der roten Basecap tiefer ins Gesicht.

»Nein. Erst am Abend.« Er hob ein wasserfleckiges Bierglas. »Drink?«

»Bier ist kein Drink. Bier ist Bier.« Sie lehnte mit einer Handbewegung ab. »Ich wollte nur sehen, wie es dir geht.«

»Na, ich werde berühmt! Wie soll es mir da gehen?«

»Stefan hat mir gesagt, dass du eigentlich Privatinsolvenz anmelden wolltest.« Sie setzte sich auf einen Hocker. »So schlimm?«

Thom deutete auf die Kameraabdeckungen. »Sonst würde ich den Scheiß nicht mitmachen, Sch–« Er biss sich auf die Lippe. »Sabine, meine ich.« Beinahe wäre ihm ihr alter Kosename rausgerutscht. Er konnte nichts dafür, dass er sie immer noch liebte. Aber sie hatte sich anders entschieden. Und er verstand es. »Das ist abgewendet«, sagte er leichthin. »Der Deal mit dem Sender hat mich gerettet. Und danach starte ich voll durch.«

»Mit Schnitzeln«, stellte sie nüchtern-fragend fest. »Und dem *Frittenberg*. Dem *Schnitzeltod in Venedig*. In einem Achtzigerjahre-Bunker.«

»Mit meinen *Schnitzelkreationen*«, verbesserte er freundlich. »Hast du dir die neue Karte angeschaut?«

»Habe ich. Sehr clever, verschiedene Fleischsorten, Tofu und Blumenkohl als Schnitzelersatz anzubieten. Eigentlich.« Nochmals schaute sich Sabine im verwaisten Laden um. »So leer ist es bei mir nicht mal fünf Minuten nach der Öffnung.« Sie wandte ihm das hübsche Gesicht zu, und die Grübchen wurden von den Sorgen glatt gezogen. »Warum Schnitzel? Das ist *so was* von out.«

»Schnitzel und out?« Thom zapfte sich ein Bier und stellte seiner Ex eine Tasse Kaffee hin, nachdem sie auf die Maschine hinter ihm gezeigt hatte. »Schnitzel ist Kult! Jeder liebt Schnitzel.«

»In Österreich.«

»Bei uns auch! Sogar die Dönerläden haben Schnitzel auf der Karte.«

Sabine schenkte ihm ein Lächeln, und die hinreißenden Grübchen kehrten zurück. »Warum machst du nichts Neues, sobald du deine Schulden vom Hals hast?«

»Du meinst, bevor ich erneut Schnitzelbruch erleide?«

»Hör bitte auf mit Schnitzelwortspielen.« Sabine nahm die Tasse Kaffee und gab Zucker hinein. »Als wir noch zusammen waren, hast du immer von was anderem geträumt.«

»Mit dir«, rutschte es ihm heraus.

»Das könntest du auch ohne mich«, sagte sie nachsichtig. »Du hast mich nie gebraucht.«

»Doch, habe ich«, widersprach er leise. Zu leise. Er räusperte die Emotionen aus dem Hals. »Du meinst die Indoor-Minigolfanlage?«

Sie lachte schallend. »Noch mehr Investitionen, die dir das Genick brechen?« Sie winkte ab. »Nein. Du hast doch eine Schreinerlehre absolviert. Innenausbau für reiche Menschen. Damit kannst du fett Geld verdienen und die Materialausgaben als Vorkasse absichern.«

Thom trank das Bier in drei großen Zügen. Er mochte es nicht, an gescheiterte Vorhaben erinnert zu werden. Holz. Tolles Material. Und sein Kopf steckte voller Ideen, wie man einen Raum damit aufwerten konnte. »Und du?«

»Was *ich?*«

Er deutete an ihrem asiatisch-generischen Fantasyoutfit hinab. »Wolltest du nicht Fotoreporterin werden, nachdem wir uns getrennt haben?«

»*Ich* habe mich *von dir* getrennt. Sag es ruhig.« Sabine seufzte. »Versucht habe ich es, aber … die Konkurrenz ist hart. Und Geld brauchen wir alle, oder? Also hab ich mir was gesucht. Kochen kann ich dank dir ja.« Dann grinste sie. »Apropos Konkurrenz: Mit deinem *Schnitzeleck* genau mir gegenüber bist du das glücklicherweise nicht.«

»Was bestimmt Zufall war, dass du da gelandet bist«, gab er zurück und zapfte sich ein zweites Bier. Durst gegen Emotionen. So gerne er Sabine sah, es tat immer ein bisschen weh.

»Na ja. Das Untergeschoss stand leer, und meine Investoren haben die Gelegenheit genutzt. Ich habe eigentlich keinen Bock auf Fastfood, aber es ist ein stabiles Einkommen. Die Bosse machen Druck. Ist eine neue Kette. Da muss ich beweisen, dass es klappt.« Sie wischte ein paar Zuckerkristalle vom Tresen, die es nicht in die Tasse geschafft hatten. »Ach ja. Letztens sagte Herr Wu, dass er dich aus dem Mietvertrag gerne rausholt, wenn es bei dir eng wird. Finanziell.«

Thom hob langsam den Blick. »Ah. *Deswegen* bist du hier. Du sollst mich zur Aufgabe überreden. Jetzt, wo es halbwegs gut läuft, macht sich dein Boss Sorgen um seinen Umsatz.«

»Nein, bin ich nicht!« Sie griff beruhigend nach seiner Hand. »Wirklich nicht. Es fiel mir nur gerade ein.«

Thom stieß die Luft aus. Und doch freute er sich über ihre freundschaftliche Berührung. Ihre Wärme. Ihre Haut auf seiner. In ihm kribbelte es, auf diese gute Weise. Welche Tragödie. Er hatte es verkackt. »Sag deinem Wu, dass er sich noch *wu*-ndern wird. Das *Schnitzeleck* wird seinen Laden –«

»Meinen.«

»*Seinen* Laden versenken.« Er prostete ihr mit zu. »Du kannst dann bei mir anfangen. Die beste Geschäftsführerin, die ich mir vorstellen könnte.«

Sabine hatte erkennbar keine Lust auf diese Wendung des Gesprächs und nahm einen Schluck Kaffee. »Was immer das Konzept der Shows ist, lass dich nicht zu sehr von Sat7 VoxTL verarschen oder vorführen«, bat sie ihn. »Sonst wirst du nur ein Meme. Und das Internet vergisst nicht.«

»Danke für die Warnung. Ich weiß, ich hab ein Auge drauf. Diese Testformate sind Fluch und Segen. Aber ich brauche das Geld.« Er bedauerte, dass sie ihre Hand von seiner löste. Und dabei tätschelte. Tätscheln war nicht gut.

»Denkst du über die Schreinerei nach, bitte?« Sabine leerte die Tasse und rutschte vom Hocker. »Das wäre so viel besser für dich. Das war schon alles, was ich wollte.« Sie ging hinaus und winkte einmal.

Thom sah ihr nach.

Eine Million Gedanken rotierten in seinem Kopf. Zu Schnitzel, Schreinerei, Sabine.

Vor allem zu Sabine.

Schnitzel Wiener Art vs. *Wiener Schnitzel vom Schwein*

Die Existenz der von der Beklagten behaupteten allgemeinen Verkehrsauffassung, ein als »Wiener Schnitzel« bezeichnetes Fleischprodukt bestehe aus Kalbfleisch, vermag die Kammer nicht festzustellen.

Nach Ziffer 2.508.1 der Leitsätze ist ein »Wiener Schnitzel« zwar ausschließlich ein paniertes Kalbsschnitzel. Bei der Feststellung der allgemeinen Verkehrsauffassung über ein bestimmtes Lebensmittel begründen die von der Deutschen Lebensmittelbuch-Kommission beschlossenen Leitsätze aber lediglich eine Vermutungswirkung dafür, was der Verbraucher von einem in den Leitsätzen beschriebenen Lebensmittel erwartet.

Indes ist die Verkehrsauffassung nicht statisch, sondern kann im Laufe der Zeit einem Wandel unterliegen.

Bei der Beurteilung der Frage, ob ein solcher Wandel eingetreten ist, kann sich die Kammer aufgrund ihrer eigenen Sachkunde ein Bild machen, gehören ihre Mitglieder doch zu dem angesprochenen Verbraucherkreis. Insbesondere bedarf es in diesem Falle keiner Feststellung der Verbrauchererwartung etwa durch ein Umfrage- oder Sachverständigengutachten.

Die Kammer ist der Überzeugung, dass die Leitsätze im konkret zu beurteilenden Fall infolge eines solchen Wandels nicht mehr die herrschende Verkehrsauffassung widerspiegeln. Die Mehrzahl der Verbraucher verbindet heute mit dem streitigen Begriff nicht mehr (jedenfalls nicht ausschließlich) ein Kalbsschnitzel, sondern ein paniertes Schnitzel schlechthin. [...]

Den Kammermitgliedern einschließlich der ehrenamtlichen Richter ist bekannt, dass – sofern die Speisekarte selbst kei-

nen unmissverständlichen Zusatz enthält, was allerdings meist der Fall ist (aber an der Bezeichnung als »Wiener Schnitzel« nichts ändert) – gerade aus diesem Grunde von Gästen häufig Fragen nach der Art des verwendeten Fleisches gestellt werden. Diese Fragen machen deutlich, dass es eine Verbrauchererwartung im Sinne der Beklagten nicht (mehr) gibt. Dies folgt auch daraus, dass sich die von der Klägerin verwendete Bezeichnung in Rezeptsammlungen findet. [...]
Nach alledem gehen die Verbraucher oder andere beteiligte Kreise bei der Verwendung des Begriffs »Wiener Schnitzel« gerade nicht mehr regelmäßig von der Herstellung aus vergleichsweise höherwertigem Kalbfleisch aus, sondern ist vielmehr die Bezeichnung »Wiener Schnitzel« mittlerweile auch für ein aus Schweinefleisch hergestelltes, paniertes Schnitzelgericht gängig geworden. Die für den Kaufentschluss entscheidende Verbrauchererwartung hat sich mithin aufgrund des tatsächlichen Marktgeschehens in einer Weise gewandelt, die der Annahme einer Irreführung entgegensteht. Hiervon ausgehend kann eine Täuschungs- oder Irreführungsgefahr von vornherein nicht bestehen.

[...] Nur am Rande erwähnt die Kammer, dass nach dem Ergebnis der Internetrecherche des Berichterstatters die von der Klägerin gewählte Bezeichnung für ein paniertes Schweineschnitzel in Österreich – und damit im »Mutterland« des Wiener Schnitzels – nicht nur (ebenfalls) nicht als irreführend angesehen wird, sondern sogar allgemein üblich ist.

Verwaltungsgericht Arnsberg
Urteil vom 26.10.2009
Aktenzeichen: 3 K 3516/08

KAPITEL 5

Dates First – Ein Tisch und Zwei, Paar 1

THERAPIETAGEBUCH

Was noch?
Ach ja, genau. Das Format Dates First – Ein Tisch und Zwei. Das lief streckenweise so richtig aus dem Ruder.
Aber nicht wegen mir. Sondern weil Sat7 Vox*TL* im Vorfeld genau das Gegenteil von dem gemacht hat, was man tun sollte, um Matches zwischen den Kandidatinnen und Kandidaten anzubahnen. Gelungene und ehrliche Matches.
Und das ging beispielsweise so …

Freaky Max schlenderte zum Tresen, hinter dem Thom stand und keine Gläser polierte, sondern letzte Korrekturen an der Karte vornahm.

»Alles klar, Herr Mann? Für unsere erste Ausgabe von *Dates First – Ein Tisch und Zwei?*«

»Mmh«, machte Thom und trat nach vorne, stellte sich neben die große rollbare Tafel und schrieb mit Kreide das letzte Angebot darauf. Er trug seine Wohlfühlklamotten und ein Alibi-Sakko, um als Gastro-Amor leidlich seriös rüberzukommen. »Ist das in Ordnung? Ich bin nicht sicher, welche Namen ich davon nehmen soll.«

Max fuhr sich durch die hochgestellten, bunten Haare und betrachtete die Gerichte.

Das Schnitzel der Liebe
From Schnitzel with Love
Schnitzel für Dich
Dirty Schnitzel
Pretty Schnitzel
Crazy, Schnitzel, Love
Tatsächlich … Schnitzel
Vier Schnitzel und ein Dessertfall
Frühstücksschnitzel bei Tiffany's

»Die sind *alle* super!«, sagte Max begeistert.

»Ja, aber es sind zu viele. Mehr als vier, fünf Hauptspeisen will ich nicht machen. Sonst bricht mein Azubi zusammen.«

»Dann würde ich sagen *Das Schnitzel der Liebe, Schnitzel für Dich, Dirty Schnitzel, Tatsächlich … Schnitzel* und *Frühstücksschnitzel bei Tiffany's.*«

Thom wischte die aussortierten Namen weg. »Gut. Ich sag es meinem Azubi.«

»Und was ist mit Dessert?«

Thom schrieb unten auf die Tafel: *Schnitzeleis.*

»Bitte?«

»Das heißt nur so. Wegen der Form. Wenn die Italiener Spaghettieis zu einem Welterfolg machen, kann ich das auch mit Schnitzel.« Er malte mit einem Finger eine Schnitzelform auf die Theke. »Vanilleeis als Basis, also das Schwein. Bisschen Schoko mit reingemischt für Kalb. Pute wird mehr Pfirsichanteil haben«, erklärte er. »Die Panade sind gecrunchte, gesüßte Cornflakes mit ein bisschen Nusscrumble. Dazu ein Zitronenschnitz zum Auspressen, und als bunte Beigabe natürlich Preiselbeeren. Oder Chutney. *Kein* Salat. Wichtig.«

»Schnitzeleis.« Max grinste von einem Hipsterohr zum andern. »Das ist so Sinnbild fürs letzte Jahrtausend, dass ich dazu nix mehr sagen kann, außer: Danke! Ein Quotengoldstück nach dem nächsten. Sie sind der Beste!« Er bekam ein Signal über den Ohrstöpsel. »Gut, geht gleich los, habe ich gehört. Unsere Kandidaten sind da.« Schnell zog er sich zurück. »Sie haben Ihre Unterlagen?«

Thom zeigte auf den Ordner unterm Tresen. »Griffbereit.«

»Alles klar.« Max deutete auf die rote Lampe, die über dem Eingang aufleuchtete. Die Kameras waren scharf, die Übertragung ins Internet begann. »Machen Sie die Menschen glücklich.« Dann war er raus.

Thom sah in den Gastraum, den er mit Stefan, Martin und seinem Azubi dekoriert hatte. Herzchengirlanden, ein paar Kerzen mehr als gewöhnlich, einmal richtig durchgeputzt, selbst unter den Bänken – fertig.

Die Tür öffnete sich.

Herein kam eine junge Frau in Jeans und Bluse, darüber eine Lederjacke. Die langen Haare trug sie hochgesteckt, dazu glitzerten Piercings am Nasenflügel und an der Unterlippe.

»Das ist Lisa«, sagte plötzlich eine Off-Stimme. »Sie ist 24 Jahre, Designerin und seit zwei Jahren Single. Wird das *Schnitzeleck* ihr die große Liebe bringen?«

Thom und Lisa sahen beide nach oben, als könnten sie einen Sprecher erkennen, der unter der Decke schwebte. Von einer Live-Kommentierung war nie die Rede gewesen.

Das mochte heiter werden. Thom dachte an die Stimme der Muppet Show, die am Ende der Episoden von *In der Tierklinik* stets gesagt hatte: »Schalten Sie auch nächste Woche wieder ein, wenn Sie Doctor Bob sagen hören …«

»Hallo«, grüßte er Lisa und zeigte auf einen der Hocker am Tresen. »Herein, herein.«

»Danke.« Sie kam näher und setzte sich.

»Darf es was zu trinken sein?«

»Ein Homemade Iced Peach Tea mit Minzblatt und drei, vier gefrorenen Himbeeren als Eiswürfel. Oder nein, lieber eine Tamarinde-Limonade.« Sie lächelte, als wäre ihre Bestellung die normalste von der Welt.

»Alles klar.« Thom goss Mineralwasser ins unpolierte Glas und gab einen Zitronenschnitz rein. »Bitte sehr.«

»Nee, ich wollte –«

»Ich weiß. Ist aber schon aus.« Thom lächelte. »Cola hätte ich noch. Kann ich dir Pfeffer reinmachen.«

»Ey, das ist ja mal 'ne coole Idee!«, sagte Lisa überrascht. »Nehme ich.«

»Die lustige Lisa steht auf ungewöhnliche Drinks. Wird sie auch bei der Partnerwahl außergewöhnlich sein?«, redete das Off.

»Ich such einen Typen, der mit mir mithalten kann«, eröffnete sie, während Thom die Cola verdarb. »Keine Couchpotato. Kein Deadbrainer.«

»Was soll er denn können?«

»Alles, was ich nicht kann. Perfect Match!«

»So einfach kann es sein. Gibt's 'ne Liste zum Abgleich?« Thom schob die gepfefferte Cola über den Tresen. »Hab noch einen Schuss Anisschnaps reingemacht.«

Lisa kostete und machte ein freudiges Gesicht. »Geiler Scheiß. Wie Kofola, aber mit scharf.«

»Was ist denn Kofola?«

»Gibt's in Tschechien. So 'ne Art Kräutercola.«

Erneut öffnete sich die Tür.

Ein junger Mann kam herein, einen Strauß Rosen im Arm. Er sah sich um und näherte sich der Theke. »Wolle Rose kaufe?«, sagte er mit indischem Akzent. »Nein, Scherz«, löste er auf und drückte Lisa die Blumen derart beherzt in die Hand, dass sie fast vom Hocker stürzte. »Ich bin Roberto.«

»Der rosige Roberto möchte das Herz der lustigen Lisa mit Blumen erobern«, sagte das Off. »Kam sein Gag gut an?«

»Was sollte das eben mit dem Akzent?«, erkundigte sich Thom.

»Ich … dachte, es wäre lustig«, sagte Roberto verunsichert. »Weil ihr denken solltet, ich wäre ein Rosenverkäufer, der die Sendung crasht. Nein?«

»Na ja«, kam es irgendwo hinter den roten Blüten heraus. »Eigentlich … Aua, scheiße. Haben die Dinger Dornen? Echt jetzt?«

Thom langte über den Tresen und nahm Lisa den piksigen Strauß ab. »Ich stell ihn in die Vase.« Die Rosen landeten im Klarspülbecken. »Also, Roberto? Ein Bier?«

»Einen Spritz, bitte. Welchen Bitter hast du denn?«

»Also ein Bier.« Thom stellte ihm das in Windeseile vollgezapfte Glas hin.

Die jungen Menschen schwiegen sich an, scannten einander. Irgendwas störte den jeweils anderen, ohne dass sie es benennen konnten.

Thom auch nicht.

An das Date des Jahres glaubte er nicht mehr. *So* ein gutes Schnitzel vermochte sein Azubi niemals zuzubereiten. Bei den ganzen Kochkuppelformaten klappte das reibungsloser. »Lasst euch nicht stören. Redet doch mal ein bisschen«, sagte er fröhlich.

Lisa lutschte an ihrem Zeigefinger, den ein Dorn perforiert hatte. »Was machsn du bruflig?«

»Teilzeit-Floorist.« Er wartete zwei, drei Sekunden. »Gelegenheits-DJ.«

»Verstehe ich nicht«, murmelte Thom.

»Wegen Dance*floor.* Ich dachte, der Gag passt zu den Blumen. Wegen Florist und Floor-ist«, erklärte Roberto und fiel ein bisschen in sich zusammen. »Im Hauptjob Busfahrer.«

»Guter Beruf. Kommt man rum und bleibt doch im Bewährten.« Thom sah Lisa an und wusste, dass sie bereits jetzt gehen wollte. Nicht wegen des Berufs, sondern wegen der Art Witze, die Roberto verkrampft aus der Hüfte schoss, ohne dass sie aus der Hose gelangten.

»Und du?« Roberto wagte sich in die Offensive und trank einen Schluck Bier, hielt inne und spuckte das Bier zurück ins Glas, um dann mit der jungen Frau anzustoßen. »Bestimmt was mit Mode, so wie du aussiehst?« Beim zweiten Mal blieb der Gerstensaft drin, ein paar Tropfen landeten auf dem Shirt.

Thom war beeindruckt. Nie zuvor hatte er jemanden getroffen, der es schaffte, aus jedem Fauxpas eine noch größere Katastrophe zu machen.

»Ja, so was in der Art.« Lisa glitt bereits mit einer Pobacke vom Hocker und schielte auf die Tür. Fluchtinstinkt.

»Werden die lustige Lisa und Rosen-Rob mehr Gemeinsamkeiten bei einem Schnitzel-Dinner finden?« Die Off-Stimme verhinderte ihren Abgang. »Denn das beginnt *jetzt!*«

Thom kam um den Tresen. »Na, dann bringe ich euch mal zu eurem Tisch.« Suchend schaute er sich im leeren *Eck* um, als spähte er nach einem freien Platz. »Ah, da ist noch was. Schnappt euch die Getränke und mir nach.« Er rollte die Tafel mit den Angeboten vor sich her, ein Rad quietschte leise.

»Ich dachte, du bringst die Drinks? Das ist in den anderen Formaten immer so«, wagte Roberto den Einwand.

»So. Das ist euer Tisch.« Thom ging über den Hinweis hinweg und rückte Lisa den Stuhl zurecht, weil er es von dem *Floorist* nicht erwartete. Nachdem sie sich gesetzt hatten, stellte er sich neben die beschriftete Kreidetafel. »Was darf es denn sein?« Er pochte auffordernd gegen den Rahmen. »Das *Das Schnitzel der Liebe? Schnitzel für Dich, Dirty Schnitzel* oder *Tatsächlich … Schnitzel?*«

»Was ist denn *Frühstücksschnitzel bei Tiffany's?*«, erkundigte sich Lisa. »Das steht ja leider nicht dabei.«

»Also, ich nehme *Dirty Schnitzel*«, sagte Roberto entschieden. »Aber die Liste mit den Allergenen bräuchte ich noch. Das ist wichtig.«

»Meine oder die von meinem Azubi?«, gab Thom ein bisschen genervt zurück.

Aus dem Off erklang ein unterdrücktes Lachen, und auch Lisa kicherte.

Roberto hatte den Gag nicht verstanden. »Die Zutaten.«

»Ach so, klar. Wenn du mehr Allergien als mein Azubi hast, gebe ich dir einen aus«, sagte Thom. »Könnte auch sein, dass er dich heiraten will. Bei genug Übereinstimmungen.« Dann wandte er sich Lisa zu. »Das Frühstücksschnitzel sind zwei millimeterdünne, kreisrund ausgestochene Schnitzelscheiben, dazwischen und darauf Räucherlachs. Auf das Türmchen kommt ein pochiertes Ei, ein wenig Sauce hollandaise, ein paar Ringe frischer Schnittlauch und einen Hauch Kaviar als Topping. Der Frischkäse-Sour-Creme-Dip, die frittierten Kapern und frisches Röstbrot in jeweils einem extra Schälchen.«

»Heilige Scheiße! Wie geil«, kam es von der Off-Stimme.

»Das nehme ich auf alle Fälle!«

Thom nickte. »Gute Wahl.« Als hätte jemals in einem Restaurant ein Kellner von einer Bestellung offen abgeraten.

Wie würde das wohl klingen?, dachte er. »Uh, nein, nehmen Sie das bloß nicht, das ist vergammelt.« Oder: »Klar, bringe ich Ihnen – wenn Sie Magenkrampffetischist und Gernkotzer sind.« Oder: »Unter uns: Stehen Sie langsam auf und gehen Sie. Nicht zu schnell bewegen, sonst fallen die Ratten Sie an.«

Stattdessen sagte Thom: »Essen kommt sofort.«

Der Rest war schnell vorbei. Lisa und Roberto aßen schweigend und gingen nach zwanzig Minuten ihrer Wege. Ohne Dessert.

Deprimierendes Date, dachte Thom. *Wie im echten Leben.*

»Do you smell, what the Rock is cooking?«
»If you smell, what the Rock is cooking?«
»Can you smell, what the Rock is cooking?«

Dwayne »The Rock« Johnson,
Wrestler, Schauspieler und kein Koch.
Hat aber mal fast so was wie einen Koch gespielt,
in The Rundown/Welcome to the Jungle, *2003.*

KAPITEL 6

Fleisch ist mein schreiendes Gemüse

THERAPIETAGEBUCH

Was ich nicht wusste: Ich sollte auch ein paar Lobbyaufträge machen, die Sat7 Vox*TL* gegen Geld erledigte. Für verschiedene Organisationen, von Landwirtschaftsverband bis Lebensmittelindustrie. Alles rund ums Essen.
Das war mir aber nicht bewusst. Und hat mir auch keiner gesagt.
Es wäre so was wie … Die Sendung mit der Maus für Erwachsene, hieß es. Mit Erwachsenenthemen rund um Ernährung und woher unsere Rohstoffe fürs Essen kommen. Lustige Bilder, lockerer Ton, heitere Musik. Gute-Laune-Show eben.
Nicht, dass der falsche Eindruck entsteht: Mir macht so ein Besuch nichts aus. Ich wäre auch nicht geschockt gewesen. Aber es geht wieder um einen Vertrauensbruch seitens Max und des Senders.
Ich hoffe nur, dass der Beitrag für mehr eigene, innere Ehrlichkeit bei den Verbraucherinnen und Verbrauchern sorgt, wenn sie das nächste Mal am Fleisch- und Wurstregal entlanggehen. Wobei es vor Ort ein bisschen anders lief.
Und klar, ich esse immer noch Schnitzel …

Das Tonmännchen im Anzug legte letzte Hand an, und Thom wurde verkabelt, während der Van auf die Einfahrt von *Schlachterei Fleischfresser & Söhne. Huhn-, Rind-, Kalb- und Schweinemetzgerei en gros et en detail. Flinke Klingen seit 1899* zufuhr.

»Also, immer locker bleiben, wenn ihr da reingeht. Nur du und Frauke. Wegen der Hygiene dürfen nicht mehr rein«, instruierte

Freaky Max und sah erleichtert aus. »Egal, wie eklig es da drin wird: kein Schock, keine Abscheu auf Ihrem Gesicht, Herr Mann.«

»Wird schon keiner ohnmächtig in die Wurstmaschine fallen«, stellte Thom fest und grinste.

Die angeschlunzte Kamerafrau hingegen wirkte verunsichert.

Thom fand dieses Format gut und fair. Wer seine Zähne in Fleisch schlug, musste die Bilder aushalten, die sie bei *Fleischfresser & Söhne* einfingen. Vom Abladen übers Betäuben und Töten der Tiere bis hin zum Zerlegen und Verarbeiten. Tiergebrüll und Gegackere, Gedärme, Scheiße, abgezogene Haut und abgeschnittene Körperteile. Kadaver an Deckenhaken, Bret im Darm, gekochtes Blut und Schinken.

Natürlich wussten Menschen, woher Fleisch und Wurst kamen. Die Vorgänge, die in einer Großschlachterei im Akkord stattfanden, blendeten hingegen viele gerne aus.

Das wollte Sat7 VoxTL ändern.

Die industrielle Metzgerei machte an diesem Ort Hunderte Tiere am Tag zu Wurst, Schnitzel und Innereien. Schon von Weitem sichtbar stemmte sich die Anlage am Stadtrand in die Höhe, umzäunt und mit Kameras gesichert.

»Der Pressesprecher lotst Sie und Frauke durch, erklärt Ihnen alles«, fuhr Max fort und zog einen Zettel aus der Hosentasche. »Das sind die Fragen, die Sie stellen sollen.«

Thom nahm den Wisch entgegen. »Aha?«

»Ist vorher mit *Fleischfresser* abgesprochen worden. Sonst hätten die uns nicht reingelassen.«

»Und wenn ich was anderes fragen möchte?«

»Wird der Dreh abgebrochen. Und *das* wird nicht geschehen, Herr Mann.« Max klang angespannt.

Thom überflog die ausgedruckten Sätze. »Die Betäubung macht das Ausbluten schmerzlos. Nirgendwo wird sanfter getötet. Das Fleisch ist in der Nahrungsaufnahme des Menschen nicht zu ersetzen. Kein Tier muss leiden. Das Elektrobad bringt das Geflügel schnell an einen anderen Ort. Fleisch ist ein Stück Lebenskraft.« Thom senkte das Papier. »Das sind keine Fragen. Das sind Feststellungen. Und ich bin nicht sicher, ob die alle stimmen. Vorsichtig formuliert.«

»Sie müssen sie entsprechend betonen, und schwupp, sind es Fragen«, empfahl Max heiter.

»Besonders kritisch sind die aber trotzdem nicht.«

»Nein. Es geht mehr um die unterhaltsamen Antworten.«

»Kann es sein, dass wir bezahlt wurden, *damit* es so klingt?«, fragte Thom. »Ich dachte, es wird ein aufklärerischer Beitrag?«

»Der Pressesprecher sorgt schon dafür«, wiegelte Max ab. »Nur *diese* Fragen, wenn Sie da drin sind«, betonte er. »Ich möchte nicht –«

Ruckartig bremste ihr Van, und die Insassen hielten sich überrascht fest.

»Weiter kommen wir nicht. Da sind Leute vor dem Tor«, meldete das geschniegelte Tonmännchen beim Blick aus dem Fenster. Wegen seines Anzugs wurde meistens er für den Boss des kleinen Teams gehalten. »Sieht nach 'ner Demo aus.«

Thom und die Crew stiegen aus.

Vor der Zufahrt hatten sich zwanzig Aktivistinnen und Aktivisten versammelt, von denen sich einige ans Tor gekettet hatten und das Befahren des Geländes unmöglich machten. Transparente und Schilder wurden in die Höhe gehalten, die das Ende des Fleischkonsums sowie der Massentierhaltung verlangten und für mehr Empathie mit Nutzvieh warben. Fünf der Truppe filmten den Protest mit Smartphones.

»Na, *das* ist doch was.« Thom ging auf den Pulk zu. »Ein guter Einstieg, oder?«

»Fuck!« Max folgte ihm zusammen mit Tonmännchen und Kamerafrau.

»Da! Ein Kamerateam!«, rief ein Aktivist begeistert. »Die *Tagesschau!* Super!«

»Nee. Besser.«

»*Heute-Journal?*«, fragte er etwas weniger begeistert.

Thom deutete auf seinen Anstecker am Shirt. »Sat7 VoxTL. Privatfernsehen.«

Allgemeines genervtes Aufstöhnen folgte. Irgendjemand murmelte »Reißerscheiße« und »Konsumknechte«.

»Ey, den Typen kenne ich! Aus dem Internet. Der hat doch das *Schnitzeleck*. So eine abgefuckte Mörderbude!«, rief eine angekettete Aktivistin. »Sie unterstützen dieses Töten, Herr Mann! Sie verklären es!«

»Eigentlich sind wir hier, um zu zeigen, was in der Akkordschlachterei abgeht«, konterte er. Dann machte er Miriam in der Menge aus. Sie war blond, clever, Veganerin und bei *Dates First* dabei gewesen, um mit ihren Aktionen gegen das »Schweinesystem« zu protestieren. Ihr vom Sender ausgesuchter Partner, René, war enttäuscht, dass sie nicht aus Protest live vor der Kamera Sex gehabt hatten, wie sie zuvor angedroht hatte. Falsches Format.

»*Das* bringen Sie *nicht!*«, befahl eine tiefe Stimme in Thoms Rücken. Dann erschien ein Mann im Anzug, begleitet von zwei Leuten des Werkschutzes.

»Pressesprecher Fleischfresser«, erklärte Max.

»Und wie heißt er?«

»Fleischfresser.«

»Nein, *er!*«

»Die ganze Familie heißt so. Er ist der älteste Sohn und kann kein Blut sehen.«

»Aha.«

»Birkenfeld.« Max sah in Thoms ratloses Gesicht. »Das ist sein Vorname. Birkenfeld Fleischfresser.«

»Was es nicht alles gibt.« Thom schaute zu einem Rudel Arbeiter, die nicht durch das Drehkreuz ins Innere gelangten, weil die Aktivisten sich daran angekettet hatten.

»Hallo. Schön, Sie zu sehen«, grüßte Fleischfresser und reichte ihnen die Hand. »Unschön, dieses Pack hier. Die Polizei ist schon informiert.«

»Sie wurden auch ausgesperrt?«

»Ja. Ich war in der Mittagspause. Drüben im *PanCake Mountain.*« Fleischfresser senkte die Stimme. »Ich ertrage den feucht-blutigen Geruch in der Schlachterei nicht beim Essen. Verraten Sie das bloß niemandem.«

Miriam kam auf ihre Gruppe zu. »Da sind Sie ja wieder, Herr Mann.«

»Und dieses Mal ist es Ihre Show«, gab Thom grinsend zurück.

»Sie nehmen das *nicht* auf«, beharrte Fleischfresser.

»Ach, kommen Sie. Sehen Sie es als Rededuell. Als Kampf der besseren Argumente«, versuchte Thom, die Ablehnung des Mannes umzubiegen. »Wenn das Fleisch siegt, kann man es doch senden?«

»Das Fleisch siegt? Never! Wie soll das gehen?«, stieg Miriam sofort ein. »Tierleid ist kein Schnitzel wert. Keinen Liter Milch. Keinen Käse. Keinen Ledergürtel. Oder wollen Sie mir sagen, dass die Schweine, Rinder, Kälber, Kühe und Hühner nichts fühlen, wenn sie getötet werden?«

»Dafür sorgen wir schon«, erwiderte Fleischfresser ein bisschen herablassend und rückte die Krawatte zurecht.

»Mit was?«

»Kohlendioxid, Elektroschock, Bolzenschussgerät«, nuschelte Fleischfresser. »Die fühlen nix.«

»Ach ja?« Blitzschnell zog Miriam einen Taser aus der Jacke und hielt ihn an das Bein des Pressesprechers. Sie löste einen Schock aus, und Fleischfresser schüttelte es einmal durch, bevor er auf den Asphalt stürzte. Dann trat ihm die Aktivistin in die Eier. »Tut das noch weh?«

»Halten Sie die Verrückte auf«, ächzte Fleischfresser. »Aufhalten!«

»Draufhalten«, befahl Thom seiner Kamerafrau.

»Ach? Sie merken noch was? Moment, ich habe noch einen Kuhschocker dabei.« Sie taserte ihn nochmals und trat ihm wieder ins Gehänge. »Tut's etwa weh?« Zwei Aktivisten eilten heran und zogen sie weg. »Tut's weh, hä? HÄ?«

»Die Voltzahlen sind im Schlachthof höher«, rief Thom ihr nach und half dem Mann beim Aufstehen. »Tut's denn weh?«, erkundigte er sich scheinheilig.

»Lassen Sie mich bloß in Ruhe«, fauchte Fleischfresser gekrümmt. »Noch eine Anzeige mehr für Sie!«, wetterte er halb von unten gegen Miriam. »Keine Argumente haben und Gewalt anwenden – das ist Ihr wahres Gesicht!«

»Ich habe bewiesen, dass Tiere leiden. Denn *Sie* sind auch nur ein Affe!«, hielt sie dagegen und schüttelte die Hände ihrer Kollegen ab.

»Hätte ich Ihnen jetzt die Kehle aufgeschlitzt, hätten Sie alles mitbekommen. Und Stress und Schmerzen und –«

»Biologisch durchaus korrekt«, warf Thom ein. »Primaten. Wir alle.«

»Affen werden auch gegessen«, rutschte es Fleischfresser heraus, der sich mit einem langen Durchatmen behutsam aufrichtete. »Der Mensch ist nun mal ein Allesfresser.«

»Aber er kann entscheiden, *was* er alles frisst«, zischte Miriam.

»Schönes Wortspiel«, kommentierte Thom.

»Ihre Kundinnen und Kunden verzehren Leichenteile. Und Steaks am besten noch schöööön teilverwest. Für den besseren Geschmack. Lei-chen-tei-le! Ekelhaft!« Sie warf eine blonde Strähne zurück. »Niemand muss heute mehr Lebewesen essen, um zu überleben. In Wahrheit ist es ein reines Über-leben durch Übertöten! Jedes Jahr 600 Millionen Hühner, Puten, Enten und Gänse plus 55 Millionen Schweine und über drei Millionen Rinder.«

»Vergessen Sie nicht die eine Million Schafe, Tausende Ziegen und Pferde, oh, und Millionen Kaninchen«, ätzte Fleischfresser. »Was wollen Sie denn von mir? Solange wir es verkaufen und die Menschen es verlangen, werden unsere Bänder laufen. Wir essen die ja nicht alle selbst.«

Thom sah einen Angestellten vom versperrten Eingang zu ihnen stapfen. Er hatte die Kamera bemerkt. Die Unterarme waren so dick wie die Oberschenkel eines Erwachsenen. Vermutlich könnte er Miriam in den Mund greifen und sie einfach von ihnen nach außen stülpen. Dem Gesichtsausdruck nach war der muskulöse Mann in Lederhose, Holzfällerhemd und Fleecejacke mit grünem Tarnmuster schlecht gelaunt.

Sehr schlecht gelaunt.

Thom versuchte, den aufgebrachten Ausbeiner zu bremsen. »Machen Sie jetzt nix Unüberlegtes.«

»Keine Bange, Chef. Ist *genau* überlegt.« Er wandte sich an Miriam. »So, Frollein. Schnauze voll von deinem Gelaber.« Er hob sein Smartphone, das in den kräftigen Fingern winzig und spielzeughaft wirkte. »Watt sachste denn dazu, dass Pflanzen auch Gefühle haben?«

Die blonde Aktivistin blinzelte. »Was?«

»Steht hier.« Der Mann hielt ihr das Display vor die Nase. »Wood Wide Web. Pilzverflechtungen zwischen Bäumen. Die bilden sich nämlich zwischen Mutterbäumen und ihren eigenen Sämlingen. Der Mamabaum schickt sogar eine Zuckerlösung zum Sämling! Die ernährt ihren kleinen Baum! Und die holzt du wegen deiner Sojascheiße weg.«

»Was?«, machte Miriam nochmals verdattert. Einen solchen rhetorischen Angriff hatte sie nicht erwartet.

»Pflanzen-Neurobiologie«, sagte der Ausbeiner klugscheißend. »Davon redet ihr, du und deine Kümmerlinge, nicht.«

»Guter Mann.« Fleischfresser fühlte zurückkehrendes Oberwasser; mit der Rechten richtete er seinen Schritt. »Sehr guter Mann!«

»Die Bäume reden über Pilzfäden miteinander! Verstehste?« Der Ausbeiner wischte auf dem Display herum und zeigte Belege für seine Ausführungen. »Die leben wie die Viecher!«

Miriam lachte überfordert auf. »Das ist doch Quatsch.«

»Dann mach dich mal schlau, Frollein Snowflake!« Er deutete auf den nächsten Artikel. »Hier! Wilder Tabak informiert seine Tabakhomies über Duftstoffe, wenn Fressfeinde in der Nähe sind. Und dann machen die mehr Gift. Also Nikotin. In die Blätter.«

»Na ja, aber das ist doch damit kein Lebewesen.«

»Aha? Das bestimmst du einfach, oder was? Pflanzen reagieren auf Musik! Wie Kühe!«, schrie der Ausbeiner sie an. »Und die reagieren auf Licht und überhaupt. Wenn man die schneidet, dann weinen die auch!«

»Das ist doch albern!«

»Das sagst du nur, weil es noch nichts gibt, was ihre Schreie hörbar macht«, brüllte er sie an. »Früher hat man auch gedacht, dass … was weiß ich …«

»Das Atom das kleinste Teil sei«, half Fleischfresser. »Wir sind uns wohl alle einig, dass Pflanzen Lebewesen sind. Außerdem reinigen sie die Luft. Weshalb also sollten Pflanzen auf die eine oder andere Weise keine Gefühle haben?«

»Nicht nur, dass du für die Sojascheiße Wälder abräumen lässt, nein, *du*, Frollein« – der Ausbeiner tippte auf ihr Brustbein – »hältst diese Lebewesen in Massengewächshäusern. Zwingst sie auf Feldern dicht an dicht aneinander. Veränderst sie genetisch. Gegen ihren Willen!«

»Sie sind schlimmer als die Fleischindustrie«, schaltete sich der Pressesprecher begeistert ein. »Ein Mähdrescher ist ein Massenmörder.« Er sah zufrieden in die Linse. »Haben Sie das? Mähdrescher und Massenmord?«

Die Kamerafrau hob den Daumen.

»Und die Maisernter erst mal!«, fügte der entrüstete Ausbeiner hinzu und öffnete seine Jacke. Ihm wurde erkennbar warm. Unter dem Hemd wurde ein T-Shirt mit dem Spruch ISSLAMMist sichtbar. »Boah, du bist so scheiße, Frollein. Der Mais wird nicht mal vorher betäubt. Eben redet der noch mit seinem Pilzkumpel in der Erde und dann ...« Er warf die Hände in die Luft. »Zerschreddert! Einfach so! Der leidet mal so richtig! Und aus den Knochen vom Getreide, also dem Stroh, da macht ihr auch noch Weihnachtssterne für den Tannenbaum. Das ist ... ein ... Tannenbaum des Todes!«

Die Aktivistinnen und Aktivisten sahen sich unsicher an.

»Hört nicht auf den«, rief Miriam. »Das ist purer Whataboutism! Und absolut absurd.«

»Nein. Das ist ein Hinweis, Frollein.« Der Ausbeiner kreuzte die dicken Arme vor der breiten Brust. »Wenn ich ein Kalb zerlege, dann ist das tot. Vorher. Aber stell dir mal vor, du nimmst eine Paprika auseinander und man könnte ihr Gekreisch plötzlich hörbar machen?«

»Jetzt sind Sie –«

»Ohne Betäubung! Du haust der nicht mal auf den Kopp – weil sie keinen hat! Kein Herz, nix! Aber sie ist die Frucht eines Lebewesens! Ein Baby!« Der Mann vollführte mit den kräftigen Händen imaginäre Schnitte in der Luft. »Erst oben den Deckel ab, dann die Innereien raus. Das knackt und spritzt. Das ist Pflanzenblut! Und danach die weißen Grate abschneiden, bevor du die viertelst oder achtelst.«

»Und einer Banane ziehen sie bei lebendigem Leib die Haut ab«, fügte Fleischfresser glücklich hinzu.

»Pflanzen haben aber keine Seele«, rief ein Aktivist aus dem Hintergrund.

»Wer sagt das? Du, Freundchen?« Der Ausbeiner zeigte mit dem Finger auf ihn. »Lass den Philosophiekack, ja? Es geht nur um Lebewesen. Und das sind Pflanzen. Wie Tiere.« Dann wandte er sich um und stapfte unter dem lobenden Beifall der Belegschaft davon. »Scheiß Schneeflocken. Alles Mörder.«

»Tach«, sagte ein Polizist in ihrem Rücken.

Alle zuckten zusammen und drehten sich zu ihm um.

»Spannend hier. Ich bin Polizeimeister Friedrich und soll die Lage prüfen, bevor wir das Großaufgebot schicken.« Er hatte die Hände lässig an seine Schussweste gelegt und nickte leicht. Anscheinend stand er schon längere Zeit dort. »Also, die Argumente sind ausgetauscht. Wie geht es jetzt weiter?«

»Das waren doch keine Argumente!«, regte sich Miriam auf.

»Sehr wohl doch«, hielt Fleischfresser dagegen und zeigte auf sie. »Diese Person hat mich getasert.«

»Zweimal«, gestand sie. »Und in den Sack getreten, auch zweimal. Damit er den Schmerz der betäubten Tiere spürt. Und es gibt *oft* Fehlbetäubungen.«

»Sie betäuben Ihre Paprika nie«, hielt er dagegen. »Ich erstatte Anzeige wegen Körperverletzung.«

»Alles klar. Ach ja, wegen Ihrer Diskussion eben: Frutarismus wäre eine Lösung.« Polizeimeister Friedrich zog sein Diensttablet unter der Schussweste hervor. »Dann nehme ich mal die Personalien auf. Wenn sich die Blockade nicht auflöst, muss ich Verstärkung rufen, Frau Müllersen. Sie kennen das ja.«

Thom lachte. »Keine Unbekannte.«

»Beim besten Willen nicht«, sagte Friedrich. »Wenn ihr Name kommt, habe ich immer Bolzenschneider, Lösungsmittel und Öl gegen Sekundenkleber dabei.«

»Wobei Bolzenschneider auch ein Lösungsmittel ist«, ergänzte Thom.

»Sie sind witzig, Leichenteileverkäufer«, befand Miriam und reichte ihren Personalausweis an den Polizisten.

Thom schlenderte zum Van. »Tschüss, Herr Fleischfresser. Wir kommen an einem anderen Tag wieder. Heute ist es schlecht, glaube ich.«

»Ja, das ist besser. Danke, Herr Mann.« Der Pressesprecher sah zu Max. »Wir telefonieren.«

Das Team trat den Rückzug an.

»Sie wissen, dass wir das bringen können, weil es außerhalb des Firmengeländes war?«, fragte Thom den Producer. »Das ist *Quotengold* in Ihrer Sprache.«

Max erwiderte: »Reines Quotengold. Vierundzwanzig Karat.«

Good Food lautete der Titel der ersten Radio-Kochsendung, die am 2. Oktober 1924 in den USA ausgestrahlt wurde.

»Ich stelle Sie mir gerne vor, wenn ich hier rede.
Ich kann die erfahrene Hausfrau sehen, die gerade Kartoffeln schält oder andere Arbeiten verrichtet, während sie zuhört, um ein paar kleine Ratschläge zu bekommen, die die Monotonie der alten Routine durchbrechen.
Ich sehe stark eingebundene Mütter kleiner Kinder, Großmütter, Bräute und junge Hausfrauen und die, die nicht mehr rauskommen, die ans Bett gefesselt sind oder auf Hilfe angewiesen, und die mir immer wieder erzählen, wie sehr sie auf unsere Sendung warten … Ist es nicht wunderbar, dass, egal wo Sie sind, dass wir so zusammentreffen können, um die Dinge zu diskutieren, die uns alle interessieren?
Ein Radio duldet keine Zeit- oder Entfernungsbeschränkungen.
Es ist noch nicht so viele Jahre her, als wir Nachbarn treffen mussten, vielleicht beim Schwatz überm Zaun, oder als wir auf ein Vereinstreffen oder einen Nähkreis warten mussten, um Rezepte auszutauschen.
Heute aber, obwohl ich Meilen weit weg bin, kann ich mit Ihnen reden, und Radiohörer in Massachusetts können Ideen mit Radiohörern in Kalifornien austauschen.«

Marjorie Husted,
The Betty Crocker Cooking School of the Air (Radio-Kochschule), 1927

KAPITEL 7

Was für ein Brief?

THERAPIETAGEBUCH

Ich sollte noch schreiben, wie sozial ich bin.
Ich meine, welche soziale Verantwortung ich für meinen Azubi habe.
Der Mann ist sechzig! Und wenn ich nicht auf ihn aufpasse, dann ist der verloren.
Doch, das kommt vor Gericht bestimmt gut an.

Thom zapfte zwei Pils und stellte sie vor Halbglatzen-Martin und Schnurrbart-Stefan. Eben hatte er ihnen die Story vom Fleischfresser erzählt, ein wenig ausgeschmückt und verspielter, fast wie eine Kindergeschichte. *Das Fleischfresserchen.*

»Dann sind wir gefahren.« Thom schenkte sich ebenfalls ein Bierchen aus und stieß mit seinen Freunden an. »Unser Beitrag darüber kam gut an. *Fleischfresser & Söhne* hat getobt. Aber egal. War ein schöner ›clash of gens and arguments‹, wie Max es nennt. Ging in den Chats steil nach oben.«

Es war kurz nach zwanzig Uhr, und die rote Lampe über dem Türrahmen leuchtete nicht. Es fand kein Stream statt. Wozu auch? Die drei tranken synchron wie ein Bierballett, und im Hintergrund dudelte die Jukebox Rick Astleys *Never gonna give you up.*

»Ist aber interessant«, sagte Martin bedeutungsschwer.

»Was?«, wollte Stefan wissen.

»Diese Sache mit der Ernährung.« Er deutete auf sein Smartphone. »Ich hab zwischendurch Fruttirismus –«

»Frutarismus«, verbesserte Thom grinsend.

»Ja, genau *das* gegoogelt. Das ist eigentlich kein schlechter Ansatz.«

»Bin zu faul zum Nachschauen. Was ist das?« Stefan zeigte auf die Apfelkornflasche im Kühlschrank und hob drei Finger, um sich danach glättend über den Schnauz zu fahren.

»Grob gesagt: Die essen nur, was vom Baum fällt. Also Früchte. Keine abgestürzten Tiere oder Menschen«, erläuterte Martin. »Oder Getreide, das ausgereift ist. Nüsse und Samen und so. Zeugs, das herumliegt eben oder schon nicht mehr lebt. Das ist doch echt fair.«

»Apropos Absturz. Essen die auch nur Fleisch von Tieren, die sie tot finden?«, hakte Stefan ein. »Gilt auch überfahren oder nur Altersschwäche? Und zählt das auch für Haustiere?«

Thom sah auf ihre Bierdeckel. Beide hatten fünf Striche. Deswegen die leicht absurden Gedankengänge, die bestimmt noch lustiger wurden. Schnell waren die drei Apfelkorn eingeschenkt. »Die essen gar keine Tiere.«

»Verschwendung«, befand Martin. »Also, ich würde eine tote Kuh am Wegrand eintuppern.«

»So bekommst du aber keine Milliarden von Menschen satt«, entgegnete Stefan und spielte mit dem grauen Schnauz. »Wenn wir alle warten müssen, bis was vom Baum oder vom Halm fällt, sterben ratzfatz zwei Drittel. Oder so.«

»Stimmt. Da sind Kannibalen klar im Vorteil.«

»Da hat er recht.« Thom hob animierend sein Schnapsglas. Für solche Art Themen war er definitiv zu nüchtern. »Männer?«

»Aber das ist doch die Lösung: Menschen einfach zum Zubereiten freigeben«, sagte Martin glücklich, als habe er Antwort auf alles. »Regelt Überbevölkerung *und* Hungersnot gleichzeitig. Wie geil ist das denn bitte?« Er nahm sein Glas Apfelkorn. »Warum hat das noch keiner vorgeschlagen?«

»Weil sich wahrscheinlich viele Menschen gegen den Verzehr wehren würden? Würde die Kuh auch, wenn sie eine Knarre halten könnte.« Stefan lachte und brachte den Bart unter der Nase zum Beben.

Martin hob ebenfalls sein Getränk und machte ein feierliches Gesicht. »Thom.«

»Ja?«

»Wenn ich hier tot vom Hocker falle, darfst du Schnitzel aus mir machen. Das gebe ich dir schriftlich.«

»Soylent Green«, ergänzte Stefan. »Nur in frisch.«

»Das ist ein Wort, Martin. Mein Azubi klopft dich auch ganz zärtlich.« Thom grinste und schwenkte sein Glas wie ein Magier den Zauberstab durch die Luft. »Schwupp, schluck, weg!«

»Schwupp, schluck, weg!«, erwiderten Stefan und Martin unisono.

Mit einem schnellen Schnappen wurde der Apfelkorn hinabgestürzt, die leeren Behältnisse landeten umgedreht auf dem Tresen.

»Wie viele Schnitzel bin ich wohl?« Martin sah an sich hinab und fand sich erkennbar attraktiv. »Wie ich wohl schmecke? Ich ess ja viel Obst.«

»Wie Hühnchen und Rind gemischt. Das sagen alle Kannibalen in Doku-Sendungen«, sagte Stefan.

»Haben wir gleich.« Thom tat so, als würde er telefonieren. »Ja, Mister Hannibal Lecter? Ich habe da ein paar Rezeptfragen. Für einen Freund, der viel Obst isst und säuft. Ah, nicht die Leber? Verstehe.«

Die Männer am Tresen lachten prustend.

»Was steht denn heute an?« Martin sah durch das leere *Schnitzeleck* und spielte mit dem Stielkamm, von denen er etliche hatte, passend zur Kleidung und zum Tag. Sogar einen Disco-Kamm, mit Spiegelchen besetzt. »Und wieso kommen immer noch keine Leute? Deine Social-Media-Zugriffe sind doch mega.«

»Ich habe keine Ahnung. Ist mir auch egal. Das wird schon noch.« Thom tat, als interessiere es ihn nicht. Das Geld des Senders trug seine Schulden beständig in kleinen Tranchen ab. Trotzdem hätte es ihn gefreut, wenn Menschen zum Essen kämen. »Heute habe ich frei. Die wollen das Studio für das neue Testformat umbauen. Was genau das wird, darf ich nicht verraten.«

»Och, menno«, maulte Stefan angetrunken. »Sach ma, gibt es was zu futtern? Sonst bin ich zu blau für die Nachtschicht. Pommes wären jetzt geil. Viele Pommes. Mit Mayo und Curryketchup.«

»Geht klar.« Thom kam hinter der Theke hervor und ging zum

Kücheneingang. »Wenn ein Gast kommt, macht ihr das.« Er betrat die Küche. »Azubi, Bestellung. Mach mal bitte …« Überrascht blieb er stehen.

Boris lag auf den Fliesen, das Gesicht aufgedunsen wie ein Fußball und die Finger bockwurstdick. Fast schien es, als würde nur das Haarnetz den silbernen Schopf zusammenhalten.

»Ist es wieder so weit, ja?« Thom ging zum Erste-Hilfe-Schrank. Panik brachte nichts. Seine Gefühle schwankten zwischen Sorge und Ärger, und ein bisschen lachen musste er auch.

Es geschah nicht zum ersten Mal, dass er Boris so vorfand. Im Vorbeigehen machte er einen Strich auf der Liste, die zum Erfassen der Allergieanfälle des Azubis aufgehängt worden war. Alle volle zehn musste Boris einen ausgeben. Derzeit standen sie bei neunzehn.

»Was brauchen wir dieses Mal?«, fragte Thom.

»Kein Adrenalin. Scho schlimm ischt esch nischt«, nuschelte Boris. »Nur Antihischtaminikum. Und Cortischon.«

Thom nahm beides aus dem Fach, auf dem *Azubi* stand, und half dem älteren Mann beim Aufrichten, lehnte ihn gegen die Anrichte und verabreichte ihm die Medikamente. Pillen, Inhalator, abwarten. »Du bist mit Abstand der Mensch mit den meisten wechselnden Kreuzallergien.«

»Isch weisch. Scheisch Natur.«

»Wieso musst du unbedingt Koch sein wollen? Das ist doch Russisch Roulette für dich.«

»Kommt drauf an.« Die Mittel wirkten bei Boris meistens sehr schnell. Das war das Gute daran. Sie hatten aber auch schon dramatische Szenen mit Adrenalin und Spritze gehabt, um den Kreislaufzusammenbruch zu kontern. »Heute fliegen Birkenpollen. Dasch habe isch nischt bedacht.«

Thom sah zum gebratenen Tofu, der eine grüne Hülle trug. Soja. Schlecht. »Was hast du denn ausprobiert?«

»Wollte wasch Neuesch mit Schoja verschuchen«, nuschelte Boris weiter und hob seine Bockwurstfinger. »Isch Trottel.«

»Ich mach die Pommes für Stefan schnell selbst. Ruh dich erst mal aus.« Die Fritteuse lief, also warf Thom drei Hände gefrorene Kartoffelstäbchen ins heiße Fett, das sich schäumend über die Fritten hermachte.

Sein Azubi hatte schon alles versucht, um die Kreuzallergien auszutricksen. Betablocker und nicht sterodiale Antirheumatika, vermeiden von Lebensmitteln, vermeiden von Alkohol, vermeiden von Stress und Sport. Und das komplette Gegenteil von allem.

Mal klappte es, mal versagte es.

Es schien, als spielten die Pollen und die Lebensmittel jeden Tag ein anderes Glücksspiel mit dem Sechzigjährigen.

»Ach, isch war schon viel. Koch fehlte mir noch auf der Lischte«, sagte Boris. Sein Gesicht und die Finger schwollen allmählich ab.

»Wusste ich gar nicht.« Thom rüttelte am Frittierkörbchen und zog es heraus, fuhr die Hitze für den zweiten Durchgang hoch, um den Stäbchen das perfekte krosse Äußere zu geben. Innen weich, außen knusprig wie gebackener Filoteig. »Welche Jobs hattest du denn?«

Boris steckte sich eine Zigarette an und lehnte sich unter die laufende Abzugshaube, die den Rauch absog. Die Schwellungen um die Mundpartie waren abgeklungen. »Matrose. Hufschmied. Paketfahrer. Chiropraktiker. Wattwanderführer. Touriguide in Sankt Petersburg.« Er überlegte. »Ach ja, Immobilienmakler in Marseille. Dann noch Housesitter in verschiedenen Städten und –«

»Verarsch mich nicht«, unterbrach ihn Thom lachend und versenkte die Portion nochmals in heißem Öl. Brodelnd erhielten die Pommes ihre Knusperkruste.

»Tue ich nicht.« Boris grinste. »Koch bin ich erst seit einem Jahr.«

Das erklärte, warum er sich anstellte wie ein Azubi. »Okay, ich bringe den *Frittenberg* raus und dann reden wir weiter.« Thom schüttete die Kartoffelladung in eine Metallschüssel, warf Boris' geheime Gewürzmischung drauf, nahm Ketchup und Majo, die sein Koch ebenfalls von Hand zubereitet hatte. In der Aluschüssel brachte er die Bestellung raus zu Martin und Stefan, die sich sogleich mit den Fingern darüber hermachten, und kehrte in die Küche zurück. »Jetzt ernsthaft: Du bist erst seit einem Jahr Koch?«

»Klar. Und es macht Spaß.« Boris deutete auf die hausgemachten

Soßen. »Ich dachte, ich fange bei dir an, weil Schnitzel leicht zuzubereiten sind. Da kann nicht viel schiefgehen.«

Thoms Mund wurde zu einem Strich. »Okay.«

»Hast du was auszusetzen? Ich meine, die Gäste sind begeistert.«

»Stefan und Martin sind jetzt nicht sooo anspruchsvoll.«

»Aber alle anderen wären es auch.« Boris' allergischer Schock hatte sich abgebaut. Er drückte die Glut aus und löschte die Kippe im Waschbecken. »Du weißt, dass meine Kreationen die besten sind.«

»Ich finde gerade viel spannender, was du schon alles gemacht hast.« Thom schaltete die Fritteuse aus. »Wie kam es denn dazu?«

»Na ja. Ich wollte in meinem Leben Dinge ausprobieren. Linear war nicht so meins. Die Welt ist so groß. Da kam es mir falsch vor, an einem Ort zu bleiben und nur eine Sache zu machen«, erklärte Boris. »Manches war geil, manches scheiße. Aber es hat mich immer bereichert. Irgendwie.« Er zeigte auf seine blassblauen Tätowierungen und schlug sich dann gegen die Stirn. »Ach ja, Barbetreiber in Phuket! Das habe ich vergessen. Oh, und diese Sache in den USA und Mexiko. Aber darüber … nein, besser nicht. War illegal.«

Thom staunte seinen Koch an, den er für einen bieder-soliden Fast-Rentner gehalten hatte. »Eigentlich hast du recht«, sagte er und sah auf die Tätowierungen. Andenken an die vielen Jobs, die unter die Haut gegangen waren. »Möglichkeiten nutzen.«

»Genau. Und auch mal scheitern.«

Thom lachte bitter auf. »So wie ich mit meiner Ehe? Und dem *Schnitzeleck?* Und so ziemlich allem anderen davor?«

Boris zuckte mit den Schultern. »Das hast du doch nicht absichtlich vergeigt.«

»Nein. Beim besten Willen nicht. Wer hat schon Bock auf Schulden?«

»Also. Dann ist das zwar blöd, aber nicht verwerflich. Du hast dieses eine große Los für dich noch nicht gezogen.«

»Und du?«

»Och, ich hatte schon viele gute Lose.« Boris lachte. »Koch gehört jetzt nicht dazu. Diese allergischen Reaktionen machen mich fertig.«

»Du bräuchtest einen Vorkoster.« Thom grinste. »Denn du kochst wirklich leckere Gerichte. Ich geb's zu.«

»Wenn das *Schnitzeleck* Geschichte ist, machst du das, was dir als Erstes in den Sinn kommt und du unbedingt machen willst«, empfahl ihm Boris. »Aber ich glaube, du wirst bald steil gehen. Wart's mal ab. Die jungen Leute kommen noch.« Er deutete auf den angebratenen Tofu. »Versuch das mal.«

Thom ging näher. Der Bratling hatte eine grasgrüne Hülle, die ausgebacken schimmerte. Es duftete nach Nuss, nach Kräutern und Basilikum. »Nuss? Du hast Tofu *und* Nuss gegessen?«

Boris winkte ab. »Koste einfach.«

Thom schnitt sich ein Stück ab, und der Bissen auf der Gabel wanderte in seinen Mund.

Eine Geschmacksexplosion detonierte auf seiner Zunge.

Der erste Gedanke war *Pesto,* der zweite *gebrannte Mandel* und der dritte: *Scheiße ja!* »Was ist das?«

»Ich habe mich gefragt, ob man Pesto auch als Panade machen kann.« Boris zeigte auf den Bratling. »Ich musste ein bisschen tricksen, aber beim vierten Versuch hat es gehalten. Mit Seitan geht das bestimmt auch.«

Thom nahm sich noch ein Stück. »Du kannst es eh nicht essen«, sagte er ein wenig schuldbewusst zu seinem silberhaarigen Koch. »Boah, das ist mega gut!«

»Hat mich auch umgehauen. Buchstäblich.« Boris grinste. Dann zeigte er auf den Stapel mit den Rechnungen. »Apropos, da war ein Brief von der Stadt dabei. Das Gesundheitsamt.«

»Was?«

»Sie wollen wissen, ob wir nachgebessert haben, und wollen Auskunft.«

»Nachgebessert?«, echote Thom.

»Der Prüfer hat letztes Mal ein paar Dinge –«

»Welcher Prüfer?«

»Na, vom Gewerbeaufsichtsamt.«

»Wann war der da?«

»Vor einem Monat.«

»Wieso weiß ich nichts davon?«

»Weil du nicht da warst?« Boris hob die Hände. »Ey, ich bin nicht deine Sekretärin. Nur der Koch.«

Thom fluchte und kramte sich durch die Rechnungen bis zu dem besagten Wisch, überflog ihn. »Wir hatten *dreizehn* Mängel?« Er funkelte seinen Koch an.

»Ja, ja, schon gut. Ich weiß. Keine Glanzleistung. Ich hatte keine Zeit zum Aufräumen und war bis zu den Ellbogen im Soßenansatz.«

»Scheiße.« Thom sah auf den Nachprüftermin. »Der kommt morgen! *Morgen!*« Dann ließ er seinen Blick durch die Küche schweifen. Es war nicht so, dass Ungeziefer frei herumlief oder sich Ratten gemütlich eingerichtet hatten oder Dinge in Schränken verwesten und von Lebensmittelmotten umflattert wurden. Aber eine Generalreinigung konnte nicht schaden.

Bekäme der Sender Wind davon, dass ein Kontrolleur anrollte und das *Schnitzeleck* in neuerliche Gefahr geriet, würde er aus dem Besuch des Prüfers ein Event machen. Und *das* musste Thom auf alle Fälle verhindern. Auf Erniedrigungen vor der Kamera hatte er so gar keinen Bock, und auf weitere Schulden durch Bußgelder noch weniger.

»Stefan! Martin!«, brüllte er.

»Wasn?«, schrie Stefan zurück.

»Appelkorn«, rief Martin und lachte. »Jetzt!«

»Ihr kommt sofort in die Küche und helft beim Saubermachen.« Thom krempelte die Ärmel hoch. »Danach Appelkorn.«

Szene aus TÖKENTOOK *(Wortspiel für „Thekentalk", Sat7 VoxTL, Format verworfen)*

Halbglatzen-Martin: »Und dann hammse irgendwann mal den Raue gefragt, wie die Juroren bei *The Taste* mit'nander auskommen. Also, abseits. Wenn die Kameras aus sind und so.«
Schnurrbart-Stefan: »Aha. Na?«
Halbglatzen-Martin: »Dass man teilweise befreundet sei. Untereinander. Und dass man in der Sendung dann auch sehen kann, dass sie als Quartett funktionieren.«
Schnurrbart-Stefan: »Oha! Ist irgendwie diplomatisch-passiv-aggressiv, oder?«

KAPITEL 8

Schmeckt nach Gedöns

THERAPIETAGEBUCH

Nein, diese Episode mit dem Besuch des Prüfers muss ich später erzählen.
Mir fiel gerade wieder ein lustiges Erlebnis ein, weil mein Azubi und ich immer auf der Suche nach neuen Rezepten sind.
Die Sendung auf einem anderen Privatsender, der über zehn Ecken zum Gesamtkonzern von Sat7 Vox*TL* gehört, nennt sich *The Löffelchen.*
Und ich durfte mitmachen.
Als Gast-The-Löffelchen-Tester.
Da war vielleicht was los ...

Sie waren schon in der Maske, Herr Mann?« Max wieselte heran, ein Headset auf dem Kopf, das seine wirre Frisur erstaunlich gut bändigte.

»Jau.« Thom war inzwischen abgebrüht. Das passendste Adjektiv bei Kochshows, wie er fand. Er hob die Arme wie zur Leibesvisitation und trug eine weiße Kochjacke, auf die ein angedeuteter Stern gestickt worden war. Damit jeder sah, dass er beinahe einen bekommen hätte.

Beinahe.

Erneut prangten verschiedene Werbelogos von Firmen am Kragen und auf der Brustpartie, wobei sich Thom erlaubt hatte, ein schwarzes Basecap mit *Mann'is Schnitzeleck* auf die braunen Haare zu setzen. »Verkabelung kann losgehen.«

»Alles klar. Serge?«

Das adrett gekleidete Tonmännchen hatte ihm Mikro, Kabel und Sender in Windeseile angelegt. »Sagen Sie mal was.« Dabei schaute er auf sein Tablet, auf dem sein elektronisches Mischpultdisplay lag.

»*The Löffelchen* ist eine Kopie des Formates *The Taste* mit kleinen Veränderungen, damit der Sender nicht verklagt werden kann«, sprach Thom deutlich.

Das Tonmännchen verzog den Mund. »Witzig.«

»Okay«, kam es über Lautsprecher aus der unsichtbaren Regie. »Einmal Probedurchgang der Abstimmung. Danach Aufzeichnung. Die Löffel sind gleich fertig gekocht.«

»The Löffelchens«, verbesserte Thom mit einem Lachen.

»Ratschlag von mir, Herr Mann: Legen Sie diese Art von Humor für eine Weile ab. Sonst rastet die Regie aus. Wir sind nur Gäste, okay? Das ist nicht unser Format, auch wenn wir zum gleichen Mutterkonzern gehören.« Max brachte Thom zum Halbrund, in dem die Dauerbesetzung von *The Löffelchen* an separaten Tischchen wartete. »Kurze Vorstellung, meine Herren«, rief er, und die drei Männer wandten sich ihnen zu. Alle steckten in Kochjacken mit handschriftlich anmutenden, gestickten Namenszügen und der Anzahl ihrer Sterne. In Gold. »Das ist Ihr heutiger Gastjuror Thom.«

»Ah, der TikTok-Star! Ein Star ohne Stern«, kommentierte ein Mann Mitte vierzig und erntete leise Lacher aus der Runde. »Na, Mahlzeit.«

»Das ist Alex Herrmanns. Und die anderen Herren sind Nils Müller und Tim Rauer«, sagte Max und deutete der Reihe nach auf die Männer.

Rauer griff neben sein Pult und hob eine Ukulele, strich einmal über die Saiten, was Thom ein bisschen psycho vorkam.

»Bin echt g'spannt, wie Sie b'werten.« Müller sprach mit hartem fränkischem Dialekt.

Herrmanns, der durch seinen dunkleren Teint in der Runde auffiel, beobachtete Thom mit scharfem Blick. »Ruinieren Sie nicht mein Team«, sagte er drohend. »Die anderen können Sie meinetwegen rausschmeißen, aber legen Sie sich nicht mit mir an.«

Seine beiden Kollegen legten lautstarken Protest ein.

»Auf die Plätze, bitte«, schaltete sich die Regie ein. »Probeabstimmung. Zum Warmwerden.«

Thom setzte sich schnell hinter seinen Tisch, der gestaltet war wie ein rustikales Schneidbrett. Er bemerkte sofort, dass die Platte schief war und der Tisch kippelte.

Die Tür öffnete sich.

Ein junger Mann in knallenger Kellnerkleidung brachte ein Tablett mit vier Löffeln, auf denen sich je ein Happen befand, der sich aus vier verschiedenen Komponenten zusammensetzte.

Thom fand, dass der Mitarbeiter ebenso gut für einen Stripper gehalten werden konnte. Für manche Zuschauerinnen und Zuschauer bestimmt ein Leckerbissen mit Leckerbissen.

Reihum nahmen sich die Juroren einen Löffel und stellten ihn vor sich ab. Optischer Check, misstrauische Andacht.

Für Thom gab es ein liebloses Probekonglomerat aus Reis, heller Soße, einem weißen Fleisch und etwas, das schwer nach Dosenobst aussah. Dank der Neigung des Tisches schwappte die Soße von seinem Löffel und zog eine hellbräunliche Bahn über die Holzoberfläche.

»Herr Mann, das darf später nicht passieren«, maßregelte die Regie aus dem Lautsprecher. »Wir wollen schöne Bilder der Perfektion.«

»Der Tisch ist schief«, entgegnete Thom.

»Geh, dann halden'S den Löffel hald g'rad«, schnarrte Müller. »Anfänger.«

»Später dann nicht absetzen«, betonte Rauer freundlich. »Mit dem Finger bisschen abstützen. So wie die Omma früher bei der Kaffeetasse. Unten. Damit sie nicht rutscht.«

»Aber warum schieben wir nichts unter das Wackelbein?« Thom lehnte sich zur Seite und hatte den Übeltäter sofort identifiziert. »Die Requisite bekommt das doch hin?« Nach kurzer Stille riss er ein Blatt vom Notizblock ab und faltete es mehrfach, um es darunterzuschieben. Schluss mit Kippeln. »Passt.«

»Nee, das sieht man«, entgegnete die Regie. »Machen Sie es später, wie Herr Rauer vorgeschlagen hat. Nun die Beschreibungen, bitte.«

»Das sieht aus wie leckeres Schmackofatz«, begann Rauer. »Ach nee, das sagt ja schon ein anderer Kollege.« Er nahm den Löffel hoch und drehte, schnupperte. »Hier offenbart sich die Meisterhand, würde ich sagen, ne? Bisschen rustikal, aber auch viel Küchen-Mojo. Ich kann deutlich Cajun-Einflüsse erkennen, die Samba tanzen wollen.« Er wollte nach seiner Ukulele greifen, doch sie stand zu weit weg. »Spielen tue ich dann nachher, bei der Aufzeichnung.«

»Wir haben hier das Zusammenspiel von Süße und Frische, dazu der Reis, der das Ganze umschmeichelt und verbindet, und diese perfekt geschnittenen Obstelemente holen mein Auge so was von ab. Toll. Ich freue mich gleich aufs Kotzen«, redete Herrmanns gestochen scharf und in einem durchgehenden, hypnotisierenden Singsang. »Kosten meine ich.«

Die Star-Sterne-Köche lachten.

Thom starrte auf den Klumpenturm aus Reis, heller Soße, weißem Fleisch und Dosenobst. Er sah nicht mal ansatzweise das, was Rauer und Herrmanns beschrieben hatten. »Ich … brauche noch.«

»Ich seh g'rad gar nedd, was ihr da so euphorisch b'schreibd«, sagte Müller und sah voller Abscheu auf den Löffel. »Mia in Frang'n sag'n zu so was *a rechder Pamp.* Und riech'n dud's graus'lig.«

Rauer verdrehte die Augen, Herrmanns grinste fies und legte die Fingerspitzen zusammen, was ihn ein wenig wie Mister Burns aus der Comic-Serie *Die Simpsons* wirken ließ.

»Herr Mann?«, forderte die Regie.

»Ein … Löffel wie aus der Conveniencebüchse«, tastete er sich voran. »Das Beste vom Mikrowellenfraß, mit Obst ohne Vitamine, aber vielen Konservierungsstoffen. Wer immer das isst, wird entweder sehr lange oder sehr kurz leben.«

»Nädd schlecht«, lobte Müller.

»Nun bitte essen und beschreiben. Damit sich alle mehr auf die *guten* Löffel freuen«, verlangte das Off aus dem Lautsprecher.

»Naa. *Dess* mach ich fei *nicht.*« Müller täuschte lediglich an und kaute Phantomzutaten. »Boah, is dess überrrasch'nd!«, gaukelte er Freude vor. »Des Obst is gnaggig und garamellisiert, der Reis leichd g'säuerd, des Fleisch – sachenhaft! Die Dexduren, Hammer. *Hammer!*«

Nun griff Rauer doch nach der Ukulele und spielte einen Akkord. »Hammer«, intonierte er einen bekannten Popsong.

»Welch flirrendes Zusammenspiel von Aromen am Gaumen. Die milde Säure des Reises setzt die Süße von Kirsche, Apfel und Birne in Kontrast und hebt sie hervor. Die perfekt abgebundene Soße aus Kalbsfonds glänzt durch die Butter und steigert die Aromen. Es fließt, gleitet und hüllt ein, hier ein Bitzeln auf der Zunge, da ein warmes Gefühl im Herzen. Es holt mich voll und ganz ab«, schwärmte Herrmanns. »Ich denke, es ist handgemachte Butter. Nur so bekommt sie diesen Schmelz.« Er schloss die Augen. »Geschlagen wahrscheinlich von einer Frau. Und die Milch ist von Kühen aus Irland, Westküste, in der Nähe von Connemara. Es kann nicht lange her sein. Und eine der Kühe hieß ... Mara. Oder Moira.« Dann lachte er und hob die Lider. »Das ist geil! Das sage ich nachher.«

Alle blickten Thom an.

Angewidert lutschte er den Löffel leer, kaute mit viel Überwindung. Zuerst langsam, dann ganz schnell, dann wieder langsam, langsamer, am langsamsten.

»Der Reis ist pampig«, sagte er undeutlich und spuckte in den bereitgestellten Eimer. »Aber ansonsten ist alles noch schlechter, wenn man kaut.«

»Schwach«, befand Rauer und spielte einen mitleidigen Akkord.

»Da musste aber noch 'ne Schippe drauflegen, Kollege, wa?«, kanzelte ihn Herrmanns plötzlich berlinernd ab. »So schalten die Leute weg.«

Rauer lachte freundlich. »Erinnert mich an mein erstes Mal.«

»Ach du Scheiße«, entfuhr es Herrmanns. »Ernsthaft?«

»Bei *The Löffelchen*«, stellte Rauer sofort klar. »Da musste ich auch ganz schön überlegen.«

Thom sah zu seinem Producer Max, der sich mit der Regieassistenz des Haussenders unterhielt. *Ich bin hier völlig falsch.* Hier herrschten nicht seine Regeln. Es gab keinerlei Freiheit, keine Improvisation.

»Na, meinetwegen«, meinte die Regie. »Später will ich mehr Adjektive. Mehr Metaphern. Und viel Gesichtszirkus. Wer keine Grimassen kann, muss mit den Händen fuchteln und übertrieben gut gelaunt sein. Keiner sagt Schmackofatz, sonst ruft Rosins Management wieder an. Alles klar?«

Reihum Zustimmung.

Die Löffel wurden abgeräumt, die Tische abgewischt und mit Glyzerin besprüht, damit sie frisch glänzten.

Max musste Thoms Unsicherheit bemerkt haben. Mit aufmunterndem Gesichtsausdruck eilte er an den Jurorentisch wie Hipsterbatman zur Rettung eines potenziellen Mob-Opfers. »Ich weiß, was Sie denken, Herr Mann.«

»Prima!« Er machte Anstalten, sich zu erheben. »Hauen wir ab.«

»Aber es gibt kein Zurück mehr.« Max drückte ihn wieder auf den Stuhl, und der Tisch wackelte bei der leichtesten Berührung. »Wenn Sie jetzt gehen, muss Sat7 VoxTL eine Vertragsstrafe zahlen.«

»Die übernehme ich.«

»Eine halbe Million?«

»Fuck.« Thom strich über den Glitzer-Glyzerintisch. Dann blieb er. Nolens volens.

»Noch zwei Minuten bis zum ersten Löffel. Maske, bitte nochmals abpudern. Alle auf Position«, wies das Off an.

»Das wird super. Wir filmen das von da hinten mit.« Max zeigte in eine dunkle Ecke zwischen den Senderkameras. »Seien Sie ein bisschen lustig. Und zeigen Sie, dass Sie mal fast einen Stern bekommen haben.« Er deutete versteckt nach rechts und links. »Nur weil das alles Millionäre sind, sind die nicht besser als Sie, Herr Mann. Die haben Angst, dass man ihnen die Show stiehlt. Dass *Sie* denen die Show stehlen.«

»Dann sollte ich das tun, oder?« Thomas' Kampfgeist war geweckt. *Wenn schon Scheiße, dann Scheiße mit Schwung,* so hatte sein Vorgesetzter bei der Bundeswehr immer gesagt. Aber mit Schwungscheiße war der auch nicht einverstanden gewesen.

»Sollten Sie. *Sie* sind der Schnitzelklopfer, nicht das Schnitzel. Oder der Blumenkohl. Nicht irgendeine Zutat eben.« Max nickte, hob beide Daumen und verzog sich.

»Wir zeichnen auf in drei, zwei, eins – jetzt«, sagte das Off.

Ein Jingle erklang.

Wie aus dem Nichts stand plötzlich ein Zwillingspaar vor den Tischen. Ein dunkelhaariger Mann und eine rothaarige Frau um die zwanzig, gekleidet nach neusten modischen Vorstellungen von Modebloggern aus aller Welt. Productplacement at its best.

»Willkommen zurück beim Entscheidungskochen«, sagte die Rothaarige latent überdreht.

»Heute entscheidet ein neuer Gastjuror mit«, erklärte der Brünette gelangweilt.

Das ist also eure Masche. 150 Prozent gegen 10 Prozent. Thom sah auf dem Regiemonitor links von ihm, wie eine Bauchbinde im Bild eingeblendet wurde; unter dem Paar stand: *L. & P. Küse, aka The Beaux Küses.*

»Er holte fast einen Stern und hat eine Kneipe: die *Schnitzeloase*«, übernahm sie wieder übermotiviert.

»Heute klopft er die Löffel der Kandidatinnen und Kandidaten auseinander«, redete er lahm und steckte die Hände in die Taschen. »Thomas Paul Mann. Wie der Dichter, nur anders.«

Beide drehten sich leicht ein, sodass eine Blickachse zwischen ihnen hindurch auf Thom entstand. Die Linse zoomte auf ihn, wie er aus dem Augenwinkel auf den Monitor sah.

Gerade wollte er winken und den Namen seiner Kneipe korrigieren, da drehten sich die Zwillinge wieder vor ihn und versperrten die Sicht.

»Wer heute rausfliegt, kann sich dennoch freuen«, sagte die Rothaarige hyperenthusiastisch. »Er oder sie bekommt eine komplette Küchenausstattung als Trostpreis. Ein Kühlschrank mit Instant Drinks Center, der Eiswürfel und kaltes Wasser ausspuckt. Mit der wechselbaren Eiswürfelform kann man zwischen Kugeln, Dreiecken und Stäbchen wählen und somit, haha, Tetris im Glas spielen. Außerdem gibt es eine Halterung für Edelsteine, wenn ihr eure Eiswürfel mineralisieren wollt.«

»Und dazu ein Herd mit dem Flammable Magnetic Cookfield. Eine Innovation aus Deutschland. Es ist ein Induktionsfeld mit

Düsen, um Gas zuschalten zu können.« Ihr Bruder wirkte, als würde er gleich einschlafen. »So kann man magnetthermisch kochen. Gibt es sonst nirgends und erzeugt einen einzigartigen Geschmack. Auch hier kann in einen Halter ein Edelstein zugegeben werden, der die Magnetfelder zusätzlich mineralisiert. Oder das Gas.«

»Und zum Schluss: der Backofen mit Touchscreen, der in einem Schaubild auf der Tür anzeigt, wie weit das Gargut in seinem Innern ist«, übernahm sie. »Kein lästiger Blick mehr ins Innere, sondern auf die grafische Computerdarstellung. Wie bei einer Tomographie.«

»Zeigt das auch ein Bild, wenn der Kuchen verbrannt ist?«, murmelte Thom. »Ein Aschehäufchen?«

Jemand lachte im Hintergrund des Studios laut. Thom hatte völlig vergessen, dass das Mikro seine Stimme übertrug.

The Beaux Küses gingen über seine Frage mit einem Lächeln und einem ausdruckslosen Gesicht hinweg.

»Der Kühlschrank bestellt automatisch alles, was leer geworden ist, dank innovativer Kameratechnologie«, redete sie weiter. »Die Produkte werden von selbst erkannt, gescannt und der Durchschnittsverbrauch berechnet.«

»Und wenn meine Omma, die mir meine Marmelade gemacht hat, schon tot ist? Séancen kann der auch?«, murmelte Thom wieder.

Die Lacher aus der Technik wurden lauter.

»Außerdem heißt meine Kneipe *Schnitzeleck*, nicht *Schnitzeloase*. Zu mir kommen keine Kamele«, grummelte er weiter. »Saufen kann man trotzdem. Apfelkorn wie in den Achtzigern. Kommt mal vorbei, wenn ihr euch traut.« Er tippte gegen das gestickte *Mann'is*-Logo auf seiner Kappe.

Wieder Gelächter des Teams.

»Und nun freuen wir uns auf die Löffel«, sagten die Zwillinge im Chor und traten zur Seite.

Der junge Stripperkellner brachte das Tablett mit dem ersten Gericht eines Teilnehmenden.

Thom musste zugeben, dass es sehr, sehr gut aussah.

Er tippte auf Sahnepüree mit Minifrikadelle, dazu ein Speckchip, zwei millimeterdünne Scheiben schwarzen Trüffels und einem pochierten Wachtelei. Ein Hauch von Schnittlauchmayonnaise rundete das Minigericht ab.

Er war noch mit dem Betrachten und Bewundern beschäftigt, während die anderen drei bereits ihre Eindrücke schilderten. Thom hörte gar nicht hin.

Die plötzliche Stille verriet ihm, dass man auf ihn und seine ausufernde Beschreibung wartete.

»Tja. Geil.« Und dann verschlang er den Löffel. »Boah, immer noch geil«, sagte undeutlich und blickte nach rechts und links. »Und ihr so?«

Schnell aß das Jurorentrio den Bissen. Er hatte sie überrumpelt. Sie mussten hastig nachlegen, waren jedoch mit Kauen beschäftigt. Die Blicke flogen hin und her, manche trafen Thom. Die Juroren versuchten abzuschätzen, wer als Zweiter über die Ziellinie ging.

»Also, Thom hat mit seiner Bewertung vorgelegt«, rettete die rothaarige Moderatorin übergut gelaunt.

»Besser hätte es keiner von uns beiden sagen können«, merkte ihr Bruder träge an und hakte die Daumen unter die Gürtelschnalle.

Herrmanns hatte den Happs als Erster verzehrt und öffnete gerade den Mund, um in seiner unnachahmlichen Art blumig-ausschweifend zu kommentieren.

Die Show bekommst du nicht. Thom griff sich an den Hals. »Oh, Shit«, röchelte er. »Meine Lebensmittelallergie.« Dann ließ er sich vom Stuhl fallen. Das war das Gute an seinem Azubi: Er konnte von ihm lernen. Zum Beispiel, wie man einen anaphylaktischen Schock imitierte. »Ich gebe volle Punktzahl«, röchelte er noch und täuschte eine Ohnmacht vor.

»Sani, mal an die Pulte«, sagte das Off. »Der Sani, bitte. Aufzeichnung halt. Der Rest macht Pause.«

Thom blieb einfach liegen und lauschte auf die schnellen Schritte, die sich ihm näherten. Er roch Max' Aftershave.

»Das war brillant«, raunte der junge Producer. »Abgeliefert und Notaus gedrückt.«

»Das werde ich so lange machen, bis sie uns freiwillig aus dem Vertrag nehmen«, flüsterte er und grinste schwach. Mit einem Hauch gerösteter Fiesheit, einer feinen Note vanillisierter Ausgebufftheit und einer großen Portion scharfer Chuzpe. Das alles in einem leckeren Bissen, wie es sich gehörte.

Der erste deutsche Fernsehkoch, der kein gelernter Koch war, hieß Clemens Wilmenrod, eigentlich Carl Clemens Hahn. Ab 20. Februar 1953 kochte der Schauspieler für die Nation jeweils fünfzehn Minuten alle zwei Wochen, später monatlich, Freitagabend um 21.30 Uhr, 185 Folgen lang bis 1964. Hahn aka Wilmenrod gilt als Erfinder des Toast Hawaii und war berühmt für die fantastisch übertriebenen Namen, die er seinen simplen Rezepten verlieh, wie Arabisches Reiterfleisch für ein Hackfleischgericht, Venezianischer Weihnachtsschmaus für ein paniertes Schnitzel oder Päpstliches Huhn, Zwiebelsuppe René, Flambierte schwarze Banane oder Würstchen mit Austern.

Der berühmte Satz »Ich hab da schon mal was vorbereitet« geht jedoch auf Max Inzinger zurück, der in der ZDF-Sendung Die Drehscheibe *in den 1970ern regelmäßig kochte. Und zwar mit viel Tempo.*

Mit Lirum, larum Löffelstiel *erreichte man die Kleinsten. Ab 1974 wurden Kinder ins ZDF-Studio geholt, um dort unter Anleitung zu brutzeln, zu kochen und zu braten.*

KAPITEL 9

Slippery wenn Spüli

THERAPIETAGEBUCH

Dann war da noch die Leiche.
Meine Therapeutin findet es bestimmt ungeschickt, wenn ich das aufschreibe. Sind ja Beweise. Aber es ist kein Mord gewesen. Gut, manchmal habe ich mir so was in harmloser Form gewünscht. Wobei, Shit, harmlosen Mord gibt es nicht.
Mmh. Das ist jetzt ...
Ich schreibe es mir einmal von der Seele, und danach reiße ich das Blatt einfach raus.

Da drüben. Da ist noch Schmodder«, gab Thom seinen drei Helfern Anweisung.

Zwei von ihnen waren angetrunken, der Dritte sechzig Jahre alt und angeschlagen von der Allergieattacke. So richtig vorwärts ging die Putzaktion in der Küche nicht.

»Und was machst du?«, beschwerte sich Martin und wischte sich Schweiß von der Stirn. Die lichten Haare klebten wild und wüst auf der Haut.

»Die Regale aufräumen. Die Listen nachtragen. Die Lebensmittel von den unteren Ablagen, die eigentlich für Pfannen gedacht sind« – Thoms ärgerlicher Blick galt seinem Azubi – »in die oberen räumen.« Dann sah er auf den Brief des Gesundheitsamtes, dem eine Mängelliste beigefügt war.

Etwa die Hälfte der beanstandeten Versäumnisse hatten sie bereits ausgemerzt. Viele Kleinigkeiten, die nicht zur sofortigen Schließung geführt hätten.

Doch die Menge sorgte für enorme Arbeit.

Die gravierenderen Beanstandungen waren rot umrandet und mit Ausrufungszeichen versehen.

Dies betraf vor allem die mehr schlecht als recht geführten Nachweise über Reinigung, die Prüfung von Lebensmittelhaltbarkeitsdaten sowie die unsichere Abdeckung von Schüsseln und Töpfen in Kühlgeräten.

Fuck. Die Kühlschränke! Thom öffnete deren Türen und sah auf die Eisklumpen, die rundum malerisch glitzerten: an Wände, Boden, Decke.

Deutlich stand auf der Liste: *Kühlgeräte regelmäßig abtauen und auf optimale Temperatur prüfen.*

Thom stieß die Luft aus. »Die müssen bis morgen picobello sein.«

»Aber da sind Sachen drin«, protestierte Boris.

»Kommen in den Froster.«

»Der auch mal abgetaut werden müsste«, fügte Schnurrbart-Stefan nach einem Blick in die Gefriertruhe hinzu. »Da drin kannst du Eisbären und Pinguine halten. Die denken, es wäre eine Eis- und Schneelandschaft.«

»Deine Saladette hat einen Wackelkontakt«, ergänzte Halbglatzen-Martin und deutete auf die flackernde Kontrollleuchte. »Aus. An. Aus, aus, aus. An. An. Aus. Ausausausaus. Uuund: Aaan.« Er kicherte. »Boah, könnte ich jetzt noch ein Bier trinken. So was von!«

»Kein Bier, kein Apfelkorn. Erst *nach* der Reinigung«, wiederholte Thom gebetsmühlenartig. »Martin: Saladette ausräumen und die Schalen mit Essig auswaschen.« Er schüttete Allzweckreiniger auf den Boden und nahm den Schrubber zur Hand.

»Zu Befehl!« Er grüßte militärisch und lachte. »Ich salatiere dem Küchengeneral.«

Boris seufzte. »Du meine Güte.«

»Stefan, MHD-Kontrolle der Dosen, Regal eins bis zwei«, befahl Thom. »Boris, nimm dir den Herd vor. Die ganzen versifften Alufolien müssen raus.«

»Und wenn Sie schon dabei sind, checken Sie die Luftfilter der Abzugshaube für mich, bitte«, sagte eine unbekannte Stimme von der Türschwelle.

Als sie sich umwandten, stand ein Mann im weißen Kittel, mit Haarnetz über den dunkelblonden Haaren und mit Einweghandschuhen an den Fingern im Rahmen. Vorbild der Reinlichkeit, kombiniert mit gefährlicher Korrektheit. »Hallo und guten Abend. Meininger. Gewerbeaufsichtsamt«, stellte er sich vor und tippte auf seinen Ausweis, den er am Band um den Hals trug. »Ich bin hier zur Nachprüfung. Für meinen Kollegen. Magenverstimmung. Im falschen Imbiss gegessen, wie wir sagen.« Er lachte scheppernd.

»Morgen«, erwiderte Thom ertappt. »Ich meine, der wollte morgen kommen.«

»Da habe *ich* aber keine Zeit. Also habe ich die Nachprüfung vorgezogen. Im Anschluss wartet noch das *Asian & burgerZ* auf mich, und dann ist Feierabend.« Meininger sah auf seinen Tabletcomputer, und seiner Miene nach hatte er so gar keine Lust auf seinen Job. »Ihre Mängelliste liegt mir vor, Herr Mann.« Er warf einen fiesen Blick durch die Küche und anschließend auf die Männer. »Sind das Ihre Angestellten?«

»Wie sind Sie reingekommen?«

»Durch die Vordertür.« Er lächelte gleichgültig. »Falls das Ihre Angestellten sind, würde ich gerne deren Unterlagen zur Hygieneschulung sehen, Herr Mann.«

Thom sah zu seinen beiden angetrunkenen Freunden. Warum hätten sie auch absperren sollen, als er sie zum Putzen in die Küche beordert hatte?

»Nein, sind sie nicht. Ich habe nur einen Koch.« Wenigstens hatte er Boris' Unterlagen beisammen und reichte sie Meininger nach kurzem Suchen. »Wir waren für morgen auf Ihren Besuch eingestellt«, wiederholte er nochmals entschuldigend.

»Mmh«, machte Meininger nur und überflog die Bescheinigungen. »In dem Brief, den Sie vom Amt bekommen haben, stand mit Sicherheit ein Zeitraum. Kein Tag.« Er sah auf und reichte ihm die Papiere zurück. »Ich hätte auch gestern schon hier sein können, Herr Mann.«

Boris hatte die Fettfilter aus der Lüftung genommen. »Blitzeblank«, meldete er und wies auf die sauberen Edelstahlmatten.

»Fein, fein.« Meininger ging zur Abzugshaube und fuhr mit dem einwegbehandschuhten Zeigefinger über Kanten und hinter Ecken. »Da ist noch bisschen Fett dran. Das muss weg«, verlangte er. »Jetzt. Oder ich mache die Bude dicht.« Entsprechende Eintragungen wurden auf seinem Beanstandungsblatt gemacht. »Ist das auf der Anrichte etwa ein Holz. Schneid. Brett?«

Thom wurde bei der Betonung des Wortes eiskalt. Er klammerte sich an den Schrubberstiel. »Deko«, behauptete er.

»In der Küche?«

»Aus Tradition. Ich meine, für die Tradition.« Thom lächelte gewinnend.

Boris hüstelte. »Ist ein Andenken an meine tote Oma. Sie hat mich das Kochen gelehrt und die Liebe zur Küche geweckt«, log er. »Wenn ich das Brett ansehe, erinnere ich mich an sie. Und ihre liebevollen, warmen Worte.«

»Dann hat Ihre Oma vor Kurzem noch an dem Brett gearbeitet?«, merkte Meininger an und deutete auf die frischen Schnittspuren sowie feine Schnittlauchröllchen, die darauf lagen. »Geisterarbeit ist nicht zulässig, es sei denn, die Gespensteroma wäre sozialversichert. Und bekäme Mindestlohn.«

»Ah, der Schnittlauch. Der muss … durch die Abzugshaube rübergesaugt worden sein«, flunkerte Boris dreist. »Das Brett nutze ich ab und zu zum Abziehen der Messer. Daher die Kerben.«

»Verarschen kann ich mich selbst.« Meininger wandte sich an Thom. »Sie wissen, dass Schneidbretter nicht aus Holz sein dürfen. Keime, Bakterien. Gut ist Polyethylen. Haben Sie wohl vergessen.« Er pochte auf seine schwere Umhängetasche. »Soll ich Kulturen vom Brett nehmen oder werfen Sie es jetzt vor meinen Augen in den Müll, Herr Mann?«

»Das wird meine Oma sehr schmerzen. Satan hab sie selig«, murmelte Boris.

»Satan?«, prustete Martin.

»Sie sagte immer, ich sei bei ihr in Teufels Küche.« Boris hob entschuldigend die Arme. »Außerdem mochte sie die Hitze mehr als die Kälte. Nur damit kann man kochen und backen, hat sie gesagt. Das einzig Gute im Himmel seien die Harfen. Zum Eier schneiden.«

»Ja, schöne Story.« Meininger scrollte auf dem Tablet und öffnete die Mängelliste. »Ich würde gerne Ihren Konfiskatkühler sehen, Herr Mann.«

Stefan lehnte sich ans Dosenregal. Freies Stehen fiel ihm nach der Betankung mit Bierchen schwer. »Was für ein Wort! Konfiskatkühler. Was macht der?«

»Na, Konfiskat kühlen.« Martin kicherte. »Bestimmt eine Mischung aus *Konfi*türe und Mu*skat*.«

»Achten Sie bitte nicht auf die beiden Clowns. Die haben Spaßwasser getrunken«, bat Thom.

»Und was ist es jetzt?«, wollte Stefan wissen und rutschte immer wieder mit dem Ellbogen vom Regalboden. Die Würde war ebenso schwer zu behalten wie das Gleichgewicht.

»Der Mülleimer für alle organischen Abfälle«, erklärte der Kontrolleur genervt. »Schnittabfall vom Fleisch, Speisereste. Das muss gekühlt werden, damit es nicht stinkt und fault und zur Keim- und Bakterienschleuder wird.«

»Konfiskatkühler«, wiederholte Stefan das Wort mehrfach und spürte ihm akustisch nach. Der Schnurrbart vibrierte vor Glück. »Kon-fis-kaaaat-küüüüh-ler.«

»Den haben wir nicht angeschaltet, weil wir ihn gar nicht brauchen«, behauptete Thom. »Aber ich kann ihn *jetzt* anschalten, wenn Sie wollen?«

Meininger sah auf die Armbanduhr. »Okay. Das wird so nichts und dauert mir viel zu lange. Ich schließe Ihre Kneipe auf unbestimmte Zeit. Sobald Sie *sämtliche* Mängel abgestellt haben, rufen Sie mich an. Das *Asian & burgerZ* gegenüber wartet noch auf mich. Auf die Chefin freue ich mich schon den ganzen Tag. Die sieht in den Chinaklamotten einfach heiß aus.« Dann wurde sein Gesichtsausdruck gemein. »Oder, Herr Mann, Sie bezahlen mir jetzt Überbrückungsgeld. Für jeden Hunderter komme ich einen Tag später zur offiziellen Nachprüfung. Bis zu vierzehn Tage Aufschub sind möglich. Und mein heutiger Besuch ist niemals geschehen.«

Thom verdrehte die Augen. Bestechung. Und Meininger hatte es auf Sabine abgesehen. »Also –«

»Überbrückungsgeld oder Schließung«, unterbrach ihn Meininger und wandte sich nach rechts. »Habe ich die Tür erreicht, ist –«

Seine Sohle traf auf den Allzweckreiniger, den Thom vorhin großzügig verteilt, aber mit dem Mopp noch nicht verwischt hatte.

Das Schuhprofil verlor gegen die schmierig-glitschige Masse, der Fuß des Kontrolleurs rutschte weg. Meininger machte eine rudernde Armbewegung, um das Gleichgewicht zu halten, stürzte rückwärts – und wurde von Stefan aufgefangen, der ihn mit viel Schwung nach vorne katapultierte.

Aus der guten Absicht, den Kontrolleur auf den Beinen zu halten, wurde eine gleitende Vorwärtsbewegung wie auf einer Eisfläche. Dieses Mal brach der andere Fuß zur Seite aus, und Meininger knallte mit der Stirn gegen die Anrichte und das hölzerne Schneidbrett. Sein Kopf schnappte nach hinten, der Nacken wurde überstreckt.

Das Knacken war überlaut.

Dann fiel der Mann auf die Fliesen und rührte sich nicht mehr.

»Passt der in den Konfiskatkühler?«, fragte Stefan, und Martin kicherte.

»So eine Scheiße!«, schrie Thom und starrte auf den Liegenden. Er kniete sich neben ihn und suchte den Puls.

Aber es gab nichts mehr zu retten. Exitus kitchensiensis.

»Es war ein Unfall«, sagte Boris. »Können wir alle bezeugen.«

»Konfiskatkühler«, hauchte Martin verliebt. »Das ist so ein schönes Wort. Wisst ihr das überhaupt? Kommt, wir sagen es alle zusammen.« Er hob die Arme wie ein Dirigent, doch niemand reagierte darauf. »Ihr seid voll die Wortverächter«, beschwerte er sich.

In Toms Kopf überschlugen sich die Überlegungen.

Unfall, kein Zweifel.

Aber ein toter Kontrolleur in der nicht ganz sauberen Küche würde Fragen aufwerfen. Mit Blick auf die Rutschbahn aus Allesreiniger könnten die Ermittler sogar mutmaßen, der Tod sei absichtlich herbeigeführt worden. Heimtückisch. Aus dem Hinterhalt.

Und vielleicht hatte Meininger noch woanders erwähnt, wie heiß er Sabine fand. Jetzt lag er tot in der Küche ihres Ex.

Fuck!

Sat7 VoxTL würde das Drama so was von ausschlachten und ihn danach fallen lassen. Zur Privatinsolvenz kämen kostspielige Gerichtsverfahren.

Davon wollte Thom nichts.

Überhaupt nichts.

Also musste Meininger verschwinden, und zwar so verschwinden, dass es keine Spuren des Mannes ins *Schnitzeleck* gab.

Boris musterte Thom und erriet, was hinter dessen Stirn vorging. »Soll ich ihn verkochen?«

»Nein, bloß nicht!« Thom hatte den Gedanken auch gehabt, aber sogleich verworfen. Ein verschwundener Kontrolleur blieb ein Mysterium, das die Polizei aufklären musste.

Fieberhaft überlegte er – und hatte eine brillante Idee.

Er nahm sein Handy und wählte die wohlbekannte Nummer.

»Hi, Thom. Was gibt's?«, meldete sich Sabine. Sie klang gestresst. Das *Asian & burgerZ* hatte volle Hütte.

»Du musst mir bei einer Sache helfen. Es geht um …« Er sah auf die Leiche. »Um Tod. Nicht mehr so um Leben und Tod. Nur um Tod.«

»Hast du Apfelkorn getrunken?«

»Komm kurz rüber, und ich erkläre es dir. Ginge das?«

»Wenn das nicht wichtig ist …«

Gleich darauf stand sie in der Küche des *Schnitzelecks*. Dieses Mal hatte Thom hinter ihr abgesperrt.

»Das ist Herr Meininger«, stellte er den Toten vor.

»Ich kenne ihn. Ziemliches Arschloch und lässt sich bestechen. Wollte mich schon zigmal daten«, sagte sie und betrachtete die zerschmetterte Stirn. »Hast du ihn deswegen umgebracht? Da fühle ich mich direkt geschmeichelt.«

»Nein. Das lief anders.« Rasch war der Unfall erklärt. »Jetzt ist es aber so, dass ich mir so was nicht leisten kann.«

»Wie, so was?«

»Na, einen … so was!« Thom deutete auf die Leiche. »Skandal, Drama, Internet«, fasste er die verheerende Kette zusammen.

»Ah, verstehe.« Sabine nickte. »Was soll ich jetzt dabei? Ich mache keinen Burger aus dem Typen!«

»Schnitzel habe ich auch schon vorgeschlagen«, steuerte Boris bei.

»Nein! Um Himmels willen, nein!«, entgegnete Thom. »Er soll *bei dir* sterben.«

»Bitte, was?«

»Na, das *Asian & burgerZ* stand danach auf seiner Liste.« Er setzte sich auf die Anrichte. »Ich ziehe seine Klamotten an und gehe mit dir zusammen herein. Die Mütze tief im Gesicht, und du sagst ständig und laut Meininger zu mir.« Er zeigte auf Martin und Stefan. »Die beiden fahren derweil die Leiche in der Tonne …«

»Konfiskaaaatküüüühler«, säuselte Martin.

»… hinter deinen Laden. Wir tragen Meininger rein, ziehen ihn um und zack, dann bricht er sich bei dir das Genick.«

Sabine starrte ihn an, als wäre er komplett geisteskrank.

»Finde ich gut.« Stefan hatte eine Salami gefunden und biss umständlich davon ab. Dass er die Haut dabei mitaß, störte ihn nicht.

»Geil. Ich fahre den Konfiskatkühler«, sagte Martin beschwingt.

»Wir können ihn auch auf die Straße werfen. Vor ein Auto«, schlug Boris vor.

»Dann passt aber die Verletzung nicht zum Überfahren«, widersprach Thom und sah seine Ex an. »Bitte, Sabine. Mach das für mich. Sonst bin ich am Arsch.«

»Aber *dann* bin *ich* am Arsch«, hielt sie dagegen. »Ein toter Kontrolleur! Vom Gewerbeaufsichtsamt! Der von mir was wollte. Die Stadt und der Kreis werden mir aus Rache jeden Tag Prüfer schicken.«

»Ach, Unsinn. So was kommt vor.«

»Wie man sieht«, ergänzte Stefan. Fitzel der halb gegessenen Salami hingen ihm im Schnauzer wie fettiges Konfetti.

»Kooonfisssskatküüühler«, warf Martin ein und seufzte verliebt, kämmte sich die Haare langsam und zärtlich.

Sabine schloss die Augen und massierte die Nasenwurzel. »Wie könntest du das jemals wiedergutmachen?«

»Ich mache dich zur Teilhaberin«, schlug er vor.

»An einer Kneipe, die nicht läuft. Nicht mal mit Unterstützung eines Senders«, befand sie und lachte freudlos auf – und lächelte ansatzlos. »Ich weiß: Du verkaufst den Mietvertrag des *Schnitzelecks* an Herrn Wu!«

Thom verzog das Gesicht. »Äh …«

»Du kannst ja weiter so tun, als wäre es deine Bude. Aber Wu wird die Macht im Hintergrund. Und ich habe danach bei ihm einen Stein im Brett.«

»Wer will einen Stein im Bett?«, murmelte Martin verwundert.

»Im Brett«, verbesserte Boris.

»Das will ja auch keiner. Das habe ich nie verstanden«, gestand der Angetrunkene. »Außer man will jemanden damit erschlagen.«

Thom sah hinab zu Meininger, dessen Leiche einen leisen Furz von sich gab. Die Muskeln erschlafften, Gase entwichen.

Prompt brachen Martin und Stefan in überdrehtes Gelächter aus.

Auch wenn er mit Wu als Geschäftsführer – oder was immer sich der Chinese vorstellte – ebenso geliefert war, blieben ihm ganz viel Schmach und Demütigung und jahrelange Bekanntheit in der Öffentlichkeit erspart.

»Entweder Wu oder du musst schauen, was du mit Meininger anstellst«, sagte Sabine. »Ich gehe ein gehöriges Risiko für dich ein. Ohne den Deal mit dir würde mich Wu für den toten Kontrolleur feuern.« Sie streckte ihm die Hand hin. »Ich muss gleich wieder rüber. Also?«

Thom zögerte.

»Viele Menschen haben das Essen verlernt – sie können nur noch schlucken.«

Paul Bocuse,
französischer Spitzenkoch und Begründer der Nouvelle Cuisine

KAPITEL 10

Dates First – Ein Tisch und Zwei, Paar 13

THERAPIETAGEBUCH

Oh, die müssen auch noch rein. Einfach nur so, weil ich die beiden echt lustig fand. Was zum Lachen kommt vor Gericht bestimmt gut an.
Und ja, sie haben mich zum Nachdenken gebracht …

Thom betrachtete die beiden jungen Frauen, die im *Schnitzeleck* Platz genommen hatten.

Optisch gab es verheerende Unterschiede, die ihn hatten befürchten lassen, dass das Date nach zehn Sekunden gelaufen sein würde.

Chloe, 24, kam aus Berlin. Sie bestand darauf, »Klö« gerufen zu werden, und sah aus wie der angesagte Teil Berlins, mit Dutt, goldener Retrobrille und beigefarbenen Klamotten, die zwischen Spießertum und Style balancierten, garniert mit zig Tattoos und einem grellgrünen Schal.

Julia, 25, kam aus dem weiten Münchner Umland, und das bedeutete: Dorf. Nicht hingezogen, wie sie mit herrlichem Dialekt betonte, sondern dort aufgewachsen. Dass sie kein Dirndl trug, stattdessen Bluse und löchrige Jeans, erklärte sie damit, dass es nach dem letzten Schützenfest in der Wäsche sei. Und ihre Freunde nannten sie »die Ju«.

Chloe nannte das »natural grown« und »lovely«.

Thom hatte *da* gedacht, es sei vorbei.

Aber die Chemie zwischen Stadt und Land, zwischen Klö und der Ju funktionierte. Die beiden Frauen sahen sich am Tresen schon unentwegt in die Augen, lachten und berührten sich gegenseitig flüchtig, wenn sie erzählten oder etwas lustig fanden.

Dann brachte Thom sie zum Tisch und gab ihnen die Speisekarte. Zum Glück hatte er durchgesetzt, dass die Off-Stimme bei den Aufzeichnungen schwieg. Manchmal hatte es die Gäste animiert, Albernheiten und dummes Zeug zu sagen, nur um Kommentare aus dem Lautsprecher zu provozieren. Jetzt wurde alles nachträglich reingeschnitten.

»Ich hätte gern den Chefsalat, aber Essig und Öl servieren Sie extra«, sagte Chloe freundlich. »Und den Applepie à la mode.«

Thom wusste nicht, woher, doch er kannte diese Bestellung. »Chef und Apple à la mode?« Er musste auf die Karte schauen, die ihm Max und der Sender vorgegeben hatten, damit es nicht nur Schnitzel mit Schnitzel gab. Dass er Applepie anbot, war neu. Hoffentlich war Boris mit Convenience Cake darauf vorbereitet. *Sonst improvisiere ich.*

»Aber den Kuchen bitte heiß, wenn's geht«, gab Chloe weiter Anweisung. »Und ich will das Eis nicht obendrauf, ich will es extra. Und ich hätte gerne Erdbeer- statt Vanilleeis, wenn's geht. Wenn nicht, kein Eis, nur Schlagsahne … aber nur frische. Wenn sie aus der Dose kommt, gar nichts.«

»Äh. Nicht mal Kuchen?«, vergewisserte sich Thom.

»Doooch. In dem Fall *nur* den Kuchen. Aber *nicht* heiß.«

»Aha.« Thom sah auf seinen Bestellblock. Woher kannte er das?

»Das war aus *Harry und Sally!*«, rief Julia plötzlich und schlug einmal auf den Tisch. »Jetzt habe ich es!«

»Ich wusste es doch«, entfuhr es Thom zu spät.

»Ja, sehr gut«, lobte Chloe die beiden und klatschte einmal vor Freude. »Das bestelle ich in jedem Restaurant. Nur um zu sehen, ob jemand den Film kennt.«

Julia senkte den Kopf. »Ich hätte gerne eine Portion Wham Fries«, sagte sie mit dunklerer Stimme, »ein Whamlette mit Schinken und Käse.«

»Tut mir leid, Sir, wir machen kein Frühstück mehr. Dafür gilt jetzt unsere Mittagskarte«, kam es von Chloe wie aus der Pistole geschossen, und sie strahlte dabei über das ganze Gesicht.

»Ich will aber lieber frühstücken«, blieb Julia in der Dunkelstimme.

»Ich sagte, das gibt's jetzt nicht.«

Thom sah den beiden jungen Frauen beim Dialogtennis zu. *»Falling Down«*, grätschte er hinein. »Großartiger Film! Zumindest die erste Hälfte. Müsste man ein Remake machen, aber nur mit der ersten Hälfte.« Er räusperte sich. »Wir nehmen erst eine Knoblauchsuppe, dann hätten wir gerne Hirnpalatschinken mit frischem Blattspinat, dann hätte ich gerne gegrillte Shrimps auf Reissockel. Ist das nicht zu hoch?« Erwartungsvoll blickte er zwischen den Frauen hin und her.

Stille.

Lange Stille.

»Nein. Wir werden den Reissockel niedrig halten, damit Sie drübersehen«, antwortete Julia mit Wiener Schmäh, die ihr Smartphone rausgenommen hatte. Das Internet hatte den Dialog identifiziert. *»Zwei Nasen tanken super«*, las sie vor. »*Das* ist ja mal alt. So *richtig* alt.«

»Aber immer noch lustig«, sagte Chloe und setzte sich gerade hin. »'eute Nachmittag 'aben wir Monsieurs Leibspeise. Den geschmorten 'asen.«

»Der Sinn des Lebens«, rief Julia sofort. »Die Restaurantszene! Erst in den Eimer kotzen, dann platzen.«

Thom staunte sie an. »Dass Sie den kennen, wundert mich jetzt aber.«

»Mein Vater steht auf die alten Filme.« Die Bayerin grinste. »Das ist ein schönes Date. Echt überraschend und unerwartet.«

»Ich kann auch einen Quarterpounder with cheese. Wäre dann aber aus Schnitzel«, bot Thom an.

»Pulp Fiction«, erwiderte Chloe. »Nein, ich nehme das Blumenkohlschnitzel mit Trüffelmajo, Süßkartoffelpommes, einen kleine Waldorf-Salat und dazu die hausgemachte Tamarindenlimonade.«

»Ah, Mineralwasser.«

»Nein, Tamarindenlimonade.« Chloe deutete auf die Speisekarte. »Steht da.«

Thom hasste Max für den Gag, das Getränk ins Angebot aufgenommen zu haben. »Okay, und für Sie?«

»Nichts, danke.«

Das war neu. »Nicht mal Kaffee?«

»Nicht falsch verstehen, das klingt alles total lecker«, sagte Julia. »Aber ich habe eine Milliarde Unverträglichkeiten und Allergien. Das ist mir zu heikel.« Sie lächelte. »Kaffee ginge aber. Nur keine Milch. Höchstens Mandelmilch.«

»Kaffee. Den habe ich. Und Zucker.« Thom nickte. »Dann legen wir mal los.«

Beim Gang zur Küche überlegte er, dass in nicht wenigen Filmen das Essen eine große Rolle spielte. Entweder als Katalysator wie bei *Falling Down,* als Diskussionspunkt für was ganz anderes wie der Quarterpounder with cheese, und manchmal drehte sich die Geschichte komplett ums Essen, wie in *Das Menü* oder in einem der vielen Küchenromantikfilme.

Wie nennt man die? KitchRomCom? Thom fand das Thema gar nicht schlecht für eine Kochsendung: Hollywood cooks. Movie Menus. From Screen to Tables.

Da wäre einiges drin, von Haute Cuisine bis Fast Food. Das Kochbuch dazu würde bestimmt viele Käuferinnen und Käufer finden. Eine super Kombination: Filme gucken und passend spachteln.

Gibt es aber vermutlich schon. Thom ließ seinen Plan wieder fallen und erschrak über seine eigenen Gedanken: Er arbeitete sich langsam in diese Kochsendungsformatsache hinein. Freiwillig. *Schlimm.*

Die Bestellung war schnell aufgegeben und erledigt.

Boris zeigte sich vorbereitet. Er hatte in der Nacht noch einen Applepie à la mode gemacht, und die Sahne kam selbstverständlich frisch aus dem CO_2-Spender. Der Backofen erwärmte das Stück, während der Salat bereits fertig zum Raustragen war.

Thom zeigte sich beeindruckt. Und er sah, dass das Gesicht seines Azubis letzte Schwellungen aufwies. »Die Äpfel?«

»Habe dummerweise einen gegessen«, gestand er. »Geht aber schon wieder.«

Chloe und Julia blieben drei Stunden und 42 Minuten. Max hatte sie eigentlich nach zwei Stunden rauswerfen wollen, doch Thom unterband es.

Er sah, dass Klö und die Ju total auf einer Wellenlänge lagen, und gönnte ihnen die schöne Zeit, die sie mit viel Lachen, nerdigem Filmkram, Zitateraten und wechselweise Witze über Berlin und bayerisches Landleben verbrachten.

Und es war ihm total egal, dass Max sie langweilig fand.

Ausnahmsweise lief es mal gut bei *Dates First* – für die Kandidatinnen. Und das Format hatte nicht das Recht, ihnen den Start in eine Romanze zu versauen.

Als die beiden gemeinsam den Laden verließen, fragte Thom sie nach einem Filmzitat, bei dem es um ein Schnitzel ging. Für die Karte.

»Ist eher was Böses.« Chloe machte ein unglückliches Gesicht. »Now, take your Wiener-Schnitzel-licking finger, and point out on this map what I want to know«, intonierte sie harsch mit starkem amerikanischem Akzent.

»Das klingt aber rüde«, befand Julia.

»*Inglorious Basterds*«, bestätigte die Berlinerin. »Ich suche dir noch ein Zitat, das irgendwie schöner ist, Thom.«

»Wäre gut.« Er würde ungern ein Schnitzel namens *Nazi-Gold* auf die Karte setzen. Keine Klientel, die er haben wollte.

Da fiel ihm ein Zitat ein, das er vor einigen Jahren gehört und seltsamerweise behalten hatte.

Weil es *ihn* betroffen hatte.

»Die Arbeit des Kritikers ist in vieler Hinsicht eine leichte. Wir riskieren sehr wenig und erfreuen uns dennoch einer Überlegenheit gegenüber jenen, die sich selbst und ihr Werk unserem Urteil überantworten. Am dankbarsten sind negative Kritiken, da sie amüsant zu schreiben und auch zu lesen sind. Aber wir Kritiker müssen uns der bitteren Wahrheit stellen, dass – im Großen und Ganzen betrachtet – das gewöhnliche Durchschnittsprodukt wohl immer noch bedeutungsvoller ist als unsere Kritik, die es als solches bezeichnet.«

Es stammte aus dem Animationsfilm *Ratatouille,* ausgesprochen vom gefürchteten Restaurantkritiker Anton Ego.

Mit solchen Leuten hatte es Thom auch zu tun gehabt, die jedoch weniger Einsicht als Anton Ego besaßen.

Daher: *Scheiß auf den Stern. Her mit dem Schnitzel.*

Nur dass Thom aus dem Durchschnittsprodukt doch wieder etwas Besonderes machen musste.

Auch das DDR-Fernsehen hatte ein eigenes Kochprogramm. Von 1958 bis 1983 entstanden etwa 650 Folgen von *Der Fernsehkoch empfiehlt* mit Kurt Drummer, der extrem populär war. Drummer reagierte in seinen Rezepten flexibel auf die jeweilige Versorgungslage, sodass zu jeder Zeit nachgekocht werden konnte, was Drummer vorstellte.
Und wie vielseitig der Inhalt von russischen Fischkonserven war, zeigte der *Tip des Fischkochs* mit Rudolf Kroboth.

KAPITEL 11

Und wenn sie nicht geschnitzelt sind …

THERAPIETAGEBUCH

Ich höre Max noch sagen, dass wir einen Bildungsauftrag haben. Auch bei den Kleinsten. Gesunde Ernährung, Lebensmittel, Warenkunde, so was eben. Da könne man nie früh genug mit anfangen. Und außerdem seien Kinder immer Quotenbringer, egal ob im Netz oder im TV. Niedlichkeit, Ehrlichkeit, Tollpatschigkeit.
Es mündete darin, dass ich in die Kita musste.
Die Kita Sonnenscheinchen.
Und da sollte ich mit den Kids zusammen kochen. Wenn das gut liefe, würden wir auch eine Grundschule besuchen und so, sagte mein Schlunzhipster.
Bis heute bin ich mir nicht sicher, ob es gut lief.
Aber es haben zumindest alle überlebt. Was man von Meininger nicht sagen kann.

Da saß Thom im Küchenoutfit hinter einem kindgerechten Spieltresen, die gebeugten Knie fast schon unterm Kinn. Kitaeinrichtung aus der Hölle. Und keine Gläser zum Polieren. Selbst das hätte er lieber gemacht, als in dieser beschissen unbequemen Position zu verharren.

Er tupfte sich den Schweiß von der Stirn. In dem Gruppenraum roch es nach Essen, vor allem nach gebratenem Fleisch. Die benutzten Pfannen hatte er schon auf dem Beistelltisch in die Spülschüsseln geräumt, die transportablen Kochfelder warteten auf eine rasche Reinigung mit Schwamm, Geschirrspülmittel und Wasser. Showkochen für die Anspruchsvollsten der Welt: kleine Mädchen und Jungs.

Entgegen Thoms Befürchtungen hatte alles geklappt.

Vor ihm saß eine zufriedene Horde aufgeweckter Kinder an ihren Mini-Tischen, und schmauste mit vollen Wangen, was sie gemeinsam gekocht hatten: Schnitzel, mal Kalbfleisch, mal Tofu und Blumenkohl, dazu Pflücksalat vom Markt und Vollkornnudeln mit Bio-Tomatensoße. Besseres Futter für den Nachwuchs gab es kaum.

Es wurde gelacht und mit Gabeln unbeholfen gefochten, einige aßen verbotenerweise mit den Fingern, und manche stibitzten von Nachbartellern. Die Gruppe Eichhörnchen war glücklich und bald satt.

»So, Kinder«, rief Erzieherin Lisa. Die Mittdreißigerin trug Pulli und Hose, an den Füßen steckten Puschen. »Wenn wir alle gegessen haben, helfen wir Thom noch beim Abspülen.«

»Au ja!«, krähte es ringsum. Einige pochten mit den Gabeln auf die Teller, andere warfen die Arme in die Luft und fuchtelten übermütig. Spülen bedeutete Planschen mit Wasser. Und Seifenblasen.

»Die haben Sie echt um den Finger gewickelt«, sagte Lisa anerkennend zu Thom.

»Ach, leichtes Spiel. Nudeln essen alle gerne. Und Schnitzel sowieso.« Thom schob ihr das letzte Stück hin. »Wollen Sie? Ist übrig geblieben.«

»Nein, ich esse kein Fleisch.«

»Okay.« Thom begann, sich einen krossen Bissen abzusäbeln. »Die Kids waren total nett und haben sich gut angestellt. Ich hatte ein bisschen Angst, dass dabei was schiefgeht.«

»Wir haben noch andere Gruppen. Die Werwölfe. Und die Schweinebären. Die hätten Sie zerfetzt, Herr Mann. Oh, und die Gruppe Arschgeigen.«

Dann sah er ihr unvermitteltes Grinsen, und er musste lachen. »Nicht schlecht.«

»Das sind die inoffiziellen Namen. Aber ich verrate Ihnen nicht, wen ich damit meine.« Lisa deutete über die Kinder. »Die Eichhörnchen sind echte Eichhörnchen: süß, verspielt, knuffig, leicht abzulenken.«

Ein kleines Mädchen mit dem Namensschildchen Elena trat vor

Thoms Tresen, der eigentlich eine Spielsupermarktkasse war. Sie hatte den Teller erkennbar abgeleckt, und auf ihrer Nase haftete ein bisschen Tomatensoße. »Das war total lecker, Thom«, lobte sie. »Erzählst du uns noch ein Märchen? Zum Abschluss.«

Sie bekam Unterstützung von einem Jungen, der ein Schnitzelstück gegen seinen Tischnachbarn verteidigte. »Wir haben ja keinen Nachtisch bekommen!« Robert war sein Name.

»Jaaa! Eine Geschichte!«, schallte es aus allen Ecken des Räumchens. Plötzlich kam das Rudel Eichhörnchen zusammen und setzte sich teils kauend, manche mit Schnitzel in der Hand vor den Tresen.

Thom lächelte. In diesem Moment hätte er sie auch in *Erdmännchen* umbenennen können. »Aber klar.« Er sah zu Lisa. »Haben Sie mal ein Märchenbuch?«

»Ich will eine Geschichte mit Essen!«, krähte Robert. »Wo was aufgegessen wird. Wie das Schlaraffenland! Oder der sprechende, laufende Pfannkuchen.«

Thom überlegte, ob er die Märchen noch leidlich zusammenbekam. Notfalls würde er einfach irgendwas von einem Pfannkuchen erzählen und ihn mit dem Keksmann kreuzen. Er öffnete den Mund und setzte zum ersten Satz an.

»Aber das ist voll gemein«, begehrte Elena auf. »Die essen den Pfannkuchen doch. Dann ist er tot.«

»Aber wir haben doch auch Schnitzel gegessen«, widersprach Robert und verschränkte die Arme vor der Brust, ohne das gebratene Fleischstück zu verlieren. »Das hat auch mal gelebt.«

»Ich nicht. Ich hatte Tofu! Bätsch«, rief ein Mädchen aus dem Hintergrund.

»Stimmt das?« Elena sah Thom aus großen Augen an. »Ist Schnitzel mal ein Tier gewesen?«

»Ja«, antwortete er ehrlich und suchte Beistand bei Lisa. Die hob nur die gezupften Augenbrauen, was er nicht deuten konnte. Bis er verstand: Die Vegetarierin ließ ihn *absichtlich* hängen.

»Das war bestimmt hässlich«, sagte Robert leichthin und biss ab.

»Du bist selbst hässlich und es isst dich keiner. Was für ein Tier?«, wollte Elena jetzt wissen, mit einem Zittern in der Stimme, das nichts Gutes verhieß: das weinerliche Vibrato.

»Aber, Schätzchen. Das ist nicht schlimm.« Thom versuchte, den Tonfall eines Erziehers zu treffen, der nach einem harmlosen Sturz tröstend herbeieilte. »Ob du jetzt Schnitzel isst oder Wurst, das macht keinen Unterschied.«

»Genau! Wurst ist auch aus Tieren«, stimmte Robert sofort zu. »Egal, ob die Wurst ein Gesicht hat oder nicht.« Er verschlang den letzten Bissen und die Panade crunchte.

Nun kam leichter Tumult bei den Eichhörnchen auf.

Offensichtlich gab es unter den Kindern welche, die wussten, was Wurst und Schnitzel aus Fleisch bedeuteten: Tod. Andere waren dahingehend entweder belogen worden oder hatten ihr Essen niemals hinterfragt. Warum auch, wenn mit Comictieren Salamiwerbung im Vorabendfernsehen gemacht wurde?

Thom dachte an die *Schlachterei Fleischfresser & Söhne. Huhn-, Rind-, Kalb- und Schweinemetzgerei en gros et en detail. Flinke Klingen seit 1899* und wie die Reaktionen der Kinder bei einem Besuch ausfallen würden.

»Wurst ist auch aus Tieren?« Elena schluchzte auf. »Salami? Und Wiener?«

»Meine nicht! Die ist aus Tofu«, jubelte das Mädchen aus der letzten Reihe.

»Die Tiere wären sowieso gestorben«, setzte Thom an.

»Warum?«, hakte der Junge neben Robert misstrauisch ein. »Waren die krank?«

»Bäh! Ich habe Fleisch von kranken Tieren gegessen!«, rief ein Kind und machte Würgegeräusche.

Sofort würgten zwei, drei andere mit.

»Nein, die waren nicht krank!« Das Letzte, was er brauchen konnte, war eine Kotzkaskade in der Gruppe Eichhörnchen. »Die … lebten … sowieso nicht lange. Das ist bei den Tieren so.«

Elena wirkte nicht überzeugt. »Was für ein Tier ist denn das gewesen?«

»Das war bestimmt ein Kalb«, erklärte Robert fachmännisch. »Mein Vater sagt, nur dann ist es ein gutes Schnitzel.«

»Ist dein Vater Metzger?«

»Ja. Arbeitet in der Schlachterei *Fleischfresser*«, gab er stolz zu.

»Ein *Kälbchen?*«, stieß Elena entsetzt aus. »Ein süßes Kälbchen?« Sie sah auf das Schnitzelstück vor Thom, und eine Träne rann langsam aus dem rechten Augenwinkel.

»Ich ess ja kein Huhn«, verkündete ein anderer Junge lässig. »Die Vorfahren waren mal Saurier, und Saurier finde ich cool.«

Elena fing an zu heulen und sagte immer wieder »Kälbchen« und »Das ist so schlimm« und »Ich esse nie mehr Fleisch«. Ein paar Kinder trösteten sie und schluchzten mit.

»Was ist mit dem Märchen?«, erkundigte sich Robert ungeduldig. »Ich werde langsam ein bisschen müde.«

Thom versuchte, das Ruder herumzureißen. »Ich schlage vor, ich erzähle euch Frau Holle.«

»Ah, das ist das, wo das Brot um Hilfe schreit«, sagte Robert zufrieden. »Weil es sonst verbrennt.« Dabei lachte er seltsam.

»Aber … Aber dann lebt das ja auch.« Elena begriff die Tragik dahinter. »Ich ess nie wieder Brot!«

Thom sah erneut zur Erzieherin. »Wäre schön, wenn Sie auch mal was machen«, raunte er.

»Kinder, kommt, wir gehen Pfannen spülen«, schlug Lisa vor und erhob sich. Sie balancierte die Schüsseln mit dem ersten Schwung Geschirr auf den Handflächen aus. »Dann haben wir den Abwasch auch geschafft.«

»Jaaa! Abwaaasch!«, rief die Gruppe Eichhörnchen, sprang wild in die Höhe und hüpfte lachend durcheinander, bevor sie aus dem Raum in die Küche rannte.

»Das ist der Vorteil an Kindern. Sie sind leicht abzulenken. Hätten Sie auch machen können.« Lisa folgte der Horde. »Sammeln Sie den Rest ein und kommen Sie, Herr Mann.«

Der *Rest* bestand aus Elena und ihrer Tröstetruppe.

»Wie hieß denn das Kälbchen?«, wollte das Mädchen zaghaft wissen.

»Warum?«

Sie zeigte auf das angeschnittene Schnitzelstück vor Thom. »Wir würden es gerne beerdigen. Und seinen Namen auf das Kreuz schreiben.«

Von wegen leicht abzulenken. Thom lächelte schwach. »Nein, das müsst ihr nicht. Ich esse das noch. Das hat das Kälbchen nämlich so gewollt.«

»Echt?«, sagten die Kinder im Chor.

»Ja. Das Kälbchen kam nämlich aus dem Schlaraffenland. Kennt ihr das Schlaraffenland? Robert hat es vorhin erwähnt.«

Die Truppe schüttelte den Kopf.

»Das ist ein magischer Ort, verborgen und schwer zu finden«, erzählte Thom mit verstellter Stimme, um wie ein Märchenonkel zu klingen. »In den Flüssen fließen Milch und Honig oder Wein statt Wasser. Und Malzbier! Alle Tiere hüpfen und fliegen vorgegart und mundfertig durch die Luft«, berichtete er den staunenden Kindern. »Es gibt sogar einen Berg aus Hirsebrei. Und die Häuser bestehen aus Kuchen. Statt Steinen liegt Käse herum.«

»Wie das Knusperhäuschen aus Hänsel und Gretel«, stellte ein Tröstemädchen fest.

»Ganz genau! Und die Tiere dort, die sind schon tot und fühlen nix. Wie Kuchen. Oder Schokolade. Genau genommen ist das alles magisch. Reine Zauberei«, log sich Thom durch die Märchenwelt in die Gegenwart. »Und was *wir* essen, *das* kommt von dort. Spezielle Lieferwagen fahren es zu uns. Du musst dir also keine Sorgen machen. Alles nur Zauberei.«

»Ach so«, sagte Elena und schniefte. Sie wischte sich Rotz und Tränen mit dem Ärmel von den Wangen.

»Was denkst du, warum die Wurst ein Gesicht hat?«, setzte Thom nach. »Das kann ja nur aus dem Schlaraffenland kommen, oder?« Er lachte und räumte die Kochfelder zusammen. Er würde sie im *Schnitzeleck* reinigen. So bald wie möglich.

»Oder ein Lieferservice vom Tischlein deck dich«, ergänzte ein Junge. »Das ist ja auch Zauberei.«

»Ganz genau.«

»Oder wie der Replikator vom Raumschiff Enterprise. Der macht aus Luft Essen«, sagte ein anderes Mädchen.

»Äh. Okay. Ja, perfekt!« Thom scheuchte sie freundlich, aber bestimmt aus dem Räumchen. »Also, los. Schrubben wir die Pfannen blitzsauber.«

Die Kinder lachten und rannten los.

Elena schnappte sich im Hinauslaufen das letzte Schnitzelstück vom Teller und schlug die Zähne hinein. Die Panade knusperte immer noch.

»Kinder«, sagte Thom erleichtert und wuchtete die gestapelten Kochplatten hoch. »Sie geben uns so viel.«

Er hatte bereits unzählige Klagen und Beschwerden der Kindseltern vor seinem inneren Auge gesehen. Etwas, was dem Erfolg des *Schnitzelecks* und den Formaten von Sat7 VoxTL gefährlich werden könnte. Dass die Kids zu Hause bald lustige Geschichten über die Herkunft von Fleisch erzählen würden, kümmerte ihn nicht. Er hatte keinen Erziehungsauftrag.

Thom beschloss außerdem, es Lisa heimzuzahlen. Sie hatte ihn am ausgestreckten Arm verhungern lassen. Auch für eine Vegetarierin kein netter Move.

Kurz bevor er die Kita verließ, raunte er Elena noch ins Ohr, dass Eichhörnchen ziemlich gemeine Viecher seien. Die versteckten nicht nur harmlos gesammelte Nüsse, nein, oh nein! Die stahlen sogar Eier aus Nestern.

Und fraßen Vogelbabys.

Niedliche, kleine, wehrlose Vogelbabys.

Nimm das, Lisa. Winkend ging Thom davon.

Alfred Biolek hievte das Service-Kochfernsehen in den 1990ern auf ein anderes Level.
1994 ging *Alfredissimo!* auf Sendung und mischte Kochen mit Promi-Talk und Weinprobe mit Küchentipps. Bis zum Jahr 2007.
Mit dem anhaltenden Erfolg stiegen Interesse und Nachfrage des Publikums nach neuen Kochformaten: der Startschuss für *Kochduell* und alles, was danach kam. Aus Plauderei wurde Wettstreit, mal zwischen Spitzenköchinnen und -köchen, mal unter Laien.

KAPITEL 12

Diese Sache mit Meininger

THERAPIETAGEBUCH

Richtig, ich wollte diese Sache mit Meininger noch zu Ende erzählen. Sabine sagt, sie habe es ein bisschen anders in Erinnerung. Aber ich bin ziemlich sicher, dass es so ablief ...

Thom hatte Meiningers Kittel übergezogen, dazu eine Baseballmütze aufgesetzt, die er tief ins Gesicht schob, damit der Schatten auf seinen Zügen lag. Um den Hals baumelte der Ausweis des Gewerbeaufsichtsamts, gut erkennbar mit Konterfei und Name des Toten.

Es war natürlich ein Risiko, dass er bei seiner inzwischen gewachsenen Internetbekanntheit den Kontrolleur mimte. Aber Stefan und Martin waren zu betrunken und Boris eindeutig zu alt. Niemand sonst kam also infrage.

»Das muss klappen«, schärfte ihm Sabine ein, bevor sie das *Asian & burgerZ* betraten, in dem wie immer die Hölle los war. »Kopf nach unten und los.«

Sie ging vor und lotste Thom direkt an den vielen Menschen vorbei zum Durchgang in ihre Küche. Dabei sagte sie sehr oft »Herr Meininger« dies und »Herr Meininger« jenes und erwähnte, dass sie sich auf die Kontrolle freue, weil sie nichts zu verbergen habe.

Thom erwiderte dann immer, dass er danach ins *Schnitzeleck* ginge. Danach. Ganz wichtig: danach!

Schnell waren sie im Personalbereich und in der kleinen Umkleide, aus der Sabine zwei Angestellte vertrieb, weil »der Herr Meininger« sich in Ruhe umsehen wolle. Hygiene sei überall entscheidend.

Dann waren sie alleine.

Zügig öffnete Sabine den Personaleingang, damit Schnurrbart-Stefan und Halbglatzen-Martin mit ihrer besonderen Lieferung hineingelangten.

Aber von den beiden fehlte jede Spur.

»Fuck.« Thom zog den Kittel aus und hängte ihn an den Haken. »Wo stecken die?« Er machte einen halben Schritt hinaus.

»Nein! *Dich* darf niemand sehen«, mahnte Sabine und hielt ihn am Arm zurück.

»Ich wette, die haben sich noch ein Bier gezapft, bevor sie los sind.« Thom verfluchte seine Stammgastfreunde. In seiner Vorstellung warfen sie die Tonne um und ließen den Toten mitten auf die Straße fallen. Direkt vor eine Polizeistreife. Oder Freaky Max.

Endlich rumpelten Plastikräder heran, und die Männer tauchten mit der Mülltonne auf. Zu Thoms und Sabines Entsetzen schauten die Beine der Leiche heraus.

»Hat nicht ganz reingepasst«, verteidigte sich Martin schon von Weitem. »Und sorry. Wir hatten uns verfahren.«

»Ihr musstet nur über die Straße!«, herrschte Thom sie an.

»Und wir wollten ja nix an dem Typen kaputt machen, wenn wir die Beine umbiegen oder so. Wegen der Spuren«, fügte Stefan hinzu. »Auf der Straße war zu viel los. Wir haben einen Umweg genommen.«

»Los, rein mit euch!« Thom wuchtete die Tonne ins Innere und kippte sie vorsichtig, um den toten Kontrolleur herauszuziehen.

Gemeinsam streiften sie der Leiche den Kittel über und legten ihr den Ausweis um, danach verteilten sie Handdesinfektionsmittel aus Meiningers persönlichem Spender auf dem Boden und verrieben es an Schuhen sowie seinen Händen. Damit war der Mann für die Ermittler später selbst schuld an seinem Tod. Unachtsamkeit konnte auch bei Profis zum Exitus führen.

Erleichtert rollte Thom die Tonne zum Ausgang. »Danke, Sabine.«

»Wir haben eine Abmachung«, erinnerte sie ihn und schenkte ihm trotzdem ein Lächeln.

»Boah, sag ma: Kann ich noch einen Burger kriegen? Für unterwegs?«, fragte Martin. »Das riecht so lecker.«

»Komm einfach gleich wieder als echter Kunde rein«, bat Sabine. »Geht dann aufs Haus.«

»Apropos rein.« Stefan klappte den Mülltonnendeckel hoch und richtete den Schnauz mit einer Handbewegung. »Rein.«

»Wer? Ich?«, fragte Thom.

»Logo! Draußen stehen Leute. Die dürfen dich nicht sehen.« Er pochte gegen die Seitenwand. »Hopp, hopp, Häschen.«

»Da hat er recht«, sagte Sabine und half ihm beim Hineinklettern. »Wir telefonieren.«

»Ich fahre auch vorsichtig«, versprach Martin und machte blubbernde Motorgeräusche. »Wie in *Fast and Furious*!«

»Danke«, sagte Thom nochmals zu seiner Ex und gab ihr einen Kuss auf die Wange, bevor er tief ins Innere des Behälters glitt und sich die Abdeckung über ihm schloss.

Er kam sich vor wie in einem Miniatur-U-Boot, in das jemand hineingefurzt hatte – bestimmt hatte Meiningers Körper noch einige Flatulenzen zurückgelassen.

Die Tonne legte sich leicht schräg und rumpelte voran.

Jeder Schlag des unebenen Untergrunds, der Bordsteinkanten oder Hydranten übertrug sich direkt auf Thom, den es im Innern hin und her schüttelte. Er atmete flach, um nicht zu viel von der üblen Luft zu inhalieren.

Seine Kumpel redeten und lachten, während sie mit der Tonne und ihm darin durch die Nacht rollten.

Und rollten.

Und rollten …

Wir hätten schon längst im Schnitzeleck *sein müssen.* Thom bekam langsam ein ungutes Gefühl. »Jungs«, rief er. »Könnt ihr mir sagen –«

»Pscht«, machte Martin, und: »Brumm, brummm.«

»Das sind Leute«, fügte Stefan hinzu. »Halt bloß die Klappe jetzt!«

Dann vernahm Thom leise Unterhaltungen. Es wurde gelacht, Passanten kamen an der Tonne vorbei und lachten noch mehr.

Plötzlich hielten die Räder an, Thom wurde abgestellt. Aber die Gespräche tönten nach wie vor um sie.

»Einen Döner mit allem«, bestellte Martin.

»Und einen mit extra viel Fleisch«, orderte Stefan hinterher.

Thom saß in seinem stinkigen U-Boot und konnte es nicht fassen. Er wusste jetzt, wo er sich befand: Vor *Ali Baba und die vierzig Döner*, der Imbissbude zwei Straßen entfernt vom *Schnitzeleck*. Dort holten sich seine beiden Kumpel auch mal gerne nachts was, wenn Bierchen und Apfelkorn überhandgenommen hatten.

»Geht klar«, hörte Thom Ali sagen. »Mein Döner ist aber nicht für eure Tonne.«

»Nee. Das ist unser neues Hobby«, sagte Martin.

»Wir sind jetzt Gassigeher mit vollen Tonnen«, ergänzte Stefan. »Wenn die zu fett sind, drehen wir Runden mit denen.« Die beiden Männer lachten, wie nur Angetrunkene über ihre eigenen Witze lachen konnten.

»Verstehe ich nicht.« Ali klang verwundert. »*Was* macht ihr damit?«

»Na, wir laufen damit durch die Gegend und verteilen den Inhalt auf andere Tonnen, die leer sind. Müll-Sharing«, log Martin, und Stefan kicherte wie ein kleines Mädchen.

»Ich glaube, *ihr* seid *voll* und habt die einfach irgendwo mitgenommen«, sagte Ali und lachte. »Ihr Granaten, echt.«

»Ganz genau«, stimmte Stefan zu. »Wir bringen sie auch wieder zurück.«

»Aber wartet mal, die Idee mit dem Müll-Sharing ist gar nicht schlecht. Ich hab hier noch Müll, den könnt ihr reintun.«

Thom wurde eiskalt.

Wenn er entdeckt wurde, brauchte er eine absurd gute Lüge. Eine verlorene Wette oder dergleichen, das wäre ein glaubhafter Grund.

»Hier, Männers. Die Müllbeutel. Dafür bekommt ihr die Döner kostenlos«, sagte Ali nach einer Weile.

Die Klappe wurde geöffnet, und das Licht der Straßenlaterne fiel herein.

Gleichzeitig erschienen Martins entschuldigendes Gesicht und

Stefan, der mit einem Schnauzergrinsen in einen riesigen Döner biss, gefolgt von mehreren grauen Müllbeuteln.

Es roch nach sehr, sehr altem Abfall. In einem der Säcke raschelte es, als bewegte sich etwas Lebendiges darin. Leise plätscherte etwas auf den Boden der Tonne um Thoms Füße.

»Das ist doch mal was«, sagte Stefan und verschlang einen großen Fleischfetzen.

Zack – der Deckel schloss sich wieder.

Der zusätzliche Gestank ließ Thom würgen.

»Danke, Männers«, verabschiedete sie Ali.

Die Tonne kippte erneut in Schräglage, die Fahrt ging weiter – nur um nach ein paar Metern zum Stehen zu kommen.

Fuck, was denn jetzt?, dachte Thom verärgert und wollte die Säcke mit dem Abfall am liebsten in hohem Bogen von sich werfen.

»Meine Freundin hat sich den Knöchel verknackst«, sagte eine liebliche Frauenstimme. »Könnt ihr sie mit der Tonne rollern? Wir wohnen gleich zwei Straßen weiter. Das wäre voll nett von euch.«

»Aber so was von!«, stimmte Stefan sofort zu.

»Hüpf drauf«, sagte Martin. »Wir sind doch Gentlemen.«

Über Thom bog sich der Deckel plötzlich leicht nach unten, die junge Frau hatte Platz genommen.

»Und könnt ihr euch beeilen?«, bat sie etwas verlegen. »Ich muss tierisch pinkeln.«

»Notfalls pischerst du einfach in die Tonne«, schlug Stefan vor. »Wir haben noch Servietten vom Dönermann.«

Bitte nicht! Thom schloss die Augen – da wurde der Behälter wieder leicht gekippt und mit einem Affenzahn über den Bürgersteig gerollt.

Die Müllsäcke öffneten sich durch die Erschütterungen und berieselten Thom mit ihrem Inhalt, den er im Dunkeln zum Glück nicht sah. Der Geruch genügte ihm völlig, während es ihn unentwegt durchschüttelte und seine Zähne zum Klappern brachte. Das Siffwasser schwappte in seine Schuhe, und das Rascheln des Tierchens im Beutel wurde lauter.

Wenigstens ging es schnell. Die Frauen verabschiedeten sich alsbald von ihren Helden, und die Tonne rollte voran, dieses Mal deutlich geruhsamer.

»Gleich geschafft«, sagte Martin durch das Plastik ins Innere.

»Ich kann das *Schnitzeleck* schon sehen«, fügte Stefan hinzu – und fluchte.

»Was ist?«

»Notarzt. Vor dem *Asian & burgerZ*«, berichtete Martin.

Thom hob den Kopf und schob den Deckel einen Spalt auf, um etwas sehen zu können.

Auf der Straße parkten ein Rettungswagen und der Pkw des Notarztes.

In diesem Moment schoben zwei Männer in weiß-roter Kleidung eine abgedeckte Bahre aus dem *Asian & burgerZ*, eine Frau in gleicher Aufmachung trug Meiningers Tasche hinterher und stellte sie in den großen Rettungswagen.

Erst jetzt gesellte sich ein Streifenwagen hinzu. Ohne Blaulicht.

Thom schlug das Herz bis zum Hals. *Lass es klappen,* bat er das Schicksal.

Etwas krabbelte an seinem Bein hoch und den Rücken hinauf, quietschte leise und schnuffelte an seinem Ohr. Es kostete ihn viel, viel Mühe, nicht aufzuschreien und herauszuspringen.

Zwei Beamte stiegen aus und wechselten einige Worte mit dem Notarzt, dann mit Sabine, die ins Freie getreten war. Zusammen verschwanden sie für ein paar Minuten im Laden, um danach in den Streifenwagen zu steigen und wegzufahren.

»Die haben keinen Schimmer«, sagte Stefan zufrieden. »Keinen Schimmer, was wirklich passiert ist.«

»Wir waren so gut«, stimmte Martin selbstzufrieden zu und sammelte sich ein Stück Dönerkraut von der Jacke, das er schnell aß.

Die Maus hopste von Thoms Schulter durch den Spalt ins Freie. »Fahrt mich ins *Schnitzeleck.*« Thom sackte erleichtert zurück in die Tonne.

Er musste das Holzbrett seines Azubis entsorgen. Keine Spur durfte von Meininger ins *Schnitzeleck* führen. Die bereits ausgefüllten Protokollbögen des Kontrolleurs hatten sie entsorgt, sodass es auf die

Beamten und das Gewerbeaufsichtsamt wirken würde, als sei der Mann zuerst ins *Asian & burgerZ* gegangen und nicht mehr dazu gekommen, seine Runde zu Ende zu bringen.

Im *Eck* wurden sie von Boris ungeduldig erwartet. Der Anblick von Rettungs- und Streifenwagen hatte zu größter Sorge geführt.

Thom wurde aus seinem Gefängnis befreit. An ihm hafteten Abfallstücke, von Verpackungen über Essensreste bis hin zu Überresten von aufgebrühtem Tee und Kaffeesatz.

»Ich stelle mich einfach mit allem unter die Dusche«, sagte er zu seinen Kumpeln. »Ihr könnt nach Hause. Und danke.«

»Ach, einfach lebenslang kostenlose Schnitzel, und wir reden nicht mehr drüber«, meinte Stefan großzügig und rülpste.

»Und ein Bier dazu«, verhandelte Martin im Hinausgehen. »Wir werden jetzt noch Burger essen.«

»Schönen Abend«, rief Thom ihnen nach und schob Boris ebenfalls ins Freie. Er brauchte dringend Ruhe, eine Dusche und einen Drink.

Eine Kurznachricht kam aufs Smartphone.

Alles klar!
Unfallbericht ist angefertigt.
W meldet sich bald bei dir.
Toi toi toi!
:-*
Sabine

Thom atmete beruhigt tief ein und aus. Dass er stank wie Hulle, machte ihm plötzlich nichts mehr aus.

Und mit Wu würde er sich schon einig werden.

Schnitzel Mysterien 1

Woher das Ur-Rezept für das Wiener Schnitzel stammt, ist nicht geklärt.
Einige nennen das *Cotoletta alla milanese* als Ursprung, das im 14. oder 15. Jahrhundert den Weg nach Wien gefunden haben soll.
Gelegentlich taucht die Geschichte einer byzantinischen Prinzessin auf, die das Rezept des panierten und gebratenen Schnitzels nach Wien gebracht habe.
Dann gibt es die Legende, der österreichische Feldmarschall Radetzky habe es im Jahre 1857 aus Italien importiert. Es heißt, Graf Attems, ein Flügeladjutant des österreichischen Kaisers Franz Joseph I., übermittelte einen Bericht Radetzkys über die politische Lage in der Lombardei an den Kaiser in Wien. In einer Randnotiz sei jenes panierte Kalbskotelett erwähnt gewesen. Nach Radetzkys Rückkehr habe der Kaiser diesen persönlich um das Rezept gebeten.

KAPITEL 13

Nee, eher nicht.

THERAPIETAGEBUCH

Vor Gericht wäre es vielleicht schlau zu erwähnen, was Sat7 Vox*TL* noch an Formaten machen wollte, die niemals umgesetzt wurden.
Zu Recht!
Das sollte ich unbedingt anführen, damit klar wird, wie menschenunwürdig man beim Sender denkt. Sind in erster Linie Pluspunkte für mich, dass ich diesen Mist verhindert habe.

Es gab tatsächlich einen drehfreien Tag, und doch wurde Thom sofort klar, dass es ein Scheißtag werden würde. Denn Freaky Max hatte zum Brainstorming ins *Schnitzeleck* geladen. Zum Entwerfen weiterer neuer Formate.

Und er kam nicht alleine.

Thom stand hinter der Theke, zapfte Pils für Halbglatzen-Martin und Schnurrbart-Stefan, als die Tür aufschwang und der flippige Produzent hereinkam, begleitet vom gut angezogenen Tonmännchen und der halb schlunzigen Kamerafrau. Im Schlepptau eine kleine Horde von sechs Leuten, von denen niemand älter als dreißig war, bis auf einen, der locker auf die sechzig zuging und total verlebt aussah.

»Hallo.« Max sah verwundert auf die beiden Gäste am Tresen. »Es ist doch Ruhetag?«

»Für uns nie«, sagte Stefan und fuhr sich über den Schnauz.

»Thom braucht keine Ruhe vor uns«, fügte Martin an und kämmte sein schütteres Haar. Heute nutzte er den Stielkamm in weißblaugrüner Batikoptik.

»Ich habe die Jungs dazugebeten, damit wir gleich eine Rückmeldung von unserer Zielgruppe haben«, erklärte Thom.

»Nä. *Das* ist nicht unsere Zielgruppe«, sagte ausgerechnet der verlebte Typ. »Die sind zu alt.«

»Darauf ein Pils«, murmelte Martin und stieß mit Stefan an.

Thom zuckte mit den Schultern. »Sie bleiben trotzdem. Als Zweit- und Drittmeinung.«

»Meinetwegen. Aber auf Ihre Verantwortung. Wenn die beiden Herren was ausplaudern, begehen Sie Vertragsbruch, Herr Mann«, stellte Max klar und zeigte der namenlosen Brainstormhorde, wo sie sich hinsetzen sollte. »Das ist meine Redaktion von ›Neue Formate‹. Wie ich schon geschrieben habe, brauchen wir noch ein paar andere Ideen als simple Parodien von bestehenden Koch- und Backformaten. Um USP zu haben.«

»USP?« Martin sah fragend Stefan an.

»Unterstes Sensations-Programm. Oder so«, nuschelte dieser im Ansetzen des Glases.

»Unique Selling Point. Etwas, das uns besonders macht. Was andere eben nicht haben.« Max winkte Thom zu ihnen an die Tische. »Der Sender meinte, die Views seien jetzt nicht so der Bringer. Solide, aber Luft nach oben. Es muss was rein, was *nur* wir haben. Deswegen das Brainstorming.«

»Gehirnsturm«, übersetzte Martin und lachte einmal auf. »Was ist das eigentlich für ein dämlicher Begriff? Ein Sturm wirbelt alles durcheinander, man findet nix mehr und alles ist im Arsch.«

Das Redaktionsteam grinste, während Tonmännchen und Kamerafrau mit ihren Aufzeichnungen begannen. Der Gehirnsturm, ob laues Lüftchen oder tosender Orkan, wurde dokumentiert.

Thom feixte und setzte sich bewusst neben seinen Produzenten. »Ich bin gespannt.«

Max sah in ihre Runde. »Also, keine Scheu. Alles darf ausgesprochen werden. Keine Tabus. Streichen können wir immer.« Er zeigte auf die Frau zu seiner Rechten, die noch jünger war als er. »Lilly?«

»Problematische Rezepte«, sagte sie und erinnerte Thom in ihrer Aufmachung frappant an »Klö«.

»Was meinst du damit?«

»Ah, sehr gut! Geschützte Pflanzen und Tiere zubereiten«, ergänzte einer aus der Truppe. »Kranker, geiler Scheiß.«

»Nee, damit machen wir uns strafbar«, erwiderte ein anderer.

»Geht halt auf eine Insel außerhalb der Meilenzone«, murmelte Stefan vom Tresen.

»Super Idee! Das mit der Meilenzone«, befand Max und machte sich einen Vermerk.

»Das hab ich nicht gemeint«, entgegnete Lilly. »Eher so was wie Zigeunerschnitzel. Negerkartoffelsalat. Rotschild-Salat. Negerkusstorte. Diese Rezepte, deren Namen umgeändert wurden. Wir inszenieren sie als kulinarische Verlierer der politischen Korrektheit und dass sie nun gar nicht mehr gekocht und zubereitet werden dürfen. Nennen wir es *Kitchen Cancel Culture.*«

»So! Da! Endlich sagt es mal einer«, wetterte Martin. »Dann muss unbedingt das Nazi-Gold-Schnitzel auf die Karte. Und immer schön Fanta dazu trinken. Aber das Originalrezept von 1940.« Er lachte, um klarzumachen, dass er es nicht so meinte.

»Wie ist das mit Kraut-Salat?«, warf Stefan ein und schlürfte am Pils, die Schnurrbarthaare erhielten ein pittoreskes Schaumkrönchen. »*Kraut* ist doch ein Schimpfwort für Deutsche. Da wurde nix verändert, oder? Es werden damit jeden Tag Millionen Deutsche beleidigt. Und die Bayern … haben die nicht sogar die Steigerung? Bay'risch Kraut? Also eine Beleidigung speziell für Bayern.«

»Super! Das ist prima! Damit zeigen wir die Ausnahmen auf.« Lilly war begeistert.

Thom grinste vor sich hin. Er sah Max an, dass er keinen Thementag mit *Kitchen Cancel Culture* machen würde.

»Was sind Negerkartoffeln?«, fragte jemand verwundert.

»Blaue Kartoffeln. Sie wurden um 1900 so genannt. Damals halt … also … im Zeitgeist normal«, sagte eine andere, die schnell im Netz gesucht hatte.

»Nein, das ist zu gefährlich. Lockt die falschen User, die uns die Kommentarspalten mit Heil-GIFs und Reichsflaggen zuspammen.

Nächstes Thema?« Max sah zum Nachbarn der gescheiterten Redakteurin. »Ben?«

»Flüchtlingsküche«, warf der Mann in den Raum, der vom Style bis zum Gesichtshaar aussah, als wäre er Max' Zwilling, allerdings mit fehlerhafter Nase. »Ich nenne das Format *Fresh from the Boat*. Es kommen so viele Flüchtlinge aus zig Ländern der Erde zu uns, dass man doch in den Erstaufnahme-Unterkünften drehen und live kochen könnte.« Ben sah begeistert von seiner eigenen Idee aus. »Und zwar Originalrezepte. Nicht diese weichgespülten Sachen aus den europäisierten Kochbüchern.«

Leise, teilweise zustimmendes Gemurmel an den Tischen.

Max wirkte skeptisch. »Eigentlich nicht schlecht, aber …«

»Das wäre doch auch was für Integration. Menschen lernt man übers Essen kennen. Wie sie kochen. Man wird neugierig, kommt ins Gespräch«, führte Ben aus.

Max machte sich eine Notiz. »Na gut. Nächster. Und ab jetzt immer nur Schlagworte. Erklärungen dann, wenn ich sie hören will. Sonst sitzen wir ewig hier.«

Reihum wurden neue Formate im Sekundentakt gepitcht.

»*The Beauty & the Kochnerd*. Scharfe Braut plus komischer Typ oder tätowierte Drecksau. Dazu heißes Kochen in knappen Klamotten.«

»Weiter.«

»*Küchentausch*. Immer normale Leute, die ihre Küchen und Kühlschränke tauschen, aber zwischen verschiedenen Bundesländern. Also Bayern gegen Hamburg, Thüringen gegen NRW …«

»Nä.«

»*Cucina Impossibile*. Zwei Spitzenköche, die sich gegenseitig –«

»Willst du mich verarschen? *Kitchen Impossible* mit anderem Namen? Weiter!«

»*In fremden Küchen*. Spitzenköche machen spontane Hausbesuche bei Passanten und müssen sie mit ausgelosten Zutaten plus drei Zutaten im Kühlschrank des Gastgebers …«

»Nächster, verdammte Scheiße!«

»*Streetfood* – was essen eigentlich Obdachlose? Wir gehen raus und sprechen mit den Randständigen, machen auf deren Lage aufmerksam und kochen mit ihnen zusammen. Einmal deren Fraß, danach was Anständiges.«

»Fuck, nein! Das sieht nach Sichlustigmachen aus.«

Thom lehnte sich zurück und nahm das Pils, das ihm Martin mit einem Griff hinter die Theke gezapft hatte. »Wie wäre es mit *Container Love?*« Er nippte am Bier. »Wir nehmen uns die Restecontainer von Einkaufsmärkten vor und machen aus den weggeworfenen Lebensmitteln leckere Gerichte? Dazu laden wir immer einen berühmten Koch und eine Köchin ein.« Er leckte einen herabrinnenden Tropfen vom Glasrand. »Zum einen zeigen wir, was für ein Irrsinn die Vernichtung von Lebensmitteln ist, zum anderen, dass ein abgelaufenes MHD nicht *auf der Stelle tödlich* bedeutet.«

Schweigen im *Schnitzeleck.*

»*Das* ist gut.« Max nickte anerkennend. »*Das* ist *echt* gut! Message, Kochen, Spitzenköche, Appell an die User und die Politik. Alles dabei. Mega, Herr Mann!« Er sah wieder in die Teamrunde. »Habt ihr das gehört? *Container Love!* So was will ich haben.«

»Als Titelmusik nehmen wir Phillip Boa and the Voodooclub«, fügte Thom hinzu. »Konzept steht.« Er zeigte auf die Nächste im Team, als wäre er der Producer.

»*Prank the Cook.* Küchenpranks in Sterneküchen. Wir schmuggeln Praktikanten ein, die dann Unfug anstellen, was wir mit versteckter Kamera filmen. Also zu viel Chili an einem Essen, versalzen und so was.«

»Nein. Da kann man uns verklagen«, sagte Max. »Und zwar doppelt. Von den Gästen und vom Laden.«

Thom fand den Gedanken schon irgendwie lustig, aber er verstand die Bedenken.

»Kochen mit Zootieren«, kam der Vorschlag von Ben. »*Taste the Wild,* würde ich es nennen.«

»Verstehe ich nicht. Erklärung«, blaffte Max.

»Wir gehen in Zoos und kochen dort, was sie nicht mehr brauchen und wegmuss. Zebras, Emus, Bison, Giraffe«, sagte Ben und freute sich bereits, dass er in den nächsten Level des Pitchs gekommen war.

»Das gibt der Serie *Affe, Erdmännchen & Co* einen Beigeschmack«, erwiderte Thom und zwinkerte.

»Beigeschmack!« Stefan prostete halb über den Tresen. »Haha!«

Allgemeines Aufstöhnen an den Teamtischen.

»Was denn?«, verteidigte sich Ben. »Ob sie das Zebra jetzt an die Löwen verfüttern, die Schlange einschläfern oder sonst was mit den Viechern machen, die übrig sind, oder ob wir sie zubereiten – wo ist der Unterschied? Man kann sich alles Mögliche an Fleisch bestellen. Wir haben die bessere Kulisse.«

»Schwierig«, räumte Max ein. »Könnte Kinder traumatisieren, wenn wir Skippy das Känguru grillen.«

»Ich hab schon Rezepte rausgesucht, mit Insekten und sogar für Meerschweinchen.« Ben gab nicht auf. »Wir können also auch den Streichelzoo raiden.«

»Nein«, entschied Max. »Zu hoher Niedlichkeitsfaktor. Viel zu gefährlich. Hohes Shirtstorm-Risiko.«

»Was Oma damals kochte. Alternativ: *Wovor sich Omma schon ekelte«*, kam der nächste Vorschlag von Lilly. »Wir kochen alte Rezepte nach. Eutergulasch, Ochsenherzen, Hirn-irgendwas. Und Dinge aus'm Darm. Was weiß ich.«

Max wackelte mit der Hand, um es als halben Kandidaten zu kennzeichnen.

»Naked Cooking«, lautete der nächste Einfall. »Wir lassen ein nacktes Küchenteam auf tropischen Inseln –«

»Meine Fresse, nein! Wir sind Sat7 VoxTL und nicht irgendein dämlicher Privatsender, der Titten und Schwänze baumeln lässt«, fuhr ihn Max an. »Am Ende verbrennt sich eine die Muschi, und jemand legt seine Wurst auf den Grill. Nein, danke.«

»Survival Cooking. Aber angezogen. Wir reisen an unwirtliche Orte …«

»Unter Wasser«, gluckste Stefan leise.

»… und kochen mit dem, was die Natur hergibt.«

»Viel Spaß an Nord- und Südpol«, sagte Thom lachend. »Entweder Pinguine oder Eisbären. Oder Roben. Fisch, mit viel Glück. Oder Wal.«

Max sah über sein Team. Sie hatten mehrere Runden durchlaufen, und seine Positivliste hielt sich in Grenzen. Leicht resigniert wandte er sich an Thom. »Haben *Sie* vielleicht noch was, Herr Mann?«

»Ich hab was!«, rief eine junge Frau, die ihre braungrauen Haare zur Asi-Palme hochgebunden hatte. »*The Star Challenge!* Mit Ihnen, Herr Mann.«

»Was meinst du damit, Kim?«, fragte Max neugierig nach.

»Na, Sie wären doch beinahe mal ein Sterne-Koch geworden. Warum holen wir das nicht nach? Wir begleiten Sie dabei, wie Sie aus dem *Schnitzeleck* eine Sterne-Bude machen. Innerhalb von 24 Stunden.«

Da sagte Thom, dass Kim keine Ahnung hatte, wie über Sterne, Hauben und sonstige Auszeichnungen entschieden wurde. »Das funktioniert so nicht.«

»Na ja. Ich kenne jemanden, der als geheimer Prüfer arbeitet. Für verschiedene Feinschmecker-Zeitschriften, Websites, den Guide Michelin und den Gault & Millau«, erklärte sie listig.

»Scheiße, ja!«, rief Max. »Wie gut ist *das* denn, bitte?«

»Sie bekämen natürlich keinen echten Michelin-Stern, wenn Ihnen das gelingt. Aber er kennt die Vorgaben in- und auswendig«, versprach Kim.

»Den maskieren wir natürlich. Das macht es noch geheimnisvoller. Perfekt!«, jubelte Max.

»Du brauchst dann ein Schnitzel Surprise«, riet ihm Stefan todernst von der Theke.

»Und dekonstruktiviert. Und Molküleküche«, verlangte Martin, während er sich und seinem Freund über den Tresen ein weiteres Bier ins Glas bastelte.

Dekonstruiert. Molekulare Küche, dachte Thom. »Darauf habe ich gar keinen Bock«, gestand er. »Dabei kann ich nur verlieren.«

»Es geht um den Weg. Zum Sieg oder zum Scheitern.« Max wischte den Einwand weg. Auf seinem Zettel hatte er bereits drei

Ausrufungszeichen hinter *The Star Challenge* gemacht. »Gehen wir's an.«

Thom ließ sich von Martin noch ein Bier reichen.

Und einen Apfelkorn.

Es gab kein Entkommen.

Schnitzel Mysterien 2

Die Bezeichnung Wiener Schnitzel tauchte 1831 in Maria Anna *Neudeckers Allerneuestem allgemeinen Kochbuch* als *Wiener Schnitzel von Kalbfleisch* auf.

Übrigens, schon lange vor dem Schnitzel wurden in der Wiener Küche Speisen paniert und in Fett schwimmend ausgebacken. Das Backhendl, vor allem bei den Habsburgern beliebt, ist erstmals 1719 in einem Kochbuch erwähnt. Es ist zu vermuten, dass dem Kalbsschnitzel selbiges geschah und das Wiener Schnitzel tatsächlich österreichischer Herkunft ist.

THE
FAMOUS
SCHNITZEL
CORNER

KAPITEL 14

Rendez-Wu

THERAPIETAGEBUCH

Ich muss vielleicht noch vor Gericht erwähnen, welcher Druck auf mir lastete.
Nicht nur diese dämliche Star-Challenge, nein, nach wie vor horrende Schulden, die Abhängigkeit von Sat7 Vox*TL*. Und der Unfall von Meininger.
Der mich wiederum in andere Schulden trieb.
Bei Herrn Wu ...

Das Treffen mit Wu hätte hinter dem *Schnitzeleck* stattfinden sollen, aber ein massiver Schauer trieb den chinesischen Geschäftsmann, Sabine und Thom in die Küche der Kneipe. Leicht angewässert tropften sie den Boden voll.

Bis auf Wu. Der hatte seine riesige Aktentasche geschickt als Regenschutz benutzt, um seinen hellen Maßanzug und sich zu schützen.

»Ich mache mal einen Kaffee«, bot Thom an.

»Nein danke«, sagte Wu, dessen kurzes schwarzes Haar im linken Seitenscheitel lag. »Ich mag keinen Kaffee. Und ich denke nicht, dass Sie einen guten Grüntee haben.«

Hatte Thom wirklich nicht.

Wu sah sich in der aufgeräumten Küche um. »Hier ist es also passiert«, raunte er. »Hier starb ein Mensch, wie mir von Frau Merker zugetragen wurde.«

»*Mindestens* einer«, stellte Thom richtig und setzte für sich einen Kaffee auf. Sabine hatte ihm gesagt, dass sie ihrem Boss die Wahrheit hatte beichten müssen. Davon war Thom nicht begeistert gewesen, aber da sie ihm einen immensen Gefallen getan hatte, bestimmte sie die Regeln. »Zumindest einer, der mir Probleme gemacht hat.«

»Nicht nur Ihnen, Herr Mann.« Wu deutete anerkennend auf Sabine. »Frau Merker hat das Risiko auf sich genommen, durch den Unfall in den Fokus der Öffentlichkeit und der Medien zu geraten. Was zum Glück nicht geschehen ist.«

Thom nickte Sabine mit einem Lächeln zu. »Ich weiß. Und dafür stehe ich in ihrer Schuld.«

»In *meiner* Schuld, Herr Mann«, stellte Wu freundlich klar. »Ich will Ihr *Schnitzeleck* übernehmen. Mit allem. Namensrechte. Einrichtung. Bezeichnungen der Gerichte und sämtliche Rezepturen.«

»Und meinen Miesen.« Das war ein Ausweg aus dem Druck, den der Sender auf ihn ausübte. Mit der Kohle des Chinesen konnte er zu Max auch mal *Fick dich* bei einem Konzept sagen. Nur eben in Nett.

»Nein. Die nicht«, entgegnete Wu. »Diese Verbindlichkeiten haben Sie sich selbst eingebrockt. Außerdem arbeiten Sie die doch gerade bei Sat7 VoxTL ab.«

»Sie kriegen das *Schnitzeleck* nur mit den Schulden«, sagte Thom beharrlich.

Wu schüttelte den exakt frisierten Kopf. »Sehen Sie, Herr Mann, ich bin nicht der Boss eines erfolgreichen Investmentunternehmens mit internationaler Systemgastronomie-Kette geworden, weil ich freundlich war. Sondern weil ich einen Riecher für gute Geschäfte habe.« Er lächelte gleichgültig. »Sie sind eine günstige Gelegenheit und Sie sitzen in einer Falle, aus der Sie nicht aus eigener Kraft entkommen.«

»Na ja ...« Kampflos wollte Thom nicht aufgeben.

»Ich kann Sie anonym bei den Behörden anschwärzen, die daraufhin mit Spurensicherungsprofis anrücken werden. Irgendein Hinweis auf Kontrolleur Meiningers Aufenthalt in Ihrer Kneipe wird sich finden«, sagte Wu. »In der er angeblich in der Mordnacht nicht war. Bedenken Sie, *wem* Sie damit alles schaden könnten, sollte die Wahrheit ans Licht kommen. Mit *wem* Sie zur fraglichen Tatzeit telefoniert haben. Alles nachweisbar.«

Thom schürzte die Lippen. Der Hinweis galt weniger seinen Kumpeln Stefan und Martin oder seinem Azubi. Wu wusste, dass Sabine ebenso mit einer Ermittlung zu rechnen hatte. *Dieser kleine Schweinesack hat das alles geplant.*

»Mein *Schnitzeleck* macht keinen Umsatz. Viel ist es nicht wert. Das können Sie doch –«

»*Noch,* Herr Mann.« Wu legte die Hände auf den Rücken und sah sich in der Küche um, als gehörte sie bereits ihm und nähme er Umbauarbeiten im Kopf vor. »Noch ist es nicht viel wert. Mit zunehmender Social-Media-Bekanntheit wird sich das bald ändern. Die passenden Blogger und Influencer kann ich jederzeit einkaufen. Postings, Reels, Werbung.« Er drehte sich einmal um die Achse. »Dazu plane ich, die Karte ein wenig anzupassen, damit wir einen ähnlich hohen Stundendurchsatz erreichen wie das *Asian & burgerZ.*«

Thom glaubte, sich verhört zu haben. »Sie wollen einen generischen Schnitzel-Fast-Food-Laden draus machen?«

»Aber selbstverständlich! Nur in einem angenehmeren Gewand. Mit einem Anschein von Tradition und viel Moderne.« Wu ging durch die Küche in den Gastraum. »Kommen Sie. Ich zeige Ihnen meine Vision.«

Thom und Sabine tauschten einen kurzen Blick und folgten ihm. Die roten Lampen der Übertragungskameras waren aus.

»Diese Sitzecken sind perfekt«, begann Wu. »Jede wird ein anderes Thema bekommen: Österreich, Indien, Türkei, China und so weiter.« Er zeigte auf den Tresen. »Der fliegt raus. Selbstbedienungsrestaurant, Expressbedienung, Orderscreens am Eingang, Finger- und Fastfood. Schnell rein, schnell raus.«

»Und wie nennen Sie es dann?«

»*The Famous Schnitzel Corner.* Mit ein paar Memes und Slogans, wie *Lass mal Schnitzel cornern.* So oder so ähnlich. Fertig«, sagte Wu. »Kein Konkurrenzangebot zu *Asian & burgerZ.* Wir machen alles an sonstigem Fast Food im Umkreis platt. Ali Baba kann mit seinen 40 Dönern in die Wüste reiten.«

Ja, Wu hatte das geplant. Kein Wunder. Der Begriff Systemgastronomie kam nicht von ungefähr. Mit den Verbindungen des chinesischen Geschäftsmanns würde sich das *Schnitzeleck* zu einem Hotspot wandeln.

The Famous Schnitzel Corner. Thom sah über die Achtzigerjahre-Deko, und sein Herz blutete. Aus der seelenvollen Kaschemme mit Schnitzelmöglichkeit würde ein Plastikkonsumtempel werden. In seiner Horrorvorstellung sah er *The Famous Schnitzel Corner* schon überall. TFSC – weltweit. *Und ich habe es Wu erst ermöglicht.* »Beeindruckend.«

»Ich weiß.« Der Mann schaute siegessicher drein. »Ich kaufe es mit allem.«

»Und Schulden?«

Wu lächelte wie ein Hai vor dem Zubeißen. »Das Thema hatten wir schon.« Er nahm seine Aktentasche, öffnete sie und legte einen dicken Packen Papier auf den nächstbesten Tisch. »Der Vertrag. Lesen Sie ihn durch, und wenn Sie Fragen zu einem Paragrafen haben, rufen Sie mich an. Wir finden eine Lösung.« Er schaute sich noch einmal um. »Je schneller Sie unterschreiben, umso höher sind die Chancen, dass ich den Kaufbetrag aufstocke. Vielleicht sogar doch Ihre Miesen begleiche und Sie bei Sat7 VoxTL freikaufe?« Wu wandte sich dem Ausgang zu. »Denken Sie nicht zu lange drüber nach.«

Sabine atmete laut aus, als die Tür hinter ihm zufiel. »Fuck. Er hat uns beide an den Ei… Körperteilen, die schmerzen, wenn man dran zieht. Es tut mir leid, aber ich musste ihm die Wahrheit sagen. Hätte aber nie gedacht, dass er …« Sie hielt einen ausgestreckten Mittelfinger zur Tür, durch die Wu gegangen war.

»Schon gut.« Thom blätterte in dem fast dreißig Seiten dicken Vertrag. In erster Linie ging es um Garantien, Abtretungen und Absicherungen gegenüber Wu. Seine eigenen Rechte passten auf eine Seite.

»Wie viel zahlt er dir für die Übernahme von Einrichtung und Mietvereinbarung?«

Er fand die Summe nach kurzem Suchen. »50 000 Euro.«

»Ist das viel?«

»Gemessen an?«

»Deinen Schulden?«

»Nichts.«

»Und am Wert des *Ecks?*«

»Viel zu viel.« Thom lachte unglücklich. »Das stammt alles aus den Achtzigern. Sogar die Bierleitungen. Dass die nicht längst gebrochen sind, ist ein Wunder. Aber er kauft damit eben die Namensrechte an allem. Exklusiv. Ich darf dann nichts mehr davon nutzen.«

»Und tust du es nicht …?«

»Klagt er mir den Arsch weg oder lässt er mich hochgehen. Zusammen mit dir und Stefan und Martin und meinem Azubi.« Thom ging hinter die Theke und schlug dabei einmal gegen die Jukebox. Daraufhin spielte sie *Highway to hell.*

»Und nun?«

»Apfelkorn.« Er goss zwei Doppelte ein. »Nüchtern kann ich da niemals meine Unterschrift druntersetzen.«

Plötzlich grinste Sabine. »*Das* ist *die* Idee!«

»Was?«

»Bring die Flasche mit.« Sie zog ihr Smartphone hervor. »Du wirst diesen Vertrag unterschreiben. Und dabei so was von hackedicht sein. Damit holt dich jeder Anwalt aus dem Abschluss wieder raus. Unzurechnungsfähig und so. Wir zeichnen das auf, das ist unsere Absicherung gegen Wu.«

Thom hätte seine Ex in diesem Moment am liebsten geküsst.

Szene aus TÖKENTOOK *(Wortspiel für „Thekentalk", Sat7 VoxTL, Format verworfen)*

Halbglatzen-Martin: »Ist schon ein paar Jahre her, da hammse vom Mälzer wissen wollen, wie das Verhältnis generell unter den TV-Köchen so ist.«
Schnurrbart-Stefan: »Hat das nicht schon der Raue…?«
Halbglatzen-Martin: »Nee. Da ging's um *The Taste*.«
Schnurrbart-Stefan: »Mh. Also?«
Halbglatzen-Martin: »Solange sie sich geschäftlich nicht in die Quere kommen, sei's gut.«
Schnurrbart-Stefan: »Uiuiui.«

KAPITEL 15

Streetfood

THERAPIETAGEBUCH

Abgesehen von den Formaten, die ich im Kapitel vorher erwähnt habe, gab es eines, das ich gar nicht schlecht fand. Bei manchen Reaktionen war ich überrascht, bei manchen Rezepten noch mehr. Vom Unvermögen einiger Damen und Herren ebenso …

Thom stand in der Fußgängerzone, wo es nicht ein Glas zu polieren gab, was er sehr, sehr gut fand. In der Rechten hielt er eine Tasse Kaffee, zu Hälfte ausgetrunken, und wartete in seinem Küchenoutfit, dass das Koffein wirkte. Das Zeug ließ sich leider Zeit.

Freaky Max, das Anzug tragende Tonmännchen und die angeschlunzte Kamerafrau umschwärmten ihn, schossen ein paar Schnittbilder und fingen die Atmosphäre ein.

Morgens, neun Uhr in Deutschland.

Nahe am Wochenmarkt stand das große Zelt, in das er die Ahnungslosen locken sollte.

»Sind Sie so weit?«, erkundigte sich Max, der heute zwei Sonnenbrillen hochgeschoben im Haar trug.

Thom stürzte den letzten Schluck hinab. »Geht los.«

Beherzt ging er auf einen Rentner zu, der andächtig vor den Auslagen eines Schuhgeschäfts stand, als betrachtete er die Mona Lisa. »Moin, der Herr«, grüßte er schon von Weitem, damit der Mann nicht erschrak. Mit einem Herzinfarkt wollte er nicht starten. »Wir sind vom Fernsehen.«

»Sehe ich.« Der Beige tragende Endsechziger musterte Thom. »Umfrage?«

»Ähnlich.« Mit dem Kaffeebecher zeigte er auf das Zelt, auf dem mit schwarzem Klebeband STRTFD GRMNY getaped worden war. »Wir wollen wissen, was Deutschland so kochen kann.«

»Aha?«

»Sie kommen mit ins Zelt und bereiten dort Ihre Leibspeise zu. Live. Unsere Jury verkostet die, und wenn es denen schmeckt, können Sie eintausend Euro gewinnen«, eröffnete Thom dem Rentner. »Steuerfrei.«

»Oh, das ist toll. Wie wäre es mit Königsberger Klopsen?«

»Klingt super.« Thom wollte sich bei ihm einhaken und zum Zelt geleiten, damit der Rentner nicht entkam. »Dann –«

»Müssen wir noch meine Frau anrufen.«

»Was? Wieso?«

»Na, weil die kocht. Ich kann das nicht. Suppe vielleicht.«

»Nein, wir wollen ja, dass Sie kochen, Herr …?«

»Ich wärme Dosensuppe auf. Wir haben das damals aufgeteilt. Ich mache das Handwerkliche und bringe das Geld nach Hause, und sie kümmert sich um den Haushalt.« Er sah zum Zelt. »Haben Sie denn Dosensuppe? Dann zeig ich Ihnen mal eben, wie man die warm macht. Ohne Geschmacksverlust! Kann nicht jeder.«

Thom lachte. »Nee, lassen Sie mal. Aber danke.« Er ließ den Rentner vor der Auslage zurück und steuerte ein junges Paar an. Der Mann mit einem penibel gestutzten Bart, wie er in arabischen Kreisen gerne getragen wurde, und sie mit einer schicken Sonnenbrille im Gesicht. Die Kleidung der beiden wirkte teuer. »Moin.«

»Hallo«, grüßten sie neugierig zurück.

Thom erklärte kurz, was Sat7 VoxTL an Format zu bieten hatte, und erwähnte die möglichen tausend Euro Gewinn. Steuerfrei. »Und? Wollen Sie?«

»Na, ich weiß nicht«, antwortete die Frau zögerlich.

»Ach, komm. Wir sind zusammen ein super Team. Ich schnipple, du machst den Rest«, sagte er, um sie zu begeistern.

»Ja, trauen Sie sich! Ich bin gespannt.«

Sie lächelte zauberhaft und schob die Sonnenbrille zurecht. »Haben Sie denn überhaupt Sumach? Schwarzen Kardamom? Safran? Granatapfel?«

Thom sah zu Max, der hinter Tonmännchen und Kamerafrau stand. Und dieser schüttelte den Kopf. »Nee. Leider.«

»Schade. Ich hätte ihnen gerne persische Küche gezeigt.« Sie nickte zum Abschied, und das Paar ging.

»Na, toll. Wir müssen den Fundus aufstocken.« Max zog sein Funkgerät und gab entsprechende Anweisungen an das Hintergrundteam in der Requisite.

Währenddessen pirschte sich Thom an einen Mittzwanziger ran, der verschiedene Gemüsesorten hingebungsvoll an einem Stand betrachtete und gelegentlich Fragen an den Verkäufer stellte. Der Kleidung nach mehr Getto als Penthouse.

»Hallo«, sprach er ihn an und legte knapp dar, was das Format beinhaltete.

»Aber klar! Geil! Bin sofort dabei«, frohlockte der junge Mann. »Ich bin Jay Luis. Wie J Lo, nur anders. From da hood, nicht from the block.«

»Dann ab ins Zelt mit dir«, bat ihn Thom und geleitete ihn. »Was haben wir denn von dir zu erwarten?«

»Also, es geht ja um Lieblingsessen.«

»Genau.«

»Dann schlage ich vor, wir beginnen mit einer leichten Vorspeise. Gazpacho vielleicht?«

»Klingt gut.« Thom musste grinsen. Endlich wurde was aus dem Format. Er hatte Jay Luis unterschätzt.

»Danach einen Loup de mer, gebraten auf der Haut. Oder lieber confiert? Was habt ihr denn alles an Geräten?«

Sie betraten das offene Zelt, in dem ein sechsflammiger Herd stand, dazu zwei Backöfen und mehrere Kühlschränke. An der seitlichen Wand stapelten sich diverse Küchengeräte; selbst der Akku-Toaster mit der Popcorn-Funktion war dabei.

»Ah, ich sehe schon. Vakuumierer ist am Start. Dampfgarer auch.« Jay Luis freute sich. »Damit kann ich was Leckeres basteln. Ich mache schnell noch gepickeltes Gemüse. Und … wie wäre es mit moderner

Interpretation von Surf 'n' Turf?« Ohne die Antwort abzuwarten, stürzte sich der junge Mann zwischen die Gerätesammlung und zog alle möglichen Zutaten aus den Kühlschränken. »Wie viel Zeit habe ich?«

»Wie gesagt, das Lieblingsessen.« Thom versuchte, den engagierten Jay Luis ein wenig zu bremsen. »Eins.«

»Das esse ich alles gerne«, versicherte der und schnippelte bereits das Gemüse. »Mehr so Lieblingsmenü.«

Max tippte auf seine Smartwatch am Handgelenk, um zu vermitteln, dass ihm das zu lange dauerte, und machte ein Zeichen, dass Thom rausgehen und einen anderen Kandidaten finden solle.

Also ging er wieder los.

Dieses Mal steuerte er eine junge Frau im sportlichen Dress an. Die Blondine war etwas kleiner als Sabine und hatte eine Figur, wie man sie nur mit ausgeklügeltem Training und viel Disziplin bekam.

Beim Stichwort *Lieblingsgericht* strahlten ihre blauen Augen.

»Oh mein Gott, das ist göttlich!« Sie sah genau in die Linse der Kamerafrau. »Hashtag followMe. Hashtag LolaRenntRennt. Wenn ihr meinen Promocode *Laufender Meter* benutzt, bekommt ihr Prozente bei den Affiliates. Die Links sind alle auf meiner Website.«

Oha, dachte Thom. *Fitnessinfluencerin.*

Lola ging sofort auf das Zelt zu und drehte sich dabei mehrmals um die eigene Achse, um sich in ihrer körperlichen Perfektion zu zeigen. »Also, ihr Schnuckels. Hier ist Running Lola. Ihr braucht für mein Superfrühstück nur eine Handvoll roter Beeren«, sprach sie in die Kamera, ohne Thom eines weiteren Blickes zu würdigen. Vollprofi. »Dazu gebt ihr einen Klecks Sojajoghurt, drei Pekanüsse, vier Paranüsse und zehn Mandeln.« Während sie erzählte, fand sie bereits die Zutaten im Zelt und warf sie der Reihe nach in einen Mixer.

Max machte hinter der Kamera verzweifelt das Cut-Handzeichen.

Aber Thom sah es gar nicht ein, sie zu unterbrechen. Mit einer Sportinfluencerin holte man die ganzen Jugendlichen ab. Und er fand es obendrein lustig.

»Könnte man die Nüsse nicht vielleicht noch ein bisschen anrösten, Lola?«, schlug er vor.

»Das ist ein guter Gedanke, Tim.«

»Thom.«

»Beim nächsten Mal. Hab ja schon alles drin.« Sie nahm Rucola von Jay Luis' Tisch und schnappte sich die Mandelmilch. »Spinat ginge auch, aber ich mag das Bittere vom Rucola.« Sie setzte den Deckel auf und ließ den Mixer eine Runde hochdrehen. »So, fertig.« Lola goss den flüssigen Inhalt in ein Glas, dekorierte ihn mit Minze und presste noch eine halbe Zitrone darüber. »Das ist mein Supershake für den Start in den Tag. *Und* mein Lieblingsessen.« Sie hob Zeige- und Mittelfinger zu einem V und hielt sie waagrecht ans rechte Auge, zwinkerte übertrieben. »Folgt mir, Schnuckels! Hashtag LolaRenntRennt. Denkt an die Affiliate-Links. Hab euch lieb und passt auf euch auf. Hashtag Selfcare!«

»Schauen wir, wie das erste Lieblingsessen ankommt.« Thom brachte den Shake zur Jury, der aus vier Leuten aus dem Redaktionsteam bestand, und goss ihn in kleine Gläser zum Verkosten.

Jay Luis from da hood arbeitete immer noch und pfiff dazu gut gelaunt irgendeine italienische Arie.

Die Jury vergab sieben Punkte und lobte das Verhältnis von Protein zu Ballaststoffen, laberte über Ausgewogenheit und hob die Vorzüge der schnellen Zubereitung hervor. Lolas Mailadresse wurde aufgeschrieben, um sie beim Gewinn von tausend Euro zu kontaktieren. Dann war sie hashtaggend verschwunden.

Thom ging dazu über, eine kleine Karawane junger Menschen ins Zelt zu treiben, denen er von der Summe berichtete, aber erst in der Küche gestand, was sie dafür tun mussten. Daraufhin flüchtete die Hälfte regelrecht hinaus. Kochen schien nicht besonders angesagt zu sein. Der Rest stellte sich der Challenge. Tausend Euro waren viel Geld.

Und Jay Luis arbeitete immer noch. Er nahm mittlerweile fast sämtliche Geräte in Beschlag und verteidigte sie gegen jeden Versuch der Kandidatinnen und Kandidaten, sie selbst zu nutzen.

Nacheinander wurden der Jury vorgelegt: ein belegtes Brot mit Schinken, ein belegtes Brot mit Ei und dazu eisgekühlter Bommerlunder; verbranntes Rührei mit verbranntem Speck an verkochten Bohnen; Spiegelei mit Schinken; Rührei mit Schinken; Früchte-Joghurt-Bowl; gebratenes Eiweiß mit Speck; Salzkartoffeln mit Rührei. Nudeln mit Ketchup, Nudeln mit Butter.

Die jugendlicheren Teilnehmer kreierten spontane Gerichte, bei denen nichts zusammenpasste. Dafür nannten sie ihr Essen »Super Latte Cantuccini Amaretto Dings« oder »Mac Mir-Egal und Scheißdrauf-Pommes«.

Alle bekamen ausnahmslos sieben Punkte von der Jury, die sogar dem verbrannten Ei »intensive Röstaromen« und »spannende Texturen« beschied.

Jay Luis kochte immer noch.

Thom bedankte sich bei der vorletzten Kandidatin, der 62-jährigen Margit, die eben mal schnell eine Quiche Lorraine gemacht hatte – und von der Jury sieben Punkte bekam. Er selbst gab ihr dafür ganze zehn Punkte, was aber leider nicht zählte.

Dann stand plötzlich wieder Lola im Zelt.

»Na, ihr Schnuckels«, grüßte sie in die Kamera und drehte sich dabei erneut wie ein Model. Sie hatte sich tatsächlich umgezogen und trug nun ein Outfit, auf dem diverse Kleidungshersteller deutlich sichtbar ihr Label hinterlassen hatten. »Da bin ich wieder.«

»Sorry, nur *ein* Gericht«, sagte Max hinter seiner kleinen Wand aus Kamerafrau und Tonmännchen.

»Ich will ja gar nichts mehr kochen. Wollte nur mal fragen, wie es mit dem Wettbewerb aussieht.« Sie klimperte in die Linse. »Läuft gut für mich?«

»Jay Luis kocht immer noch«, sagte Thom. »Bislang gibt es Gleichstand. Wegen der inkompetenten Jury«, rief er laut zum Team hinüber, das sich daraufhin ein bisschen am Tisch zusammenduckte. »Weil die alle keine Ahnung haben.«

»Ah, okay. Ich dachte, ich hätte gewonnen.« Lola lehnte sich zu Thom. »Das hier ist der letzte Scheiß«, flüsterte sie. »Aber es schauen wirklich Leute im Netz zu. *Viele* Leute. Ich hab schon tausend Follower mehr als vorhin.«

Thom stutzte. »Echt?«, wisperte er zurück.

»Echt. Und die kaufen mein Zeug. Abos auf OnlyTrueFans habe ich auch gewonnen.« Lola zwinkerte erneut in die Kamera, drehte sich dabei, um das offensichtlich gesponsorte Sportdress in Szene zu setzen. Von Nippel bis Cameltoe. »Du bist eine Berühmtheit. Hatte dich echt nicht auf dem Schirm, Desaster Chef.«

»Desaster Chef?«

»Dein Hashtag. Haben mir ein paar neue Follower verraten.« Lola sah ihm an, dass er keine Ahnung hatte. »O je. Angst vor dem Fame?«

»Nein. Nix gewusst von dem Fame.« Thom sah zu Freaky Max, der immer betont hatte, wie unzufrieden der Sender mit ihm und den Views sei. »Interessant.«

»Fertig!« Jay Luis hatte endlich angerichtet und wischte sich mit einem Küchentuch den Schweiß von der Stirn. »Gazpacho vom Gartengemüse, dazu selbstgemachte Focaccia. Danach ein kleiner Pastagang: Parmesanraviolo in Salbeibutter, anschließend Tomaten mit Burrata und gebratenem Roastbeef und leichtem Pesto an einem Klecks Safranrisotto«, zählte er auf und zeigte auf die Teller. »Als Nachtisch schnelle Mousse au Chocolat und geschichtetes Tiramisu im Glas. Ich musste leider die fertigen Biscuits nehmen. Ihr hattet nicht mehr genug Zutaten für echte. Sonst hätte ich die schnell noch gemacht.«

»Schnuckels, schaut euch *das* an – aber esst es nicht. Das sind locker drei Kilo mehr.« Lola tänzelte zu den Tellern und brachte sie der Jury. »Denkt an meine Hashtags und die Prozente.«

Die schwelgende Jury vergab sieben Punkte an Jay Luis.

Daraufhin flippte der junge Mann vollkommen aus.

Er füllte zwei Pfannen randvoll mit Cognac, flambierte sie und rannte damit durchs Zelt, um an verschiedenen Stellen Feuer an der Plane zu legen. »Gegen die Kretins!«, schrie Jay Luis dabei und sorgte mit mehreren Tüten Mehl für einige stattliche Staubexplosionen.

Das lodernde Zelt musste geräumt werden und brannte sehr schnell aus.

Thom betrachtete die zusammenstürzende Küche und gab Jay Luis insgeheim für seine Abschlusseinlage und für das Menü die höchste Punktzahl. »Quotengold.«

Szene aus TÖKENTOOK *(Wortspiel für „Thekentalk", Sat7 VoxTL, Format verworfen)*

Halbglatzen-Martin: »Der Alexander Herrmann hat mal gesagt, dass in den Prime-Time-Formaten ein enormer Kampf um Aufmerksamkeit stattfindet. Nicht nur in Kochshows.«
Schnurrbart-Stefan: »Na klar! Hat er einen Tipp gehabt, wie das gehen soll?«
Halbglatzen-Martin: »Jau. Alle paar Minuten neue Reize setzen. Damit keiner wegschaltet.«
Schnurrbart-Stefan: »Und was ist ihm dabei wichtig? Ich mein', so ein Reiz kann ja auch Quatsch sein.«
Halbglatzen-Martin: »Gleichzeitig die Seriosität zu wahren.«

KAPITEL 16

Die Sterne lügen nie

THERAPIETAGEBUCH

Einfach nur, weil ich verdammt stolz bin – die Challenge, einen Scheißstern zu holen.
Und was ich daraus gemacht habe.

Thom und Boris hatten den ganzen Vortag in der Küche gewirbelt. Schnitzelzubereitungsmethoden in allen Versionen waren bis in die Nacht durchprobiert worden, um die Bandbreite und die Vielfalt des Gerichts abzubilden. Von Kalb bis Tofu, von Schwein bis Blumenkohl, von Pute bis Huhn.

Auch bei den Beilagen machten die beiden keine halben Sachen und nutzten, was die gehobene Küche zu bieten hatte. Dazu hatte ihnen Sat7 VoxTL ein eigenes Anbauzelt zur Verfügung gestellt, um darin einen Utensilienfuhrpark der Extraklasse aufzufahren.

Thom kannte einige der Geräte aus grauer Vorzeit. Die Technik hatte sich unheimlich weiterentwickelt, wobei manche Handgriffe und Garmethoden dann doch gleich geblieben waren.

Er sah auf die Uhr. »Wir schicken jetzt den letzten Hauptgang.«

Vor einer Stunde war der maskierte Prüfer mit viel Tamtam hereingekommen und vor die Kameras getreten, anschließend hinter einem Paravent platziert worden, damit weder die Zuschauenden noch Thom und Boris das Gesicht der Person sahen, die normalerweise heimlich in einem Sterne-Restaurant oder in einem Sterne-Anwärter mehrmals zu verschiedenen Zeiten ein Menü aß und danach entschied, ob ein Stern aufging oder erlosch. Thom wusste nicht einmal, ob es ein Mann oder eine Frau war.

Er und Boris hatten die leckersten Dinge gezaubert, von Selleriesuppe mit Sesam und Dashi-Brühe und Kalbfleischeinlage über Schnitzelröllchen mit Kartoffelgratin, Praline vom Zitronenschnitzel, gefülltes Schnitzelchen mit Orangen-Risotto und Schwarzwurzel. Immer nur winzige Portionen. Die Reste vernichteten Freaky Max, die angeschlunzte Kamerafrau und das anzugbekleidete Tonmännchen mit Hingabe. Die Gastrokalypse war bislang ausgeblieben.

Trotzdem fühlte es sich für Thom falsch an.

Die Handgriffe von damals weckten Erinnerungen an das Kochleben, das er nicht hatte führen wollen. Druck, Angst, Erwartungen, riesige Ansprüche. Und das jeden Tag aufs Neue.

»Finale Grande«, bestätigte Boris.

Unter den Kameralinsen des Senders richteten sie an: knuspriges Kartoffelkistchen mit Trüffelespuma an Madeirareduktion, Trüffelsalat und gebackenem Tofu auf einer Scheibe frittiertem Kalbsbries.

Thom brachte den Teller hinaus in den Gastraum, steuerte auf den Paravent zu – und ging dann drumherum, noch ehe Max ihm das Gericht abnehmen und servieren konnte. Er wollte wenigstens wissen, wie die Person aussah, die ihn und Boris bewertete. Die Zeit für Versteckspiele war vorbei.

»Bitte sehr«, sagte er beim Um-die-Ecke-Biegen. »Einmal das …« Vor Überraschung versagte ihm die Stimme.

Dort saß: Axel Wasser-Spiekermann, im grauen Zweireiher und mit roter Einsteckblume im Knopfloch.

Jener Axel Wasser-Spiekermann, der ihm einst den Stern wegen einer Lappalie und konstruierten Fehlern verweigert hatte. *Zur Hölle mit Sat7 Vox*TL*!*

Der inzwischen sehr betagte Restaurantkritiker schaute ihn ebenso verwundert an. »Ja? *Einmal das …?*«, fragte Wasser-Spiekermann auffordernd, um die Situation zu retten.

»Das … Beste von allem«, antwortete Thom verdattert und stellte den Teller ab.

Der Kritiker legte einen Finger an die schmalen Lippen und pochte sinnierend dagegen. »Wenn Sie schon um den Paravent gekommen sind, beschreiben Sie mir doch kurz, was Sie gekocht haben, Herr Mann.«

Thom sammelte sich. »Ein Dreisterne-Gericht von einem Kollegen, um die Komponente gebackener Edeltofu an Kalbsbries erweitert«, sagte er, während sein Puls schneller ging. »Kartoffelwürfel von vier Zentimeter Kantenlänge schneiden, teils aushöhlen, vorgaren. Den Hohlraum mit Eimasse befüllen, Kartoffeldeckel drauf und so frittieren, dass das Eigelb beim Anschneiden flüssig herausläuft.« Schweiß sammelte sich auf seiner Stirn und rann den Rücken hinab.

»Klingt gut.« Wasser-Spiekermann betrachtete das Gericht und drehte den Teller. »Espuma?«

»Trüffelespuma. Sahne, Kalbsjus, Trüffelbutter, -bruch und -jus mit Madeirareduktion einkochen, gedämpfte Kartoffeln dazu und durchmixen«, erklärte er im Versuch, seinen Herzschlag zu kontrollieren. »Espumaflasche im Wasserbad warmhalten.«

»Sehr clever. Und der Trüffelsalat?«

»Die Jus, die Madeirareduktion, Balsamico und Salz zur Marinade verrühren. Die Perigordtrüffel in 0,5 Millimeter dünne Scheiben hobeln und etwa vier, fünf Minuten in die Marinade geben, danach die Scheiben zu Blüten eindrehen. Damit es schön aussieht.« Thom fühlte sich in seine Lehrzeit zurückkatapultiert. Schuljungenkomplex.

Wasser-Spiekermann schnitt den Kartoffelwürfel an.

Das Ei rann perfekt heraus, lief in die Trüffel und den Schaum.

Danach kostete er das Tofu-Bries-Stück und schloss genießend die Augen. Innerhalb von Sekunden war der Teller leer.

»Ausgezeichnet, Herr Mann! Man merkt deutlich, dass Sie *beinahe* einen Stern erkocht hatten. Beinahe.« Wasser-Spiekermann schob den Teller leicht von sich weg. »Ich bin sicher, dass Sie ihn heute erhalten würden.«

»Wenn ich eigene Rezepte kreieren würde«, fügte Thom hinzu. Die Angst wich. Und etwas anderes stieg stattdessen empor. Etwas Angestautes, etwas Mächtiges. »So etwas wie den Kartoffelwürfel.« Er räusperte sich. Der Monolog des Kritikers Anton Ego aus Ratatouille kam ihm in Erinnerung und die Dämme brachen. »Aber wissen Sie was?«

»Bitte?«

»Das alles, dieser Trüffelscheiß, das ganze Gewese und Gemache, das hat mich alles angekotzt. *Sie* haben mich angekotzt, Wasser-Spiekermann! Ich wollte für Menschen kochen, was Leckeres, ohne Luxus und überteuerte Zutaten. Ehrliche Schnitzel, bestes Fleisch, bestes Gemüse oder Tofu.«

Die Worte hatten schon lange in ihm gebrodelt. Waren zu einer Essenz reduziert, seit er die Aufgabe bekommen hatte, sich den Stern zu holen. Und jetzt saß ausgerechnet der Kritiker von damals vor ihm.

»Klar, ist das gut! Sicher, das ist extraordinäres Essen, das herausragend ist.« Thom sah zur Decke in die leuchtenden Kameras. »Die Kochkunst der Kolleginnen und Kollegen, die sich in den Luxusküchen den Arsch abkochen, der Schweiß, die Anstrengung, stundenlanges Stehen und Schneiden und Kreuzschmerzen – größte Anerkennung und Hochachtung!« Er formte mit den Fingern die Umrisse eines Schnitzels. »Aber die normalen Menschen freuen sich über ein normales Schnitzel. Gute Qualität. Mit Liebe gemacht. Mehr braucht es nicht. Und wenn sie *dann* noch Wertschätzung für das einfache Handwerk haben, ist es perfekt. Perfekter als jede Sterneküche.«

»Wow«, raunte Max im Hintergrund. »Quotengold.«

»Das war es dann wohl für einen Stern«, sagte Wasser-Spiekermann mit kaltem Unterton. »Ich muss mich nicht von Ihnen beleidigen lassen. Erneut.«

»Scheiß auf Quotengold«, rief er ihm und Max zu. »Mein Azubi und ich geben uns viel Mühe, um gute Gerichte zu bauen. Besondere Gerichte, aber ohne Schi-Schi. Und es kommt *keiner!* Schulden ohne Ende, und es kommt keiner. Stattdessen« – Thom zeigte in die Kamera – »mache ich mich hier zum Trottel, um die Kohle aufzubringen. Sogar diese bekloppte Challenge, einen Stern zu erkochen. Dann sitzt der gleiche Arsch wie damals am Tisch, um zu testen.« Er tippte sich gegen die Stirn. »Einen *Stern!* Dabei bin ich hier, weil ich so was nie wieder machen wollte. Was für eine Scheiße!« Er drehte sich um und stapfte zurück Richtung Küche. »Ich hab die Challenge angenommen. Mir egal, ob sie gewonnen wurde oder nicht.«

In der Küche angekommen, verkeilte er die Tür und besprühte die installierten Kameras mit Trüffelespuma. Keine Bildübertragung mehr. Das Mikro von ihm und seinem Azubi versenkte er in der Madeirareduktion.

Er schnaufte. »Ich hab so die Schnauze voll.«

Boris biss von einem Blumenkohlschnitzel ab. »Das ist total lecker«, sagte er mit vollem Mund. »Mit dem Rest von –«

»Hast du mir nicht zugehört?«, fuhr Thom ihn an.

»Doch. Laut genug war es.« Boris betrachtete ihn kauend. »Was wird das?«

»Wie meinst du das?«

»Das Rumgeschreie. Das Ausrasten. Willst du hinwerfen?«

Tatsächlich hatte Thom genau das vor. »Das ist alles so falsch.«

»Es ist ein Zirkus, und du bist ein Clown auf Zeit. Ein gut bezahlter Clown. Und danach hast du deine Freiheit wieder und kannst tun, was immer du willst.« Boris knusperte auf dem gebratenen Blumenkohl herum. »Für mich ist das ehrenhaft, was du machst. Statt aufzugeben und in Privatinsolvenz zu gehen, rackerst du dich ab, damit alle ihr Geld zurückbekommen.« Er öffnete eine Champagnerflasche, die für das Menü gedacht gewesen war. »Du bist so weit gekommen, Thom. Jetzt nicht hinwerfen, nur weil du Flashbacks vom Sterne-Trauma hast. Ja?«

Thom atmete tief durch. Boris, die sechzigjährige Azubi-Stimme der Vernunft.

»Und wenn du die Zuschauer beschimpfen willst, mach es richtig oder lasse es. Aber nicht so was Halbgares. Kein Mimimi, es kommt niemand, mimimi. Darauf wartet niemand. Entscheide dich, was du als Nächstes sein willst, wenn du vor die Kamera trittst. Und zieh durch.«

Thom legte seinem Azubi eine Hand auf die Schulter. »Du bist so weise.«

»Nur küchenweise.« Boris bot ihm den letzten Bissen an. »Crunchy Blumenkohl?«

»Sich über die Art und Weise des Essens von anderen zu unterscheiden ist ein uraltes Verhaltensmuster, das man in allen Kulturen und Epochen seit der Antike feststellen kann.
Ein verfeinerter Kochstil als Teil eines aristokratischen oder großbürgerlichen Lebensstils wurde früher in Kochbüchern und in den Kolumnen von Wolfram Siebeck im *Zeit-Magazin* oder der FAZ repräsentiert, in Medien, die sich an eine bestimmte soziale Schicht richten.
Die Kochsendungen adressieren soziale Gruppen, die ansonsten zwar ahnten, dass es einen Essstil gibt, der sich als sozial überlegen darstellt, aber nicht unmittelbar damit konfrontiert wurden.
Die Differenz wird somit überdeutlich in jedermanns Wohnstube gebracht.«

Eva Barlösius,
Soziologin und Autorin von Soziologie des Essens *(1999)*

KAPITEL 17

Dates First – Ein Tisch und Zwei, Paar 23

THERAPIETAGEBUCH

Oh, dieses eine Paar war auch lustig.
Ich glaube, die sind heute noch zusammen.

»Also, ich habe ja verschiedene Wunschvorstellungen geäußert«, sagte die junge Dame, Mitte zwanzig, durchschnittlich hübsch und durchschnittlich gebaut.

Thom nickte und sah auf die Allergieliste. Ihr Name war Vanessa. »Habe ich. Kein Kümmel.«

»Nein, was die Männer angeht. Oder die Frau. Je nachdem, was ihr ausgesucht habt. Männer mehr so wie ein junger Johnny Depp. Und lange schwarze Haare.«

»Ach so?« Er blätterte in den Unterlagen. »Ich bin mir nicht sicher, ob das so läuft.«

»Na ja, ich will ja keine Person, die an meinen Vorstellungen scheitert. Wenn es da kein optisches Match gibt, ist der Rest bereits Scheitern pur, ne?«

»Joa.« Thom hatte keinen blassen Schimmer, wie ihr Date-Partner aussah. »Er heißt schon mal Chris.«

»Ach je, schwierig«, sagte Vanessa. »Ich mag keine kurzen Namen.«

»Christopher.«

»Ich mag keine Namen, die auf -opher enden. Das klingt nach Opfer.«

»Wie viele Namen gibt es denn mit -opher?«

»Na, mindestens einen.« Vanessa warf eine hellblonde Haarsträhne nach hinten. »Wann hat er Geburtstag?«

»Wieso? Willst du ihm was schenken?«

»Wegen dem Sternzeichen.«

Thom beherrschte sich, um nicht in schallendes Lachen auszubrechen. »Sternzeichen. Ernsthaft?«

Da öffnete sich die Eingangstür, und ein dunkelblonder Mann um die dreißig kam herein. Auf seinem Shirt stand ESA, er sah sportlich und nett aus. »Hallo«, grüßte er Thom und Vanessa.

Bevor er mehr sagen konnte, fragte Vanessa. »Was für ein Sternzeichen bist du?«

»Äh … ich glaube, ich bin Widder.« Er sah verwundert zwischen ihnen hin und her. »Warum?«

»Sie glaubt an den Kram«, sagte Thom diplomatisch.

»Oh«, machte Christopher betroffen. »Das tut mir leid.«

»Aber –«

»Ich bin Astronom.« Er tippte auf den Schriftzug ESA. »Und ich kann dir sagen: Das wird schwierig.«

»Die Sterne lügen nicht!«

»Das ist richtig. Weil sie uns nichts zu sagen haben.« Christopher nahm das Pils, das ihm Thom reichte, und schob es wieder zurück. »Nein, eine Cola bitte.«

»Die Menschen lesen die Sterne doch schon seit Tausenden von Jahren.«

»Und wäre irgendwas davon aussagekräftig, warum läuft die ganze Scheiße auf der Erde?«, konterte er freundlich. »Wir sehen mit bloßem Auge viertausend Sterne in einer klaren Nacht. Unsere Milchstraße hat zweihundert Milliarden Sterne, und daneben gibt es im Universum Milliarden anderer Galaxien. Warum sollten ausgerechnet nur *diese* wenigen Einfluss auf das Leben haben?«

Thom trank vom Bier und schenkte Christopher eine Cola ein. »Starkes Argument.«

»Also, mein Horoskop stimmt. Immer. Und auch alle Eigenschaften, die man meinem Sternzeichen nachsagt«, sagte Vanessa beharrlich.

»Leichtgläubigkeit ist noch mal welches Sternzeichen? Oder mehr dein Aszendent?«, erkundigte sich Christopher süffisant. »Nein, der Trick ist, dass Horoskopersteller unverbindlich und so allgemein formulieren, dass sich viele Menschen darin erkennen.«

Thom erinnerte sich an ein Experiment, von dem er gelesen hatte. »War das nicht so, dass sich mehr als neunzig Prozent im Horoskop eines Massenmörders wiedererkannt hatten?«

»Ganz genau.«

»Typisch Widder. Immer mit dem Kopf durch die Wand«, erwiderte Vanessa schnippisch.

»Und schon sind wir beim nächsten Ding. Der Name ist ein Fetischismus in der Astrologie«, sagte Christopher. »Wenn man stattdessen einen gewaltigen Arsch am Himmel gesehen hätte? Was wären die Eigenschaft eines Arschs? Oder eines hässlichen Gesichts? Eines kleinen Pimmels?«

Thom suchte derweil das Popcorn hinter der Theke. »Er passt überall?«

Vanessa machte einen Schmollmund, der ihr wirklich gut stand. »Na ja.«

»Theoretisch könnten die Planeten auch Franz und Maria anstatt Neptun und Uranus heißen. Aus den Namen könnte man keine Eigenschaften ableiten«, fuhr Christopher fort. Er sah sie beruhigend an. »Die Anfälligkeit für den Horoskopunfug zieht sich durch alle Schichten. Es hängt mit der inneren Einstellung zusammen und hat nichts mit dem Intelligenzquotienten zu tun.«

Vanessa fuhr vom Hocker hoch. »Was das eben eine Beleidigung?«

»Ich weiß nicht.« Christopher sah zu Thom. »War es eine? Wirste bestimmt bald herausfinden. Leg dir doch die Karten und befrag eine Kristallkugel.« Er trank die Cola aus. »Danke für das Getränk. Aber ich denke, wir sind hier fertig.«

»Das denke ich auch, *Chris*«, knurrte Vanessa.

Nach einem knappen Nicken und einem Gruß in die nächste Kamera ging er auf die Tür zu. »Ich heiße übrigens Torben.«

Thom machte ein verwundertes Gesicht, sah auf die Liste. »Torben war zu früh«, sagte er schließlich »Er hat den Termin verwechselt. Date praecox, sozusagen.«

Während Torben verschwand, kam Christopher herein.

Und tatsächlich hatte er lange schwarze Haare, einen sehnigen Körper und ein Gesicht, mit dem er als Double für einen jungen Johnny Depp arbeiten konnte. Um seinen Hals hingen zwei massive Goldketten, und an einer davon baumelte das Sternkreiszeichen für Schütze.

»Scheiße, ja«, murmelte Vanessa und war erkennbar on fire. »Alles richtig gemacht, Sender.«

»Entschuldigung«, druckste Christopher herum. »Ich … ich bin draußen gegen einen weißen Polo gefahren. Gehört der zufällig jemandem von euch?«

Vanessa fluchte, mit verdammt viel Freude. »Das ist meiner!«

»Und du bist *kein* Kandidat«, stellte Thom sicherheitshalber fest. »Und heißt nicht Christopher?«

»Kandidat? Nein. Von was auch immer.«

Vanessa war bereits vom Hocker gerutscht und schob die Menütafel zu ihm. »Was davon würdest du essen?«

»Äh«, sagte er verwirrt. »Das Hühnerschnitzel. Das klingt lecker.«

»Und du heißt?«

»Steven.« Er entdeckte ihr Sternzeichen-Tattoo am Hals. »Hey! Und du bist Wassermann?«

Vanessa wandte sich zu Thom. »Ich gehe mal kurz raus und schaue mir den Schaden an. Wir kommen gleich wieder rein und essen.« Sie rollte begeistert mit den Augen. »Er passt perfekt zu mir«, raunte sie in die Kamera. »Mein Horoskop hat gesagt, dass ich einen Unfall haben werde, der keiner ist, und die Person sich in mich verlieben wird.« Sie quietschte einmal auf. »Zweimal das Hühnerschnitzel!«

»Okay«, sagte Steven überrumpelt. »Mit Kringelpommes?«

»So was von mit Kringelpommes!« Vanessa war entzückt. »Die Sterne haben wieder recht gehabt.« Sie nahm die Hand des jungen Mannes und zog ihn hinter sich her ins Freie.

»Was machen wir mit Christopher?«, rief ihnen Thom nach.

»Such ihm eine Susanne. Gleiches Alter und Zwilling. Die passen zu fast allen«, gab Vanessa zurück und entschwand.

In dem Moment stimmte die Jukebox *Sternenhimmel* von Hubert Kah an.

Thom strich Vanessa von der Liste und malte ein Herzchen dahinter. »Ich habe das Gefühl, dass wir genau zur richtigen Zeit am richtigen Ort waren.«

»Es gibt Leute, die nicht einmal wissen, dass Wein aus Trauben gemacht wird.«

Lea Linster,
Sterne-Köchin und TV-Köchin, 2010

KAPITEL 18

Weiter, immer weiter!

THERAPIETAGEBUCH

Dann gab es ein sehr gutes Gespräch mit Sat7 Vox*TL*. Das dachte ich zumindest. Es klang gut und nach Schuldenfreiheit und großer Zufriedenheit auf allen Seiten.
Bis ich ein bisschen nachdachte ...

Thom saß mit Max zusammen vor dem großen Zampano des Senders, Doktor Wilhelm-Jörn von Schmofler, Geschäftsführer und Mehrheitsinhaber.

In der Kantine.

Das nahm der Audienz die Bedeutung, wie Thom fand. *Als hätte Zeus zum Meet & Greet geladen,* dachte er, *aber eben nicht auf dem Olymp, sondern an einem griechischen Wasserloch, hinten links. Kein Ambrosia, keine Lyraspieler.*

Um sie herum gingen die Angestellten von Sat7 VoxTL von Büfett zu Büfett, befüllten ihre Tabletts und bevölkerten den hallenähnlichen Raum mal in kleinen, mal in großen Gruppen. Einige wenige saßen alleine, ein Tellersammelsurium vor sich, um zu arbeiten oder eine Serie zu schauen.

In diesem Trubel und Gemurmel fand die Unterhaltung über Thoms Zukunft statt.

Binnen zehn Minuten, wie von Schmofler eröffnet hatte. Während derer aß er kalten Gemüsesalat und danach ständen irgendwelche anderen Termine an.

»Also, die Testformate kommen alle super an«, sagte der dynamische Geschäftsführer. Schwarze Stoffhose, enges, gestreiftes Hemd und rote Hosenträger, als wäre er der Ü60-Bachelor. »Max hat mir die Zahlen geschickt, die Live-Views, die Mediathek-Aufrufe, die TikTok-Reels und den ganzen anderen Social-Media-Shit.« Er nickte Thom zu, während er hin und wieder von seinem kalten Gemüsesalat aß. »Hätte ich ihm sonst nie geglaubt.«

»Quotengold«, sagte Freaky Max zum gefühlt hundertsten Mal.

»Das freut mich«, erwiderte Thom und meinte es auch so.

»Wir haben unsere Reichweite dermaßen gepusht, dass wir inzwischen Einladungen von existierenden Koch- und Backsendungen haben. Genau *die*, welche wir aufs Korn genommen haben«, steuerte Max bei und lachte wiehernd. »Ist das irre! Wie viele Meta-Ebenen können das sein?«

»Guter Titel für ein Format um Brot. *Aufs Korn genommen*«, murmelte Thom.

»Er soll zu *Promibacken.* Außerdem haben wir alten Kram für *Bares für Gares* im Senderkeller gefunden. Die Zusage der Macher kam, aber mir wurde durch die Blume gesagt, dass wir im Vorfeld keine Horst-Lichter-Parodien machen sollten.«

»*Bares für Gares* finde ich super«, warf Thom ein.

»Dann wollte *Kitchen Impossible* wissen, wie es bei Herrn Mann aussieht; für die Staffel nächstes Jahr.« Max sonnte sich sichtlich im Erfolg. »Außerdem kamen etliche Talk-Show-Anfragen. Alles in ZDF und ARD, ein paar Regionalformate. Und ganz viele Angebote, sich an Diskussionsforen über Lebensmittelverschwendung, Alternativen zu Soja und Tofu und derartigem Kram zu beteiligen.«

»Linsen, Erbsen, Bohnen. Besser als jeder Tofu«, sagte Thom überzeugt. »Und die wachsen überall, ohne dass man vorher was roden muss.«

»Ist jetzt aber nicht das Thema. Keine Predigten. Falscher Tisch«, würgte von Schmofler ab. »Wir sind hier, weil ich von Ihnen wissen will, auf was *Sie* Bock hätten. Wie abgedreht *Sie* sein wollen. *Crazy haise schaise,* wie die Jugend sagt. Das sagt sie doch, oder?«

»Ähnlich.« Max runzelte die Stirn. »Und wir haben doch als Nächstes die Großkantinen auf den Plan. Von Knast bis Krankenhaus. Wie Jamie Oliver, der das Essen –«

»Hab ich mich vorhin falsch ausgedrückt?« Von Schmofler winkte mit der Gabel ab, woraufhin sich ein Rettichfaden vom Zinken löste und an seinem Kantenkinn hängen blieb. »Events! *Das* wollen die User haben.«

»Was meinen Sie damit?«, fragte Thom und dachte an *Die Nudel* von Loriot.

»Sie und Promis, die gemeinsam kochen. Aber nicht bei sich zu Hause oder so. Weltrekorde! So etwas. Megalomanie!« Von Schmofler warf die Gabel auf den Teller, der Rettichfaden haftete unbeirrt an den Stoppeln. »Unter Wasser in einer Taucherglocke kochen. Verstehen Sie? Das am tiefsten Ort der Erde zubereitete Gericht. Am höchsten Ort. Meinetwegen im Weltall. Auf irgendeinem Achttausender. In einer Küche, die an einem Kran in zig Metern Höhe pendelt.« Er sah zwischen Max und Thom hin und her. »Wir müssen überall die Ersten sein! Und wenn es uns andere nachmachen, müssen wir wenigstens die Besten sein.«

Für Thom klang das nach Vollbeschäftigung. Das hatte er nicht vorgehabt. »Wie weit sind wir denn mit meinen Schulden?«, fragte er, um abzuschätzen, wie lange er noch in die Manege musste. »Die letzte Abrechnung ist eine Weile her.«

Von Schmofler langte in die Hemdtasche und nahm einen zerknitterten Ausdruck heraus. »Hab mich in der Buchhaltung schlaugemacht.« Er sah auf die Zahlen. »Ich sag es mal so. Das Finanzamt will nichts mehr von Ihnen, und die Banken auch nicht. Dank der Werbeeinnahmen, die wir mit Ihnen generieren konnten. Ihre restlichen Schulden sind privater Natur.«

Thom konnte sein Glück kaum fassen. Das waren immer noch etliche Zehntausend, doch es gab Licht.

Und Erfolg.

»Ah, das ist super«, sagte Thom erfreut. »Wir können doch die lehrreichen Formate mit Message und Mehrwert –«

Von Schmofler brach in Rettichgelächter aus, und der Faden fiel vom Kinn aufs Hemd. »Message und Mehrwert überlasse ich den Öffentlich-Rechtlichen. Wir machen Geld, Herr Mann. Mit *Ihnen*. Und den Formaten, die unterhaltsam sind. Die spannend sind. Die reißerisch sind.« Er hob eine manikürte Hand und deutete symbolisch in die Ferne. »Sie, auf dem höchsten Berg der Welt, ausgestattet mit irgendwelchen Kochern, die auch ohne Sauerstoff funktionieren! Sie braten und brutzeln und stellen einen Rekord auf. Danach in ein U-Boot und runter zur Titanic, um das letzte Menü von damals nachzukochen. Mit Blick auf das Wrack! Geile Bilder! Richtig geile Bilder.«

Thom räusperte sich. »Herr von Schmofler, da sind aber schon einige Leute ums Leben gekommen.«

»Beim Untergang der Titanic auch. Interessiert keinen mehr. Alle heucheln rum und sagen ›Tragödie, schlimm, schlimm‹. Aber alle finden es auch irgendwie ein bisschen geil. Und das sind genau jene, die einschalten, wenn Sie im Tauchboot mit Blick auf das Wrack in achttausend ...«

»Dreitausend«, verbesserte Max und machte sich eifrig Notizen.

»... dreitausend Metern Tiefe kochen.« Von Schmofler nickte. »Genau so was wird gemacht. Wie *Joko & Klaas – Das Duell um die Welt*, nur Sie alleine im Duell mit der Umgebung. Nachts im Dschungel grillen oder in Afrika, am Wasserloch, voller Krokodile und Löwen.«

Für Thom nahm der Schuldenabbau nun groteske Züge an. »Kommt mir sehr seltsam vor, Herr von Schmofler.«

»Kann es ruhig. Aber solange Sie Schulden haben, Herr Mann, sollten Sie sich nicht den Luxus gönnen und über etwas nachdenken, was der Sender Ihnen vorschlägt«, sagte von Schmofler kalt. »Haben Sie das verstanden?«

»Schon, aber ich hätte noch ein paar … normalere Ideen. Ich bin mir nicht sicher, ob ich diese gefährlichen Sachen machen will.«

»Werden Sie. Oder soll ich mir jemand anders suchen? Jeder ist ersetzbar. Außer mir, natürlich.« Von Schmofler bleckte die Zähne.

Ja, Thom hatte verstanden: Sein Arsch gehörte Sat7 VoxTL. »Wie viele Sendungen sind es noch?«

»Mindestens fünf. Und natürlich sämtliche externe Talk-, Koch- und Backshows, zu denen Sie eingeladen werden.« Von Schmofler erhob sich. »Gut. Freue mich auf die Formate. *Meine* Formate.« Er sah zum Redakteur. »Max, du und dein Team arbeiten mir zwanzig neue Ideen aus, die *das* können, was ich beschrieben habe. Morgen früh. In meinem Büro.« Der TV-Boss nickte ihnen energisch zu, wie ein General, der seinen Truppen den Angriff befohlen hatte, und wanderte an den nächsten Kantinentisch, um mit einer weiteren Besprechung zu beginnen.

Max schaute auf seine Aufzeichnungen. »Gut. Ich mache mich direkt ans Werk«, sagte er halblaut und stand langsam auf, den Blick auf das Tablet gerichtet. »Avengers! Assemble«, sagte er und sandte die Sprachnachricht an das Team. »Essen Sie ruhig fertig, Herr Mann. Ich melde mich bei Ihnen.« Max entfernte sich.

Thom sah vor sich. Er hatte sich nichts vom Büfett geholt.

Viele der Dinge, die von Schmofler gesagt hatte, kamen ihm überaus seltsam vor. Die Richtung passte ihm gar nicht. Er musste versuchen, eigene Vorstellungen durchzubringen.

Kurz entschlossen rief er Sabine an.

»Hast du ein bisschen Zeit?«, erkundigte er sich, als sie abnahm. »Ich sitze gerade im Sender, und der Boss hat mir ein paar schwierige Sachen offenbart.« Sie bejahte und schnell gab er die Unterredung zwischen Schmofler, Max und ihm wieder. »Kannst du mir deinen Eindruck dazu sagen?«

»Eigentlich ist es ganz einfach«, antwortete sie, während im Hintergrund die üblichen Küchengeräusche des *Asian & burgerZ* erklangen. »Diese ganzen Formate sind nur *wegen dir* erfolgreich. *Du* machst diese albernen, schlimmen, unterhaltsame, besonderen Ausgaben erst zu etwas Besonderem. Die Viewer folgen den Streams auf den Kanälen wegen dir.«

»Von Schmofler sieht das anders. Hat er zumindest durchblicken lassen.«

»Er weiß, dass es so ist. Aber gibt er es zu, stärkt er deine Position. Das will Sat7 VoxTL natürlich nicht. Du musst für wenig Geld ausgebeutet werden. Die Unterhaltung in der Kantine diente nur dazu, dir Angst zu machen. Damit du ihnen nicht abhaust.«

»Na ja, ich bin an allem beteiligt, was sie daraus machen. Vom Kochbuch bis zum Plüschkuschelschnitzel«, gab er zu bedenken.

»Du machst den Quatsch aber bitte nicht.«

»Welchen meinst du? Das ist so viel Quatsch.«

»Dieser Tauchunfug und am Kran kochen«, sagte Sabine. »Du hast eine Community aufgebaut. Das muss dem Sender reichen. Die haben mehr von dir, wenn du lebst.« Sie machte eine kleine Pause. »Und ich auch.«

Thom konnte sich ein feines Grinsen nicht verkneifen. »Gut. Dann rede ich das von Schmofler aus. Und setze mich durch. Rauswerfen können sie mich nicht. Ich bin zu wertvoll. Richtig?«

»Richtig.« Sabine gab ein paar Anweisungen an ihr Team. »Aber gut, dass du anrufst. Ich wollte noch wissen, warum du dem Sender die Aufnahmen ohne Kennzeichnung erlaubt hast. Das ist doch rechtlich gar nicht zulässig, oder?«

Thom verstand kein Wort. »Was meinst du?«

»Die Aufzeichnungen aus dem *Schnitzeleck*. Die installierten Kameras im Innenraum haben ständig aufgenommen. Auch ohne das rote Warnlicht.«

Thom wurde eiskalt. »Was?«

»Kein Scheiß? Du weißt das nicht? Sie haben heute erste Folgen ausgestrahlt und eine Art Kneipenserie draus gemacht. Eine Mischung aus *Ditsche* und *Cheers*. Martin und Stefan sind auch dabei.« Sabine lachte einmal auf. »Es ist aber wirklich lustig. Deine Followerzahlen sind jedenfalls hochgegangen. Auf TikTok stellen sie eure Unterhaltungen schon nach. Und *Schwupp-schluck-weg* ist zum Sauf-Meme geworden.«

Die Frage, die lautlos im Raum schwebte, sprach er aus. »Ob sie unsere Aktion mit Meininger aufgezeichnet haben?«

»Es könnte sein.«

»Aber es hat keiner was zu mir gesagt!«

»Vielleicht um dich zu schützen? Du bist für den Sender derzeit viel Geld wert. Aber nicht, wenn die Sache rauskommt.« Sie stöhnte. »Jetzt wissen es Wu *und* der Sender. Fuck!«

Thom brach der Schweiß aus. »Ich versuche, das zu klären. Das kriege ich aus Max raus und lasse die Aufnahmen löschen.«

»Wofür sie dich im Gegenzug bestimmt diese blöden Berg- und U-Boot-Formate machen lassen.« Sabine fluchte. »Wieso musste der

Meininger sich auch totstürzen? Hätte er das nicht zu Hause machen können?«

Thom musste grinsen, trotz allem. »Wir sind doch auf einem guten Weg.«

»Mit unseren ganzen Gesprächen, von denen wir dachten, sie werden nicht aufgezeichnet?«, hielt sie dagegen.

»Ich kümmere mich darum«, versprach er ihr. »Und danke für deine Einschätzung.«

»Wäre mir lieb, wenn du das schnell regeln könntest. Ciao!«

»Ciao.« Thom wählte Max' Nummer. »So, ich habe eben erfahren, dass der Sender Material aufgezeichnet und gesendet hat, das nicht von mir autorisiert ist. Es zeigt auch Martin und Stefan.«

»Ach, *das*«, sagte Max leichthin. »Das ist okay. Steht in Ihrem Vertrag in irgendeinem Unterparagrafen. Bin ich mir sicher. Aber keine Angst, diese *eine Sache* haben wir gelöscht. So etwas brauchen wir nicht, Herr Mann. Wurde ja elegant von Ihnen gelöst.«

Thom fluchte. *Meininger.* Sie wussten alles. »Wenn Sie mich damit erpressen wollen, dann –«

»Nö. Brauchen wir nicht, meinte von Schmofler. Sie haben genug Schulden, um uns treu zu bleiben.« Max lachte mit einem seltsamen Unterton. »Übrigens, wir haben großartige News! Hollywood hat angerufen!«

»Hollywood? Ernsthaft?«

»Im übertragenen Sinn. Erzähle ich Ihnen nachher. Aber jetzt muss ich noch ein bisschen was vorbereiten. Bis später.«

Klick.

»Bis später«, sagte Thom in die leere Leitung.

Es lief doch ganz gut.

Das derzeit bekannteste älteste Kochrezept der Welt befindet sich in der babylonischen Sammlung der US-amerikanischen Universität Yale. Drei der Rezepttafeln sollen ungefähr aus dem Jahr 1730 v. Chr. stammen, eine vierte soll rund 1000 Jahre älter sein.
Die Zubereitung des Lamm-Schmorgerichts ist jedoch nicht überliefert, lediglich die Zutaten.

Noch älter ist eine Bierbrau-Rezeptur auf einer Schreibtafel aus Mesopotamien, die auf etwa 3000 v. Chr. datiert ist, mit Angaben zu den Grundzutaten diverser Getreideprodukte sowie verschiedener Bier-Sorten. Das Rezept ist Teil einer Ode an die sumerische Bier-Göttin Ninkasi.
Als das Bier 1989 nachgebraut wurde, ergab sich ein dick-klumpiges Getränk, mit etwa 3,5 Volumenprozent Alkohol, das an Apfelwein erinnerte.

KAPITEL 19

Einspruch, Euer Ehren!

THERAPIETAGEBUCH

Die »großartigen News« waren mein Rauswurf, gefolgt von meiner Panade-Rache, die ich eingangs erwähnte: Ich als Panadabär!
Danach hingen überall der Schmodder und die Schlotze und die Krümel von Cornflakes und Semmelbrösel im Studio. Ich hatte mich hinreißen lassen, ich Trottel.
Das spielte dem Sender natürlich in die Karten, als es vor Gericht ging.

Thom saß auf der Anklagebank neben seinem Pflichtverteidiger, den ihm das Gericht gestellt hatte. Dessen Name war Schönwetter, Dieter Schönwetter. Für diesen Job der beste Name.

»Lassen Sie mich sprechen«, sagte Schönwetter leise zu Thom und fummelte an seiner schwarzen Robe herum, die er über dem Anzug trug. »Wir legen ein Geständnis ab, Sie zeigen ein bisschen Reue, und dann gehen wir mit Sozialstunden für Sie raus. Plus die Begleichung der Sachbeschädigung.« Er deutete auf die Akte. »Körperverletzung bekommt der Sender niemals durch. Auch die anderen Anschuldigungen sind Bullshit.«

Ihnen gegenüber hockte der wohlgekleidete Doktor Wilhelm-Jörn von Schmofler neben drei berobten Anwälten; vor der Tür des Gerichtssaals warteten die Zeugen des Vorfalls, aufgereiht wie Hühner auf einer Stange.

Im Raum gab es keinen freien Platz mehr. Der Prozess war ein Ereignis.

Richterin Leschsa und ihre Amtsentourage betraten den Saal. Aufstehen, hinsetzen und los ging die Show, dieses Mal jedoch ohne Kameras und Social Media.

Die Anklage und die Beschuldigungen wurden verlesen. Danach sollte Thom den Sachverhalt aus seiner Sicht schildern.

Schönwetter stand auf. »Euer Ehren. Mein Mandant hat gestanden, den Schaden angerichtet zu haben. Er will –«

Thom erhob sich ebenfalls und wehrte den Griff seines Anwaltes ab, der ihn zurück auf den Stuhl drücken wollte. »Das ist schon okay, Herr Schönwetter. Ist auch befreiend.« Er sah von Schmofler an. »Der Sender hat mich benutzt und ausgebootet. Nachdem ich wochenlang ein Scheißformat nach dem anderen gemacht habe, wurde ich rausgeworfen, weil ich zu unbequem geworden bin. Mit irgendwelchen konstruierten Gründen. Ohne Beteiligung am Nachfolgeprojekt, das komplett auf mir beruht.«

»Einspruch«, kam es von der Gegnerseite. »Der Vertrag mit Herrn Mann wurde eingehalten und gemäß den Paragrafen aufgelöst.«

»Das interessiert mich vorerst nicht. Ich will wissen, was im Sender passiert ist«, sagte Richterin Leschsa. »Herr Mann, fahren Sie fort.«

»Das neue Format sollte sich um Panade drehen. Was man panieren kann, womit man nicht rechnet.« Thom grinste. »Das habe ich dann gemacht.«

»Da! Er grinst! Da ist die Reue aber ganz weit weg!«, kam es aus von Schmoflers Mund.

Leschsa blickte auf die Akte. »Sie haben sich dann den Behälter mit Flüssigei –«

»Abgelaufenem Flüssigei«, verbesserte Thom. »Das hat schon gestunken und war nicht mehr zu verwenden. Hat wohl jemand in die Sonne gestellt. Keine Verschwendung von Lebensmitteln, das ist mir wichtig. Das habe ich im Studio ausgeschüttet und den Sack mit verschimmelten Cornflakes und mottenreifer Panade verteilt. Wie beim Karnevalsumzug. Ranziges Konfetti.«

Einige Lacher erklangen im Publikum.

Thom zeigte auf von Schmofler. »Ihn wollte ich auch noch panieren. Aber er hat sich in seinem Büro eingesperrt. Dabei hatte ich schon flüssiges Butterschmalz, um ihn einzusprühen. Das wäre mal ein Schnitzel Surprise gewesen!«

Mehr Gelächter.

»Als die Security anrückte, um Sie aus dem Gebäude zu schaffen«, hakte Richterin Leschsa nach, »da haben Sie *was* getan?«

»Die habe ich auch paniert. War noch genug übrig. Ich dachte, es wäre immer noch das Format *Plus 1 Panade*«, sagte Thom mit Schalk im Gesicht. »Von Schmofler wollte doch größer, besser sein als andere Sender. Das hat er bei der Besprechung in der Kantine gesagt. Fragen Sie Max. Ich wollte die Vorgabe nur erfüllen.« Er sah zu den gegnerischen Anwälten. »Korrigieren Sie mich, aber die Aufrufe der Streams waren exorbitant. Richtig?«

»Und was haben Sie danach gemacht? Nachdem die Security Sie hinausgeschafft hatte?«, wollte Leschsa wissen.

»Bin ich los und habe mir noch mehr Panade besorgt. Mehl, Flüssigei. Alles abgelaufen, natürlich.«

»Und haben Herrn von Schmoflers Wagen paniert. Einen sehr, sehr teuren Sportwagen.«

»Genau! Eins-a *Plus 1 Panade.* Max und die Crew haben weitergefilmt. Deswegen ging ich davon aus, dass das gewollt ist.« Thom grinste zum Senderboss. »So wenig Aufwand und dann so eine Reichweite.«

»Also kann man ein Auto panieren«, stellte die Richterin amüsiert fest.

»Ja, kann man. Der Lack verhindert das Anhaften nicht, und die Schlotze läuft auch überall rein.«

Leschsa blätterte zu den Fotos. »Sie haben die Scheibe eingeschlagen und das Innere ebenso *paniert.*«

»Habe ich. Damit die nächste Fahrt crispy wird.«

Dieses Mal brach schallendes Gelächter im Saal aus.

Schönwetter versuchte, die Gunst der Stunde zu nutzen. »Sie sehen, Richterin Leschsa, mein Mandant gesteht vollumfassend und bereut, dass –«

»Ich bereue, dass ich keine fahrbare Höhensonne zur Hand hatte! Ich hätte es gerne zu Ende gebracht«, fügte Thom an und setzte sich.

»Frau Richterin, zum einen ist Produzent Max Schwarz niemals eingeschritten. Zum anderen hat der Sender meinen Mandanten hintergangen, indem er ihn kaltstellte und das erfolgreiche Format, das maßgeblich auf der Persönlichkeit meines Mandanten beruht, ohne ihn weiterführte«, schaltete sich Schönwetter wieder ein. »Dass er die Taten in einer psychischen Ausnahmesituation beging, ist unstrittig. Und Sie sehen, wie sehr die Unrechtsbehandlung meinen Mandanten angegriffen hat.«

»Das sehe ich in der Tat.« Richterin Leschsa lehnte sich vor. »Ich sehe auch, dass der Tatbestand der Sachbeschädigung in mehreren Fällen vollumfänglich belegt und gestanden ist. Die Erklärung des Beschuldigten, er habe geglaubt, das Ganze hätte im Rahmen des Formats *Plus 1 Panade* stattgefunden, ist eine Schutzbehauptung. Herr Mann hat wissentlich und bei Verstand gehandelt. Psychologische Gutachten, die das Gegenteil beweisen, wurden dem Gericht nicht vorgelegt. Daher wird er dazu verurteilt, für den von ihm angerichteten Schaden in den Räumen des Senders Sat7 VoxTL aufzukommen. Ebenso für die Kosten, welche auf die Verunreinigung des Wagens des Herrn von Schmofler zurückgehen. Zudem zahlt Herr Mann eine Geldstrafe in Höhe von zehn Prozent der Gesamtschadenssumme und leistet hundert Sozialstunden in einer Einrichtung seiner Wahl. Einwände? Einsprüche?« Sie sah über die gegnerischen Parteien. »Dann ist die Sitzung hiermit geschlossen. Berufung kann binnen einem Monat eingelegt werden. Guten Tag.« Sie erhob sich und verschwand.

»Das lief doch ganz passabel«, sagte Schönwetter. »Hätte schlimmer kommen können.«

Thom nickte. »Mit Schulden kenne ich mich aus. Keine Sorge.« Es war ausgestanden. Aus und vorbei.

Es blieb genau genommen nur eine Sache zu tun.

Beim Verlassen des Gerichtssaals stand plötzlich Wu in seinem hellen Anzug vor ihm, als hätte er Thoms Überlegungen empfangen.

Der chinesische Geschäftsmann hielt eine Vertragsmappe in der Hand und einen Füller in der anderen. »Ah, Herr Mann. Für ein paar Tage dachte ich, wir kämen doch nicht mehr ins Geschäft. Mit gravierenden Folgen für Sie und Ihre Ex-Frau.« Er öffnete die Mappe. »Doch der Wind drehte sich erneut, nicht wahr? Neue Schulden, habe ich gehört. Ziemlich hohe. Wie gut, dass ich die Unterlagen dabeihabe.«

»Ja. Sehr weitsichtig.« Thom nahm den Füller und unterschrieb den Vertrag in zweifacher Ausfertigung, ohne ihn überhaupt zu lesen. An dem einen Abend damals hatten sich Sabine und er schlussendlich nur mit Apfelkorn betrunken und das Signieren komplett vergessen.

Heute war Thom nüchtern.

Und er brauchte das Geld. Mit dem konnte er sich um seine restlichen Schulden kümmern. *Lange genug getrödelt und Hirngespinste über Erfolg und Schnitzel gejagt.* Thom sah auf die trocknende Tinte auf dem Papier. *Erledigt.* »Aber nun keine Schulden mehr.«

»Bei Sat7 VoxTL, nein. Ihre privaten Schulden bleiben nach wie vor Ihre Sache«, sagte Wu und setzte seine Unterschrift darunter. Anschließend händigte er eine Kopie an Thom aus und deutete eine Verbeugung an. »Was werden Sie nun tun, Herr Mann? Mit Ihrer … Freiheit?«

»Das haben Sie schön gesagt, Herr Wu. Jedenfalls nicht mehr hinterm Tresen stehen. Ich denke«, Thom fuhr mit der Hand über das alte Holzgeländer der Treppe, »ich mache das, was ich schon immer hätte tun sollen.«

»Oh, Sie ziehen sich *ganz* aus dem Business zurück?«

»Ja. Geben Sie bitte meinem Azubi die Leitung des *Schnitzelecks,* wenn er will. Boris kennt die Rezepte und hat auch eigene entworfen. Er wird sich freuen.«

Wu lächelte. »Das mache ich. Viel Glück, Herr Mann.« Er wandte sich um und ging, reckte lachend die Unterschriftenmappe in die Höhe.

»Ja, das kann ich gebrauchen.« Thom nahm die Treppe nach unten und ließ die Finger über das Geländer gleiten. Holz fühlte sich so viel besser an als Schnitzelfleisch.

»Eine wahrhaftige und gute Küche besteht zu neunzig Prozent aus hochwertigen und frischen Zutaten und zu zehn Prozent aus Fantasie.«

Paul Bocuse,
französischer Spitzenkoch und Begründer der Nouvelle Cuisine

KAPITEL 20

Sagen Sie mal …

Teilausschnitt der Aufzeichnung der Talkshow
Johannes-Markus Lantzner zum Thema *Kochsendungen – wozu?*

Lantzner: … begrüße ich nun einen Gast in der Runde, den vor allem das jüngere Publikum aus dem Internet und von Social-Media-Plattformen kennt. Er nennt sich *Desaster Chef* und *Catastrophy Cook*, hat Millionen von Followern – und seinen Vertrag verloren. Guten Abend, Herr Mann.
Mann: Guten Abend. Aber die Spitznamen hat mir die Community gegeben.
Lantzner: Sie haben es geschafft, in nur vier Wochen eine Bekanntheit zu erlangen, auch auf internationaler Ebene, die manche Influencer nicht in fünf Jahren aufbauen. Wie ist Ihnen das gelungen?
Mann: Durchgedrehte Formate, Küche und ein Depp, der alles macht. Irgendwas zwischen *American Jackass* und *Kitchen Impossible,* vielleicht noch andere Kochsendungsnuancen. Ein wilder Ritt durch sämtliche Shows. Kam eben gut an.
Lantzner: Aber Ihren Vertrag mit dem Sender sind Sie los.
Mann: Bin rausgeworfen worden. Wegen angeblichem Fehlverhalten, das mir der Sat7 VoxTL vorwirft. Das kümmert mich nicht mehr. Ich hab mit allem abgeschlossen. Das ist heute mein letzter Auftritt. Mein offizielles öffentliches Küchenaus.
Lantzner: Ich habe mir im Vorfeld ein paar Best-of-Clips angeschaut. Da war schon viel Lustiges dabei.
Mann: Sie sollten mal *die* Sachen sehen, die niemals veröffentlicht wurden.
Lantzner: Was denn zum Beispiel? Erzählen Sie mal.
Mann: Wir haben Showkochen im Markt einer großen Elektronik-

handelskette gemacht. Dabei sind uns die Hochdruckkochtöpfe in die Luft geflogen und haben die Fritteuse zum Explodieren gebracht. Danach musste der Laden komplett renoviert werden.

Lantzner: Warum ist das nicht ausgestrahlt worden?

Mann: Der Hersteller der Töpfe hat dafür bezahlt, damit man ihn *nicht* nennt. Bei Privatfernsehen ist das kein Problem. Ich nehme an, die restlichen Topf-Bestände werden an Terroristen verkauft. Bombe Surprise, quasi.

Lantzner (grinst gequält): Ich habe hier stehen, dass Sie einige Formate verweigert haben.

Mann: Stimmt.

Lantzner: Welche zum Beispiel?

Mann: *Bring your own food.* Ich sollte die Zutaten selbst besorgen. Haben Sie schon mal versucht, einen Bienenstock ohne Ausrüstung um seinen Honig zu erleichtern?

Lantzner: Stelle ich mir schwer vor.

Mann: Jetzt setzen Sie noch einen Braunbären daneben, der auch Bock auf Honig hat. Da hört der Spaß ganz schnell auf. (Räuspert sich.) Die Fälle von Studiobränden lasse ich weg. Den Rauch haben wir irgendwann in die Kulisse mit eingebaut, und die Feuerwehr hatte irgendwann BBQ-Fleisch dabei. Kein Scheiß.

Lantzner (grinst breit): Welches Format war Ihnen persönlich das liebste?

Mann: Es gab zwei, drei, die eigentlich gut waren. Aber die fielen bei den Zuschauern durch.

Lantzner: Weil?

Mann: Zu ruhig und zu harmlos. Und lehrreich. War nicht so angesagt. (Überlegt.) Wenn man eine Mischung aus *Running Man, Squid Game* und *American Gladiators* ums Kochen produzieren würde, das liefe mit Sicherheit gut.

Lantzner: TexMex Food Wrestling!

Mann: Sie haben den Spirit schon erkannt, merke ich. Oder Quatschformate, wie *Welcher Knödel fliegt am weitesten? Welches Kartoffelpüree hält die Tapete am besten an der Wand? Wie viel Meter Wurst kann ein Mensch am Stück verschlingen, ohne zu ersticken?* Wollen wir wetten, dass es Leute versuchen? Das sind dieselben, die auch Wurst auf der Kabeltrommel kaufen. Schätze ich mal.

Lantzner: Das ist jetzt ziemlich eklig.

Mann: Wie Hot-Dog-Wettessen oder Scharfe-Chili-Contests, stimmt. Wird trotzdem gemacht.

Lantzner: Also sind Sie kritischer gegenüber den Formaten geworden?

Mann: Ich war immer Koch. Und ein guter Koch hat Respekt vor seinen Zutaten, ob es jetzt Fleisch oder Gemüse oder sonst was ist. Den haben viele Menschen nicht. Weil sie einfach kaufen, ohne daran zu denken, was bis zu dem Kauf mit dem Produkt vorher alles passiert ist.

Lantzner: Mehr Bewusstsein für Lebensmittel, habe ich Sie richtig verstanden?

Mann: Ganz genau. Warum nicht mit dem Kindergarten in den Schlachthof? Nicht um die Kinder zu metzgern, nein, damit sie sehen, woher die Gesichtswurst kommt und dass sie Tod bedeutet. Oder alle aufs Feld und für einen Tag bei der Ernte helfen. In die Getreidemühle. In die Bäckerei. So was eben.

Lantzner: Ich bin nicht sicher, ob Kinder das Schlachten –

Mann: Ich *bin* sicher. Früher haben sie auch gesehen, wie das Lieblingshausschwein zu Schnitzel wurde. Aber diese Abkopplung von Nahrung und seinem Ursprung, das muss aufhören. Dann wird vielleicht endlich weniger weggeworfen.

Lantzner: Sie wurden also zum Prediger?

Mann (lacht): Nein. Nur von Wein und Hostien leben, das wäre nix für mich. Aber bisschen mehr Bewusstsein in Sachen Lebensmittel, das schadet nicht.

Lantzner: Wir hatten Sie eigentlich für den lustigen Teil der Veranstaltung eingeladen, Herr Mann. Wir kommen wir da wieder hin?

Mann: Kein Problem. Wollen Sie einen Witz hören? So was wie: die *Zetersilie,* das unzufriedene Küchenkraut? Oder Wortspiele wie *Herdanziehungskraft* als häufigste Todesursache bei Kochpersonal?

Lantzner: Lieber noch ein paar Anekdoten aus den unausgestrahlten Sendungen.

Mann (überlegt): Also … es gibt jetzt einen Landkreis, wo haufenweise Hühner im Wald und in der Umgebung leben.
Lantzner: Wie das?
Mann: Wir hatten einen Dreh angesetzt. Und dazu brauchten wir frei laufende Hühner, die nach wilder Herde aussahen. Also hat der Sender welche gemietet. Bei einem Hühnergroßhändler. Aber die Technik des Lastwagens hatte einen Defekt und … was soll ich sagen? 7000 Tiere haben jetzt ein wunderbares Leben, abseits von Maststall und Transportbox. In Wald und Wiese, alles dabei.
Lantzner: Verenden die nicht?
Mann: Die sahen neulich noch ganz munter aus. (Grinst.) Wussten Sie, dass wir einen neuen Trend ausgelöst haben?
Lantzner: Beim Kochen?
Mann: Körperschmuck. (Nimmt sein Smartphone und hält das Display in die Kamera.) Da ist ein Branding mit einem Waffeleisen. War eigentlich ein Küchenunfall von meinem Azubi, ist aber ganz hübsch geworden. Wir wollten ein Muster in feste Schnitzelpanade brennen. Ging schief. Und jetzt kaufen die Kids die uralten Guss-Waffeleisen auf Flohmärkten und machen die ausgefallensten Brandings an verschiedenen Körperstellen. Nennt sich *Wafflekiss*.
Lantzner: Nicht Ihr Ernst!
Mann: Tja. So ist das heute. (Sucht auf seinem Handy.) Warten Sie. Irgendwo gibt es ein Bild, bei dem jemand sogar seinen Schniepel …

Die bekannte Süßspeise *Kalter Hund* hat viele andere Bezeichnungen.
Beispielsweise Kalte Pracht, Eishundkuchen, Kekstorte, Kellerkuchen, Kalte Torte, Kalte Schnauze, Schwarzer Peter, Schwarzer Hund, Kalter Igel, Wandsbeker Speck, Keksmauer, Schichtschoki – und Lukullus.
Die letzte Bezeichnung geht zurück auf Lucius Licinius Lucullus, im Deutschen Lukullus oder auch Lukull genannt, römischer Senator und Feldherr, der von 117 v. Chr. bis 56 v. Chr. lebte.
Lucullus war bekannt für seine üppigen Gastmähler und er hatte einen Ruf als Feinschmecker. Noch heute sind *lukullische Genüsse* und *lukullisches Mahl* geflügelte Begriffe.
Ob dem antiken Lucullus wiederum ein moderner Lukullus geschmeckt hätte?
Man weiß es nicht.

KAPITEL 21

Klopf, klopf

Thom holte tief Luft – und öffnete die Tür, um danach einen Schritt über jene Schwelle zu machen, die er oft gequert hatte. In der Linken hielt er kleine Plastiktüte.

Den Geruch im Innern kannte er. Er war unverändert. Bier, Zigarettenrauch aus längst vergangenen Zeiten und das Odeur von Essen, das sich sofort in der Nase und am Gaumen ablagerte.

Neu hingegen war, dass das *Schnitzeleck* krachvoll war.

An den Tischen und am Tresen drängten sich Leute aller Altersklassen. Es wurde geredet und gelacht, und die Jukebox spielte *I was made for lovin' you* von KISS. Eine bessere Begrüßung gab es kaum.

Halbglatzen-Martin und Schnurrbart-Stefan saßen eingequetscht an der Theke vor dem Zapfhahn und hatten jeder ein Pils vor sich stehen. Ab und zu wurden sie angesprochen und gaben Autogramme oder machten Selfies mit jungen Menschen. Auch sie hatten ein bisschen was vom Fame des *Ecks* abbekommen.

»Na, sieh mal einer an!« Boris erledigte die Getränkebestellungen hinter dem Tresen. Das Haarnetz auf dem silbernen Schopf verlieh ihm eine schräge Coolness. Seine Kleidung war die eines Punkrockers, und sie stand ihm hervorragend. »Der Herr Namensgeber.« Er winkte ihn freundlich herein. »Komm! Ich geb dir einen aus.«

Thom sah zur Wand gegenüber dem Eingang, wo ein lebensgroßes Bild hing, darauf er selbst, wie er das Senderstudio im Furor panierte. Über seinen Kopf hatte jemand einen Heiligenschein aus goldenen Schnitzeln gephotoshoppt, darunter prangte: *Holy Schnitzel from Hell and Death.* Drumherum Slogans, aufgesprüht direkt auf die Wand. *Panierstraßen statt Autobahnen, Schnitzelklopfer statt Schenkelklopfer, Rettet altes Brot – panadiert es!*

Martin und Stefan begrüßten Thom mit großem Hallo. Sie zerrten ihn zwischen sich, wo er stehen musste. Die Hocker waren alle belegt.

»Das ist aber eine schöne Überraschung«, sagte Martin und suchte den Kamm in der Hemdtasche. Perlmutt-Version.

»Und so unverhofft«, fügte Stefan hinzu und rieb sich über den gestutzten grauen Schnauz.

»Ich hatte gerade ein bisschen Zeit.« Thom sah sich ungläubig in der Kneipe um, in der sich nichts geändert hatte – abgesehen vom Andrang und dem durchmischten Publikum. »Heilige Scheiße. Wann ist *das* passiert?«

»Nachdem du ausgestiegen bist. Und Sat7 VoxTL die Serie rausgebracht hat, die vage auf dir beruht«, antwortete Stefan.

»Und auf uns.« Martin reichte ihm ein Pils und stieß mit ihm an. »Mach mal drei Appelkorn, Boris.«

»Kommt sofort.«

»Wir sind jetzt berühmt. Auch wenn sie uns umbenannt haben, um rechtliche Probleme zu vermeiden«, erzählte Stefan. »Meine Figur heißt Schorsch und seine Berni.«

»Wir sind wie Waldorf und Statler.« Martin gluckste. »Nur in Schlimm.«

»Aha«, machte Thom und stieß mit seinen Kumpeln an. Er hatte sich absichtlich von allem ferngehalten, was mit dem *Schnitzeleck* zu tun hatte. Seit der Unterschrift auf Wus Papier hatte er sämtliche Social-Media-Aktivitäten ignoriert. Er wandte sich zu Boris. »Und dann haben sie dir die Bude eingerannt?«

»Nö. Die Serie war ein Flopp. Ist nach zwei Folgen eingestellt worden. Die Leute fanden deinen echten Formatcrash einfach besser.« Er reichte ihm die Speise- und Getränkekarte. »Ich habe bisschen was am Angebot gedreht.«

Thom sah sein eigenes Konterfei direkt auf Seite eins. Sein Azubi wusste, wie man was vermarktete. Er überflog das Angebot. »Du hast jetzt Thementage«, stellte er fest.

»Genau. Mal vegan, mal veggie, mal fleischig. Nur noch Bioqualität, mit Schlachtung auf der Weide für ein entspanntes Ende. Ist wie plötzliches Sterben im Bett.« Boris reichte ihm einen Handzettel. »Dazu Karaoke-Abende, Kneipenquiz, Live-Musik, Stand-up-Comedy mit Open Mic. Die verschiedenen Geschmäcker und Einstellungen gehen sich nicht auf den Sack.«

»Vom Youngster bis zur Omma kommen alle«, erzählte Stefan. »Die wollen sogar Autogramme von mir und dem Vogel neben mir. Lola war auch schon da. Die Fitnesshupfdohle, weißte noch?«

»Weil *wir* das Original sind.« Martin ließ den Kamm zwischen den Fingern wirbeln, als wäre er ein Drumstick.

Boris stellte die vollen Schnapsgläser mit Apfelkorn auf den Tresen. »Jau. Weil wir das Original sind. Nicht der Scheiß, den Sat7 VoxTL draus gemacht hat.«

»Schwupp, schluck weg«, sagte Thom und griff sich ein Glas.

»Schwupp, schluck, weg«, antworteten sie, und der Alkohol rann die Kehlen hinab.

Klack, klack, klack, landeten die leeren Gläser umgedreht auf dem Tresen. Wie früher. Wie immer.

»Und bei dir so?«, erkundigte sich Martin. »Hast dich komplett rar gemacht.«

»Brauchte Abstand von dem Zirkus.« Thom wandte sich zum Gastraum und atmete die Luft, die Atmosphäre des *Schnitzelecks* ein. *I was made for lovin' you* lief schon wieder an.

Das tat etwas mit ihm, und er hatte es befürchtet: Das war für ihn der beste Ort der Welt.

»Ich wollte ein bisschen schreinern. Innenausbau und so«, erklärte er abwesend.

»Und?«, fragte Boris.

»Lief gut. Gute Kunden, gutes Geld.« Thom wandte sich wieder seinen Freunden zu. »Es fühlte sich falsch an. Ich arbeite gern mit Holz. Aber das Kochen, die Schnitzel, die Suche nach neuen Rezepten und neuem Geschmack, das … das ist einfach das, was ich machen will.« Er zuckte mit den Schultern. »Hätte ich auch nie gedacht. Doch es ist so. Bekloppt, oder?«

»Schön, dass du es erkannt hast.« Boris lächelte entschuldigend. »Aber tut mir leid, ich brauch keinen Koch.«

»Ich weiß. Du bist ja der …« Thom stutzte. »Moment! Wenn du die Theke schmeißt und das Essen rausgibst, *wer* macht dann die Schnitzel?«

»Sabine.«

Thom blinzelte. »Sabine?«

»Deine Ex.«

»Aber …« Thom verstand nichts mehr. »Sie hat bei Wu gekündigt?«

»Okay, da hat jemand überhaupt nicht mitbekommen, was alles passiert ist«, kommentierte Martin in sein fast leeres Pilsglas.

»So überhaupt gar nicht«, ergänzte Stefan.

»Ich wollte nachher rüber ins *Asian & burgerZ*, um meine Schulden bei ihr zu bezahlen.«

»Kannste dir sparen. Einfach in meine Küche gehen.« Boris grinste. »Wu ist pleite und das *Asian & burgerZ* insolvent. Gerüchten zufolge war er ein bisschen zu oft in Macao, dem chinesischen Spielerparadies, und dann musste er Gelder aus den Läden veruntreuen, um seine Schulden zu decken, aber …«

»Hat nicht geklappt.« Thom war heilfroh, dass Wu noch seine Miesen beglichen hatte. Er grinste. »Der Sender hat keinen Erfolg mit dem geklauten Format, und Wu ist finanziell weg vom Fenster. Scheint, als hätten wir einen Fluch über sie gelegt.«

»Der Fluch des Schnitzels«, sagte Stefan mit Grabesstimme und bebendem Schnauz.

»Nicht wieder die Horror-Opa-Tonlage.« Martin seufzte und kämmte die Haare einmal nach unten.

»Sabine macht perfekte Social-Media-Pics von ihren Kreationen. Da merkt man einfach, dass sie fotografieren kann. Food-Stylistin und Köchin in einem. Für mich perfekt.« Boris schenkte die nächste Runde Apfelkorn aus. »Hat sogar schon Angebote für einen eigenen Bildband und ein Kochbuch rund um Schnitzel. Präsentiert von *Manni's Schnitzeleck.*«

Thom freute sich für Sabine. Aufrichtig. Dazu kam, dass er seine Schulden bei ihr begleichen konnte. Wenigstens ihr Leben hatte sich gravierend verbessert. »Das ist echt toll.«

Boris betrachtete ihn. »Also, wenn du einen Job brauchst, Thom. Ich hätte da was. Vielleicht.«

»Nein, ich will Sabines Platz nicht.«

Martin und Stefan kicherten wie Schuljungen. Sie wussten ganz erkennbar mehr.

»Innenausbau«, sagte sein Ex-Azubi.

»Nä. Das *Schnitzeleck* werd *ich* bestimmt nicht –«

»Gegenüber. Das ehemalige *Asian & burgerZ*«, unterbrach Boris ihn. »Ich hab's gemietet. Wu braucht es nicht mehr.«

»Wie geil!«, entfuhr es Thom. »Du steckst voller Überraschungen.«

»Und wenn du damit fertig bist, kannst du auch gleich dort anfangen«, fuhr Boris fort. »Als Koch. Ich suche Personal.«

»Und was willst du machen?«

»Kartoffeln. Alles rund um die Kartoffel, alle möglichen heimischen und alten Sorten. In verschiedensten Versionen. Puffer, Pommes, Smashed Potatoes.« Boris tippte sich gegen die Nase. »Gesund, vegan und variantenreich. Von Sterne-Niveau –«

»Komm, hör auf.« Thom winkte ab. »Von Sternen habe ich die Schnauze voll.«

Stefan und Martin lachten.

»Schwupp, schluck, weg«, erklang der gemeinsame Schlachtruf.

»Okay, ich bin dabei. Ich muss ja noch ein paar private Schulden begleichen.« Thom trank den Schnaps, ging zur Küche und streckte den Kopf durch die Tür. »Hallo.«

Sabine stand am Herd und rüttelte ein Schnitzel in der Pfanne, damit das heiße Butterschmalz über die panierte Oberfläche schwappte und die Kruste golden kross machte. »Ach, nee? Der Herr Schreiner! Noch alle Finger dran?«

»Ja.« Er trat ein und sah sich um. Es war wesentlich aufgeräumter als zu seiner Zeit. Und sauberer. Meininger hätte nichts zu beanstanden gehabt. »Schon gehört? Wir sind bald Kollegen. Drüben, in *Bo's Kartoffelbunker*.«

»*Das* wird der Name?« Sabine wendete das Schnitzel mit einem Greifer, ohne die fluffige Panade zu beschädigen.

»Nein, so habe ich es gerade genannt. Wäre aber eine nette Hommage an *Bob's Country Bunker.*« Thom kratzte sich verlegen am Kopf und hob die Plastiktüte. »Hier. Deine fünftausend, die du mir geliehen hast.« Er stellte sie auf das Regal. »Damit habe ich bei dir ein reines Gewissen. Zumindest was die Schulden angeht«, fügte er schnell hinzu. »Das andere tut mir immer noch leid.«

»Mir auch.« Sabine lächelte flüchtig. »Danke. Ich hatte das Geld schon abgeschrieben.«

»Weil ich mich früher immer rausgelabert habe. Ich weiß. Das ist vorbei.« Er zeigte nach draußen. »Ich gehe und bespreche mit Boris, wann ich loslegen soll. Erst der Ausbau, anschließend die Tüften.«

»Du und Kartoffeln?« Sabine lachte ungläubig.

»Oh, ich habe tolle Rezepte.« Er sah ein bisschen wehmütig auf das Schnitzel, das von Sabine just auf ein Küchenpapier gelegt wurde, damit es sein überschüssiges Fett verlor. Vollendung. »Aber *darüber* geht nix.«

»Ach, du wirst dir schon was ausdenken. Mister Fast-Sterne-Koch.« Sie zwinkerte ihm zu und richtete das Schnitzel mit Salat aus Kichererbsen auf einem Teller an. »Oder wir tauschen die Schichten, sobald du den Laden eingerichtet hast. Ich mache die Kartoffeln, und du kehrst ins *Schnitzeleck* zurück. Niemand passt besser in diesen Laden.« Sie drückte ihm den Teller in die Hand. »Tisch vier.«

Thom grinste sie an. »Geht klar.«

Schnell eilte er in den Gastraum und servierte das Essen.

Natürlich wurde er erkannt und musste für Selfies posieren. Es dauerte, bis er zurück zum Tresen und zu seinen Kumpeln konnte. Man feierte ihn im ganzen *Eck* mit Sprechchören und Applaus.

»Dein Ruhm ist nicht verblasst«, stellte Martin das Offensichtliche fest.

Auf dem Tresen stand schon die nächste Runde Apfelkorn.

Da flog die Tür des *Schnitzelecks* auf.

Herein kamen ein atemloser Freaky Max, die teilschlunzige Kamerafrau und das Anzug tragende Tonmännchen.

»Scheint, als hat sich nichts geändert«, kommentierte Stefan.

»Herr Mann«, stieß Max aufgeregt aus. »Herr Mann, ich hab Sie überall gesucht. Im Netz habe ich gesehen, dass Sie hier sind. Besser geht es ja echt nicht mehr! Sie müssen –«

»Sie haben echt Nerven, hier aufzukreuzen«, fuhr ihn Thom an. »Wenn Sie der Sender schickt, können Sie gleich wieder gehen. Ich bin fertig mit euch. Promo für die beschissene Serie können Sie selbst machen. Sie haben den Müll schließlich geschrieben.«

»Nein, deswegen sind wir nicht hier.« Max langte in die Umhängetasche und holte eine ziemlich hässliche, eckige Trophäe heraus, in deren Zentrum mehrere spiegelnde Flächen angebracht waren. »Wissen Sie, was *das* ist?«

»Irgendwas für den Garten? Damit die Vögel nicht alles zuscheißen?«

»Nein. Der Grimme-Preis!«

»Aber sicher.« Thom runzelte die Stirn.

»Doch! Sie haben den Grimme-Preis gewonnen. Also, wir. Mit unseren Testformaten rund ums Kochen und Backen. Weil wir uns kritisch mit dem sinnlosen Überangebot der Sendungen auseinandergesetzt haben, Fleischkonsum beleuchtet und Verschwendung im Nahrungsmittelbereich sichtbar gemacht haben. So oder so ähnlich«, erläuterte Max. »Die Jury sagt, auf unterhaltsame Weise ist den Zuschauerinnen und Zuschauern vorgeführt worden, welcher Wahnsinn bei den Sendern tobt, um das Publikum unentwegt mit irgendwie doch stets gleichem Content zu unterhalten. Aufklärung und Hinweis, ohne erhobenen Zeigefinger.«

»Bravo«, rief Stefan mit wehendem Schnauz und applaudierte wie ein professioneller Claqueur, als wollte er die Luft zwischen seinen Fingern erschlagen. Das restliche *Schnitzeleck* fiel mit ein. »So geht das! *So* geht das!«

Thom nahm den Grimme-Preis entgegen und konnte es nicht glauben. Jetzt hatte der Unfug, den sie gedreht hatten, auch noch höhere Weihen erhalten. Die Meta-Ebenen mussten ihm entgangen sein. Wie gut, dass andere sie gefunden hatten. »Das ist … ziemlich gut.«

»Ziemlich gut? Das ist Quotengold!« Max winkte seine Crew heran. »Wenn wir beide ein neues –«

»Nein.« Thom stellte die Trophäe auf den Tresen.

»Aber wir haben Angebote von anderen Sendern. Nur Sie und ich. Kein Sat7 VoxTL. Wir können es uns aussuchen. Den Sendeplatz, den Content, die Themen. Verstehen Sie?« Max bekniete ihn förmlich. »Die wollen nur Sie. *Sie* sind das *Original,* Herr Mann. Sie haben immer noch unfassbare Followerzahlen, ohne was zu machen. Die Leute warten nur darauf, dass Sie zurückkehren. Mit dem Plattiereisen in der Hand und den Kopf voller frischer Ideen.«

Thom bemerkte die gespannte Stille, die sich im Gastraum eingestellt hatte. Alle starrten ihn und den jungen Producer an.

In seinem Kopf rasten die Gedanken.

Deals mit großen Nahrungsmittelkonzernen.

Eigene Kochbücher.

Werbeeinnahmen.

Merchandiseartikel.

Schnitzel-Fertigsoßen und Semmelbrösel-Sondermischungen.

Ein Restaurantkonzept mit Franchise-System in der ganzen Bundesrepublik.

Ein Bauernhof mit Biofleisch und genug Platz für Ausflugsbusse.

Plüschige Kuschelschnitzel.

Schlussendlich: Einnahmen ohne Ende.

Nicht umsonst waren die großen TV-Köchinnen und -Köche sehr wohlhabend, wenn sie sich nicht gerade mit dem Finanzamt anlegten.

Addierte Thom dazu seine Social-Media-Reichweite, wäre er binnen eines Jahres richtig, richtig reich. *Nie wieder Schulden.*

Er sah sich schon auf dem Dach eines Hochhauses wie diese DJs und DJanes, nur dass er frenetisch lachend Schnitzel brutzelte, statt Musik auflegte. Live. Mit Lasershow auf dem Burj al Arab, an einem stylischen Strand plus Tänzerinnen und Tänzern an der Copacabana, auf einem Kirchendach samt Gospelchor in Rom.

Und doch wäre es letztlich nur eins: Die Wiederholung dessen, was ihn zu einer Marke gemacht hatte.

Thom sah auf den Grimme-Preis. Sie hatten die Auszeichnung bekommen, *weil* sie anders agiert hatten.

»Nein«, sagte er laut und deutlich.

Eine Mischung aus Aufstöhnen und Jubel brandete im *Schnitzeleck* auf. Boris nickte ihm anerkennend zu und goss noch eine Runde goldenen Apfelkorn aus.

»Na, schön.« Max versuchte erst gar nicht, ihn umzustimmen. »Aber Sie versauen damit auch meine Zukunft.«

»Nachdem Sie *meine* versaut haben? Fair, würde ich sagen.« Thom prostete ihm mit dem Apfelkorn zu.

Das Team zog unter dem Beifall der Gäste ab.

»Das ist ziemlich viel Geld, das gerade die Tür rausgeht«, kommentierte Stefan.

»Ziemlich, ziemlich«, ergänzte Martin.

»Ach, das macht nichts. Dafür beteilige ich Thom an den Einnahmen des Musicals.« Boris linste diebisch über die Zapfanlage weg.

»Musical?«, wiederholte Thom ungläubig.

»Jau.«

»Wie ist das denn passiert?«

»Nachdem Wu pleitegegangen ist, habe ich seine *Mann'is*-Verwertungsrechte vom Insolvenzverwalter gekauft. Und ein eigenes Musical wollte ich schon immer mal haben. Die bringen so viel Scheiß über alles auf die Bühne – warum nicht über ein Schnitzel?« Boris grinste. »Vertrag mit einer Rechteagentur ist unterschrieben, und der erste Entwurf des Librettos steht schon. Ist herrlich irre, abgedreht und satirisch. Ein Musatirical, sozusagen. Ich bin darin ein Serienkiller! Wir müssen noch ein bisschen dran schrauben, aber die Richtung stimmt. Mal sehen, wann es aufgeführt wird. Dank deiner Bekanntheit wird das vermutlich schneller gehen als sonst.«

»Und wie heißt es?«

»Das Schnitzel. Des. Todes!«, sagte Stefan mit Horror-Opa-Stimme, und die Umstehenden lachten.

»Wir freuen uns schon auf Karaoke-Abende mit den größten Hits daraus«, ergänzte Martin. »Ich nehm den Geschmacksverstärker-Song.«

»Schwupp, schluck, weg«, erwiderte Thom nur und stürzte den Schnaps hinunter. Was aus ihm und Sabine, Boris' Kartoffelprojekt und dem Musical wurde, würde er sehen. »Ich hab jetzt Bock auf einen *Frittenberg*«, sagte er ein bisschen feierlich. »Wer noch?«

Stefan und Martin hoben die Hand.

Die Wärme in seinem Inneren stammte nicht nur vom Alkohol.

Genau hier wollte Thom sein.

Im *Schnitzeleck*.

And I was made for lovin' you.

Das Schnitzel des Todes

Musatirical

BUCH: Markus Heitz
LIEDTEXTE: Markus Heitz

Creative Development: Markus Heitz

TEXTBUCH

Erster Entwurf

auf Wiedervorlage bei Boris Bacher-Arzak

AVA international, Hohenzollernstr. 38 Rgb, 80801 München
Fon: +49 (89) 45209 220-0
Fax: + 49 (89) 45209 220-9
Mail: info@ava-international.de

DRAMATIS PERSONAE

HAUPTPERSONEN

Thomas »Thom« Mann: Inhaber von *Manni's Schnitzeleck*, Mitte 40

Rebekka »Chantale« Mann: Thomas' Tochter, Anfang 20

François TaGueule (eigentlich Karsten Heller): TV-Küchenchef und Hochstapler, Anfang 30

Frank Rund: TV-Mann, Anfang 20

Sabine Stuck: Filialleiterin des *MacFried Kingburgers* und Thomas' Ex-Frau

NEBENFIGUREN

Igor Rasputinski: Azubi im *Schnitzeleck*, Mitte 50

Richard »Richi« Wiegelmann-Hunshauser: Inhaber des *MacFried Kingburgers*, Anfang 40

ENSEMBLE

für

- div. Gäste der Restaurants
- Angestellte des MF *Kingburgers*
- Tontechniker und Kamerafrau, Kamerateam
- Schmidt, ein Mitarbeiter des Gewerbeaufsichtsamts
- zwei Polizisten (nach Gusto männlich/weiblich zu besetzen)
- Li, ein Investor
- die Moser, eine Gastro-Kritikerin

MUSIKNUMMERN

1. AKT

8 Songs, ca. 20–23 Minuten

Titel	Gesangrolle	Stil
Lecker, lecker!	Richi, Stuck, Mann, Chantale, Ensemble	lustig
Teaser A&A TV	Rund, Ensemble	lustig, abgedreht
Bester Koch der Welt	TaGueule, Ensemble	lustig, Küchen-Samba
Müssen-Song	Richi, Rund, Manni, Stuck	nachdenklich, Ballade
A&A TV	Rund, Ensemble	lustig, abgedreht
Wie früher	Mann, Stuck	romantisch

Weltküche	TaGueule, Mann, Chantale, Rund	zuerst französisch, dann arabisch mit bayrischem Inlay
Geschmacks-verstärker-Song	Richi, Ensemble	schnell, lustig, Wiener Walzer
Aufsichtsamt-Song	Ensemble, Mann	drohend, böse

2. AKT

10 Songs, ca. 20 Minuten

Reprise Aufsichts-amt-Song	Igor	
Unschlagbares Rezept	Igor, Ensemble	lustig, mystisch; russ. angehaucht, Balalaika- & Kalinka-Anleihe, Klezmer vs. Polka
Reprise Wie früher	TaGueule, Chantale	romantisch

Reprise Weltküche	TaGueule, Ensemble, Rund	lustig
Genug ist nicht genug!	Richi	böse
Versuch's mit mir	Rund, Chantale, TaGueule	
Schnitzel of Hell!	Mann, TaGueule, Ensemble, Rund	lustig, rockig
Reprise Unschlagbares Rezept	Igor, Ensemble	lustig, mystisch
Geständnis-Song	TaGueule, Chantale, Igor	langsam
Ka-Tsching-Song	TaGueule, Chantale, Mann, Stuck, Igor, Ensemble	lustig

BÜHNENAUFBAU

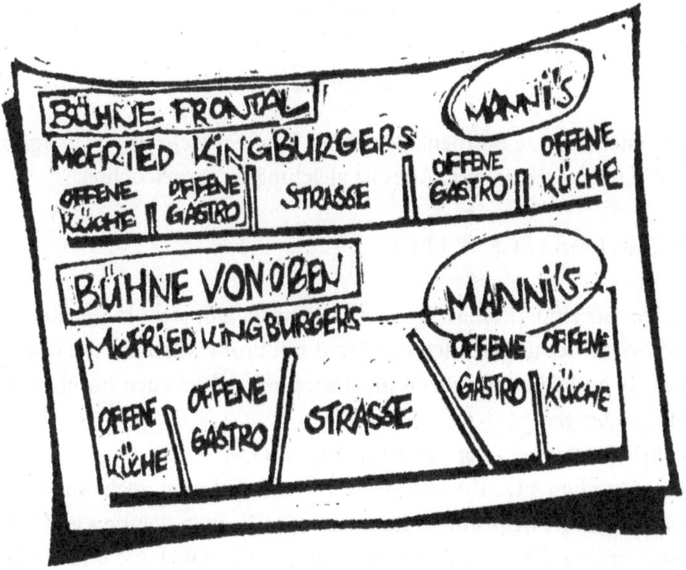

Das Schnitzel des Todes

Musatirical

1. AKT

SZENE 1

SET: (siehe Skizze Bühnenaufbau) mit Straße, *MacFried Kingburgers* und *Manni's Schnitzeleck.* Alles ist gleichmäßig ausgeleuchtet.

MUSIK: Intro LECKER LECKER

Im *Manni's* sind Thomas, Igor und Chantale. Igor steht in der Küche und betrachtet unglücklich den Herd mit brodelnden Töpfen drauf. Thomas und Chantale sitzen im Gastraum und schauen hinüber zu MF *Kingburgers.*
Im MF *Kingburgers* dagegen ist richtig was los.
Die Menschen sitzen und futtern, manche nehmen auch was zum Essen für unterwegs mit, es herrscht reges Treiben drinnen und vor dem Eingang. Unter den Gästen befindet sich TaGueule und trinkt einen Kaffee, liest Zeitung.
Zu sehen ist dort auch Stuck, die bedient, und Richi, der gerade die Tageseinnahmen neben der Kasse zählt und sehr zufrieden aussieht.

MUSIK: LECKER, LECKER
ENSEMBLE, MANN, CHANTALE, STUCK, RICHI

REFRAIN
ENSEMBLE (euphorisch): Lecker, lecker, wunderbar
Doppelt Käse, Majo, klar

Burger, Pommes, Huhn, Salat
Unser Hüftspeck wird teuer bezahlt

STROPHE 1
MANN (bedrückt): Ich leg mich hier krumm
Schufte wie dumm
Es verlässt mich der Mumm
Ach, verdammt. Was soll ich nur tun?

RICHI (ausgelassen): Sie kaufen ständig, wie besessen
Dank Glutamat mein Fastfoodfressen
Vernichten alles, was es bei mir gibt
Dank denen bin ich sehr liquid

CHANTALE (aufmunternd): Papa, lass den Kopf nicht hängen
Wir werden es zum Guten wenden
Schnitzel gehen, wirst schon sehen
Es ist bloß ein Imageproblem

REFRAIN
ENSEMBLE (euphorisch): Lecker, lecker, wunderbar
RICHI (singt hinein): Sehr liquid, sehr liquid
ENSEMBLE: Doppelt Käse, Majo, klar
RICHI (singt hinein): Sehr liquid, sehr liquid
ENSEMBLE: Burger, Pommes, Huhn, Salat
RICHI (singt hinein): Sehr liquid, sehr liquid
ENSEMBLE: Unser Hüftspeck wird teuer bezahlt

Das Kamerateam mit Rund, Kamerafrau und Tontechniker kommt die Straße runter. Das Trio hat ein zusammengerolltes Plakat und Poster dabei.
Rund gibt Anweisungen, was zu filmen ist. Die Kamera schwenkt hin und her, filmt die Front von *Manni's* ab.

STROPHE 2
MANN (bedrückt): Die Bank schrieb mir, es ist bald aus
In einem Monat müssen wir raus
Das *Schnitzeleck* muss Geld verdienen
Sonst kann ich keinen Kredit bedienen

CHANTALE (geheimnistuerisch): Bleib ruhig, Papa, die Hilfe naht
Der Rausschmiss, der bleibt uns erspart
Mit Glück und anderen Rezepten
Ist dein *Schnitzeleck* gewiss zu retten

Das Kamerateam macht eine kleine Pause, der Tontechniker kauft sich rasch einen Burger.

STUCK (mitleidig): Mein Ex sitzt ganz schön in der Patsche
Die Scheidung versetzte ihm 'ne harte Klatsche

RICHI (verächtlich): Selbst schuld, der Verlierer. Schau ihn dir an!
Ein Jammerlappen, kein echter Mann
(böse) Ich mache ihn fertig, wo ich nur kann!
Ich will seinen Laden, ich bleib an ihm dran!

REFRAIN
ENSEMBLE: Lecker, lecker, wunderbar
R&S (singen hinein): Sehr liquid sehr liquid
ENSEMBLE: Doppelt Käse, Majo, klar
MANN & CHANTALE (singen hinein): Imageproblem, Imageproblem
ENSEMBLE: Burger, Pommes, Huhn, Salat
R&S (singen hinein): Sehr liquid, sehr liquid
ENSEMBLE: Unser Hüftspeck wird teuer bezahlt
MANN & CHANTALE (singen hinein): Imageproblem, Imageproblem

MUSIK: weiter als Underscore

SZENE 2

MUSIK: LECKER, LECKER läuft noch als Underscore

SET: Beleuchtung im MF *Kingburgers* aus.
Beleuchtung nun auf die Straße und *Manni's*.

Im MF *Kingburgers:* Ensemble bleibt einfach sitzen bzw. stehen. Keine weiteren Aktionen.

Im *Manni's:* Mann und Chantale sitzen am Tisch. Igor rührt, hackt und macht, was in der Küche zu tun ist.
Vor der Tür steht das Kamerateam mit Rund, Kamerafrau und Tontechniker bereit.

MANN (frustriert): So geht das doch nicht mehr weiter. (Zeigt rüber.) Und dann macht deine Mutter auch noch genau gegenüber diese Schnellfraß-Bude mit ihrem neuen Typen auf!

IGOR (murmelt mit russ. Akzent): Dà! Typ ist Arsch.

MUSIK: aus

CHANTALE (vorsichtig): Papa, ich muss dir was gestehen …

MANN: Es lief ja schon vorher nicht so prickelnd. Aber seit sie mit Glutamat-Burgern um sich schmeißt, kann Igor sich sonst was ausdenken.

IGOR (murmelt mit russ. Akzent): Schnitzel-Borschtsch. Mir schmeckt.

CHANTALE (drängender): Papa! Hör mir doch mal zu. Ich habe mir was einfallen lassen, um unseren Laden zu retten!

Rund instruiert seine Leute. Das Team macht sich bereit und stürmt drehend ins *Manni's*.
Der Tontechniker hat einen Burger in der Hand und kaut. Die Kamera schwenkt ständig hin und her.

RUND (strahlend in die Kamera): Guten Tag, verehrte Zuschauer! Hier ist Frank Rund von SuperTV mit der beliebten Kochsendung *Angebrannt & Abgebrannt*. Live und wie Sie es mögen! Wir befinden uns in [SPIELORT], in *Manni's Schnitzeleck*.

MANN (verwundert): Hey, Sie! Sie können doch nicht so einfach …

MUSIK: Intro A&A TV

CHANTALE (flüstert aufgeregt): Doch, Papa! Die habe ich gerufen! Die werden uns helfen!

RUND (schaut sich um): Huiuiui! Ich muss sagen, der erste Eindruck ist fa-tal!

MUSIK: Teaser A&A TV
RUND, KAMERATEAM

RUND: Das *Schnitzeleck* ist derart banal
KAMERATEAM: Derart banal
RUND: Ein absolut schwerer Fall
KAMERATEAM: Derart banal
RUND: Aber wir bringen Feuer in den Ofen
KAMERATEAM: Schwerer Fall
RUND: Und Pepp in die Panade
KAMERATEAM: Schwerer Fall
RUND: Um Chantale und Manni wäre es einfach viel zu schade.
KAMERATEAM: Uuuhhh!

MUSIK: A&A TV weiter als Underscore

RUND (in die Kamera): Und Sie wissen, liebe Zuschauer: Wo ich bin, geht's Rund! Uuund: Cut.

MANN (ärgerlich): Ist das ein Burger von *MacFried?* Sie wollen mich retten und kaufen bei der Konkurrenz? (Tontechniker kaut langsamer, wirkt schuldbewusst.) Fängt ja prima an.

CHANTALE: Hallo, Herr Rund. Ich habe den Sender angeschrieben. Schön, dass es geklappt hat. (Reicht ihm die Hand.)

RUND: Ah, Frau Mann! Freut mich. Und Sie machen auch optisch was her. Das ist gut für die Quote. Auge isst mit und so. (Zu Mann:) Keine Sorge, Herr Mann. Wir kriegen das *Schnitzeleck* wieder hin. Unsere Sendung ist dafür berühmt.

KAMERATEAM (JINGLE im Barbershop-Style): SuperTV ist super – genau!

MANN: So, so. *Angebrannt & Abgebrannt?* Ich kenne die Sendung gar nicht.

IGOR (murmelt): Ich schon. Ist schlecht.

RUND (gesprochen): Seien Sie unbesorgt.

MUSIK: Teaser A&A TV
RUND

RUND: Ich habe Ihre Bude schon analysiert
Das super Konzept ist durchkonzipiert
Küchenhilfe extrem! Sie werden seh'n.
Das gab's noch nie im deutschen TV
Wir mixen Formate, ganz genau.
Germanys next Kochmodel und Koch sucht Frau
Promikochdschungelcamp, nichts wird vergeigt

Damit die Popularität des Senders, äh, Ihres Ladens steigt.

MUSIK: aus.

CHANTALE (erfreut): Ach? Das ist ja toll! So viel Aufwand!

RUND (jovial): Nicht nur das. Wir haben einen Star-Koch, der uns dabei unterstützt. Er wird Ihnen und Ihrem Koch …

IGOR (murmelt): Bin ich Azubi, Towarischtsch.

RUND: Egal. Wir haben François TaGueule engagiert, den besten Sterne-Koch der Welt mit super Kontakten zu [Namen von bekannten Köchen und Köchinnen einsetzen] und den ganzen anderen TV-Brutzlern. Der holt uns alle her! Ins *Schnitzeleck!* Ist das kross oder was? (Lacht falsch.) So. Wo bleibt er denn?

Er zückt sein Handy, telefoniert leise.

SET: Im MF *Kingburgers*, Spot auf TaGueule.

TaGueule steht auf, zückt sein Handy und telefoniert ebenfalls leise, kauft sich noch einen Burger und geht essend über die Straße.

Im *Manni's:* Mann, Chantale und Igor rücken zum Kriegsrat zusammen.

MUSIK: Intro BESTER KOCH DER WELT

MANN (zu Chantale): Bist du dir sicher, dass das was wird?

IGOR (kritisch): Promikochdschungelcamp? Njet! Soll ich etwa kochen auch noch Schlampignonschnitzel für die Luden und Luder?

CHANTALE: Wir haben Schulden bis zum Dach. Ohne die Sendung sind wir durch. Wir brauchen Kunden, egal wie. Oder willst du deinen Laden der Bank überlassen, Papa?

Missmutig kommt TaGueule rüber, kaut und betritt essend das *Manni's*, schaut sich gelangweilt um. Er streift den Mantel ab, darunter kommen Kochklamotten zum Vorschein.

TaGUEULE (schlechtes Französisch, schlechter Akzent): Bonschua, mes amie.

Er greift in die Tasche und zieht eine riesige Kochmütze heraus, setzt sie auf.

IGOR (murmelt): Nix Ami. Rrrusski.

RUND: Ah, Maître TaGueule! (Gibt ein Zeichen, die Crew beginnt mit dem Filmen.) Schildern Sie uns Ihren ersten Eindruck! Sprechen Sie zu uns, Küchengott!

MANN: Ist das ein *MacFried*-Burger? Echt, jetzt?

Er will sich auf TaGueule stürzen, Chantale hält ihn zurück.

MUSIK: BESTER KOCH DER WELT
TaGUEULE, ENSEMBLE

STROPHE 1
TaGUEULE: Ich koche, wie es mir gefällt
Und reise um die ganze Welt
Ich gebe nichts auf Kritiker
Kredenze höchsten Politikern

Im *Schnitzeleck*, hier sieht es aus
Da packt mich gleich der große Graus

Hier hilft nur eins, 's ist sonnenklar
Ein Mann wie ich, ein Gott, ein Star!

REFRAIN
ENSEMBLE: Er ist François –
TaGUEULE (allürenhaft gesprochen): Das bin isch!
ENSEMBLE: TaGueule
TaGUEULE (gesprochen): Sagt es laut, Kindér
ENSEMBLE: Der beste Koch –
TaGUEULE (allürenhaft gesprochen): Wui, wui!
ENSEMBLE: Der ganzen Welt!
TaGUEULE (allürenhaft gesprochen): Der Wahr'eit und nischts als der Wahr'eit!

STROPHE 2
TaGUEULE: Ich ruf ein paar Kollegen an
Und bring den Bumms auf Vordermann
Aus aller Welt kommen sie her
Packen an, das hilft uns sehr
Aus Russland, China, Kanada
Sind alle meine Freunde da.
Und wenn es sein muss, bitte sehr,
Schaff ich [TV-Koch-Name] plus [TV-Koch-Name] her.

REFRAIN
ENSEMBLE: Er ist François –
TaGUEULE (allürenhaft gesprochen): Àllo, àllo!
ENSEMBLE: TaGueule
TaGUEULE (allürenhaft gesprochen): Autogramme? Jederseit!
ENSEMBLE: Der beste Koch –
TaGUEULE (gesprochen): Oh là là! Isch vernasche so gerne, ma chère!
ENSEMBLE: Der ganzen Welt!

STROPHE 3 plus REFRAIN
TaGUEULE: Vorbei ist's mit dem Einerlei
ENSEMBLE: Er ist François –
TaGUEULE: Die Gäste strömen 'erbei
ENSEMBLE: TaGueule
TaGUEULE: Ich rette Manni mit Brillanz
ENSEMBLE: Der beste Koch
TaGUEULE: Und alle so: TaGueule, der kann's!
ENSEMBLE: Er ist François –
TaGUEULE: Wir machen aus dem Schnitzel-iieeh!
ENSEMBLE: TaGueule
TaGUEULE: The one and only place to be.
ENSEMBLE: Der beste Koch
TaGUEULE: Ich bin nun mal der größte Held
TaGUEULE & ENSEMBLE: Der ganzen Welt!
TaGUEULE & ENSEMBLE: Der ganzen Welt!
TaGUEULE (allürenhaft gesprochen): Der Wahr'eit und nischts als der Wahr'eit!

MUSIK: aus

MANN: Als Erstes schmeißen mal alle die Burger weg. Die sind vom Feind. (Er macht den Mülleimer auf. TaGueule und der Tontechniker werfen die Burger weg, der Techniker beißt vorher noch einmal schnell ab.) Jetzt geht's mir besser. Trojanische Burger, echt.

TaGueule (lächelt Chantale an): Oh, ma chère. Sie sind extraordinaire!

IGOR (murmelt): Njet ordinär. Ist Lady. Studiert. Schlauer als du, Kochkasper.

CHANTALE (lächelt): Merci. Vous êtes très gentile. Et vous? D'où etes-vous?

TaGueule schaut irritiert, überlegt und lacht dann, als hätte sie einen Witz gemacht.
Chantale schaut verwundert.

MUSIK: Underscore A&A TV

RUND (in die Kamera): Damit alle Bescheid wissen, und auch Sie, liebe Zuschauer: Zum ersten Mal wird ein Drei-Sterne-Koch bei einem solchen Format mitmachen. Und wir sind alle sehr gespannt, was Sie vorschlagen, Maître. Lassen Sie uns teilhaben.

TaGueule (läuft an den Töpfen vorbei): Mon dieu. Puh! Sacre cœur! Das ist merde! Und das auch. Besonders merde! Kein Raffinäss, kein Jenesäkoa, kein gar nischts außér …

IGOR (hebt den Schnitzelklopfer): Towarischtsch, ich klopfe gleich die Merde aus dem Hut!

TaGueule (überheblich): Àh, àh, Aschenpüttell! Ruhig bleiben und Schnitzel sortieren, wui? Zuerst … alles raus et decoré neu. Alles neu! Et après-ski, wir machen Trobadur mit die ganzen Schnitzel. Neue Soße, neue Gerischte wie … Schnitzel Surprise et … Schnitzel Accuse … no… Bocuse! (Legt dramatisch eine Hand an die Augen.) Isch muss nachdenken. Isch denke nach.

Chantale schaut zu Igor, der ebenfalls misstrauisch wird.

RUND (in die Kamera): Unser Experte denkt nach. Schalten Sie morgen unbedingt wieder ein, bei *Angebrannt & Abgebrannt,* und erleben Sie mit, wie Maître TaGueule das *Schnitzeleck* von Thomas Mann auf Vordermann bringt. Macht der Magier der Töpfe es zu einem kulinarischen Zauberberg oder zu den Schnitzelbudden broke? (Pause) Uuund: Cut.

CHANTALE (neugierig): Und wie geht es weiter?

TaGueule (seufzt, in Pose): O là là. Sehr schwer. Isch denke immer noch nach.

MANN (besorgt): Ich dachte, wir fangen an, meinen Laden zu retten?

RUND: Heute nicht mehr. Wir verkabeln alles mit Webcams, damit die Zuschauer rund um die Uhr schauen können, was läuft. Big-Kitchen-Brother und so. Stream 24/7. Morgen geht es dann los.

MUSIK: Underscore A&A TV aus

Runds Team schraubt und klebt überall kleine Kameras an. TaGueule steht immer noch in dramatischer Pose, dann läuft er herum und kauderwelscht auf Französisch, kritzelt etwas auf den Block, dann schaut er in die Runde.

TaGUEULE (operettenhaft): Bièn, bièn. So troubaduren wir das. Morgén, mes amie!

IGOR (murmelt): Rrruski!

TaGUEULE (operettenhaft): Au Renoire et bis morgén!

TaGueule geht hinaus und ab.

MANN: Na, toll. Das soll SuperTV –

KAMERATEAM (JINGLE im Barbershop-Style): SuperTV ist super – genau!

MANN: Äh … super sein? Herrje.

Er setzt sich.

MUSIK: Intro MÜSSEN-SONG

CHANTALE: Keine Sorge. Igor und ich gehen dem Maître nach und besprechen mit ihm seine Schnitzel-Rezepte.

IGOR (murmelt): Bocuse klingt mies. Superwinzig Schnitzel, njet! Ist Vergewaltigung von Tier nach Tod.

CHANTALE: Ich will wissen, was er sich ausgedacht hat. Wir haben keine Zeit zu verlieren.

Chantale und Igor ab.

Derweil dübeln und tackern Kamerafrau und Tontechniker außen ein Plakat mit *Angebrannt & Abgebrannt – Super*TV *verhindert den Super*-GAU an das *Schnitzeleck*. Dann noch ein Poster, auf dem steht: *Große Castings! Vorbeikommen und absahnen!*
Dann verschwinden sie.

SET: Helligkeit im MF *Kingburgers* langsam hochziehen.

Aus dem MF *Kingburgers* gehen gerade die letzten Gäste. Die Leute schauen zum Plakat, fotografieren es und reden leise.
Richi steht am Fenster und schaut rüber, ärgert sich.

RUND: Dann bis morgen, Herr Mann. Wir sind um 9 wieder hier und filmen Sie und Igor bei den Vorbereitungen. Sie erzählen uns von Ihrer Vergangenheit. Bisschen human touch und so. Danach machen wir gleich das Casting für *Koch sucht Frau* und *Germanys next Kochmodel*.

Er grüßt und geht raus.
Draußen wird er langsamer, bleibt dann aber seufzend auf der Straße stehen und setzt sich auf den Bordstein o.ä., fährt sich durch die Haare.

SET: Straße, *Schnitzeleck* und MF *Kingburgers* sind jetzt gleichmäßig ausgeleuchtet, aber gedimmt.

MUSIK: Intro MÜSSEN-SONG weiter

SZENE 3

MUSIK: Intro MÜSSEN-SONG (läuft noch)

SET: Straße, *Schnitzeleck* und MF *Kingburgers* gleichmäßig ausgeleuchtet, aber gedimmt.

Mann sitzt am Tisch seines *Schnitzelecks.*
Richi steht hinausschauend am Fenster des MF *Kingburgers.*
Rund sitzt auf der Straße auf dem Bordstein, den Kopf auf die Hand gestützt.
Alle drei sind sehr nachdenklich.

MUSIK: MÜSSEN-SONG
RUND, RICHI, MANN, STUCK

STROPHE 1
RICHI: Kaum jemand ahnt
RUND: Was mich plagt
MANN: Die schlimme Angst, dass ich versag

MANN: Der Druck ist groß
RICHI: Muss viel erfüllen
RUND: Das Spiel des Senders voll mitspielen

REFRAIN 1
ALLE: Müssen, müssen, ohne Ausweg
Immer vorwärts wie beim Viehtrieb
Mein Leben ist voller fieser Zwänge
Ich wäre froh, entkäm ich der Enge

STROPHE 2
MANN: Der Laden ist mein einziger Halt
RUND: Ich brauch die Quote, sonst werd ich nicht alt
RICHI: Ich mache Mann fertig, und zwar bald

RICHI: Den Laden will ich, brauche den Platz
RUND: Morgen geht's los mit der Zuschauerhatz
MANN: Zuerst die Scheidung, jetzt dieser Rabatz

RUND: Der Sender geht unter, wenn das nicht klappt
MANN: Mein Leben geht unter, wenn das nicht klappt
RICHI: Mein Laden geht unter, wenn das nicht klappt

REFRAIN 2 (Tonartwechsel)
ALLE: Müssen, müssen, ach wär's doch vorbei
Mit der elenden Job-Schinderei
Will nicht viel von meinem Leben
Möcht sein, ohne mich zu quälen …

RUND: Also mache ich weiter, Tag für Tag
RICHI: Verkauf ihnen Essen, dass ich nicht mag
MANN: Ich hoffe endlich auf Ertrag

REFRAIN 1
ALLE: Müssen, müssen, ohne Ausweg
Immer vorwärts wie beim Viehtrieb
Mein Leben ist voller fieser Zwänge
Ich wäre froh, entkäm ich der Enge

MUSIK: weiter als Underscore

Richi geht durch eine Tür im MF *Kingburgers* nach links ab. Rund geht die Straße runter und ab. Mann sitzt noch am Tisch und nimmt ein Bild von seiner Ex-Frau heraus.

Stuck kommt aus einer Tür im MF *Kingburgers,* betritt die Straße und sieht die Transparente an der Fassade. Sie schaut sich um, dann huscht sie zu *Manni's* und guckt durchs Fenster, sieht Mann dort sitzen.
Sie seufzt und legt eine Hand an die Scheibe. Es wird klar, dass sie noch was für ihn empfindet. Sie überlegt, ob sie auf sich aufmerksam macht.

Gleichzeitig kehrt Richi ins MF *Kingburgers* zurück, telefoniert mit dem Handy.

RICHI (telefoniert missmutig): Ich weiß auch, dass wir um jeden Preis vergrößern müssen, sonst werden unsere Geschäftspartner sauer. Manns Laden ist dafür optimal. Keine Sorge, ich mache ihn platt. Seine Ehe habe ich schon ruiniert, da werde sich seine Schnitzelbude auch begraben.

Er sucht was in der Kasse, bemerkt Stuck draußen auf der Straße und beobachtet sie, steckt das Handy ein. Er sieht wütend aus.

MUSIK: MÜSSEN-SONG
STUCK, RICHI

STUCK: Es tut mir leid, wie alles kam.
RICHI: Sie ist ihm immer noch sehr nah.
STUCK: Würd gerne wieder zurück zu dir.
RICHI: Sie vermisst ihn, ja, ich dacht es mir.
STUCK: Ich stecke hier in dieser Enge!
RICHI: Doch ich hab sie in meinen Fängen.

Mann dreht den Kopf und sieht Stuck am Fenster. Er steht langsam auf. Stuck geht langsam weg vom Fenster.

Da kommt Richi aus dem MF *Kingburgers* und winkt Stuck zu. Sie hakt sich bei ihm ein, beide ab.

Mann steht am Fenster, lässt den Kopf sinken.

MUSIK: aus

SET: schwarz

SZENE 4.1

SET: Straße und MF *Kingburgers* sind gleichmäßig ausgeleuchtet. Das *Manni's* ist noch dunkel.

Straße: Vor der Tür des geschlossenen *Manni's* stehen die Leute Schlange. Sie reden von den Castings und von SuperTV, zeigen auf die Banner.
MF *Kingburgers* ist wie leergefegt, der Angestellte langweilt sich. Richi und Stuck stehen am Fenster und betrachten den Auflauf.
Manni's: dunkel.

MUSIK: Intro A&A TV

Das Kamerateam mit Rund, Kamerafrau und Tontechniker kommen die Straße runter und werden natürlich sofort bemerkt.
Die Menschen rennen auf sie zu, die Kamerafrau filmt und schwenkt die Kamera hin und her.

RUND (begeistert in die Kamera): Liebe Zuschauer! Willkommen bei SuperTV!

KAMERATEAM (JINGLE im Barbershop-Style): SuperTV ist super – genau!

RUND: Ist das ein Andrang! Wir sind live vor *Manni's Schnitzeleck*, und wir haben viel vor: Bei *Angebrannt & Abgebrannt* heißt es heute: *Koch sucht Frau, Germanys next Topf... Kochmodel* und natürlich eine erste Runde mit Maître TaGueule, Stichwort: Pimp my schnitzel. (Zeigt auf eine Dame.) Aber zuerst: Du! Wieso bist du Germanys next Kochmodel?

FRAU 1 (Dialekt): Ich bin die Sissi, komme aus Kärnten und bin extra angereist, weil ich die besten Knödel-Rezepte habe!

Kamerafrau hält die Linse grinsend auf ihre Oberweite, der Tontechniker hebt die Kamera wieder. Die Kamerafrau verzieht den Mund.

FRAU 2 (schiebt sich vor sie): Aber ich sehe besser aus! Ich bin die Mary, und ich –

MANN 1 (schubst sie weg): Ich war schon Mister Bratwurst 2022, und deswegen –

RUND: Halt, halt. Einer nach dem anderen. (In die Kamera:) Und Sie zu Hause, rufen Sie für Ihren Liebling an, schicken Sie SMS, Mails oder klicken Sie auf die eingeblendeten Namen auf der Website. Die Leitungen sind freigeschaltet!

MUSIK: A&A TV
RUND, KAMERATEAM, ENSEMBLE

REFRAIN 1
KAMERATEAM & RUND: *Angebrannt & Abgebrannt*
Macht *Manni's* mehr als stadtbekannt
Für die richtig guten Quoten
Lassen wir die Viewer voten

STROPHE 1
FRAU 1: Ich bin die Sissi und hab Knödel.
FRAU 2: Interessiert niemand, hau ab, Mädel.
MANN 1: Ich bin hier die tollste Wurst.
MANN 2: Wer hat dich Pelle ausgesucht?
FRAU 1: Ich krieg den Titel, schnapp ihn mir.
FRAU 2: Ich rate dir, Haxe, verschwind von hier.
MANN 1: Niemand sieht besser aus als ich.
MANN 2: Du bist ein echtes Hackgesicht!

REFRAIN 1
KAMERATEAM & RUND: *Angebrannt & Abgebrannt*
Macht *Manni's* mehr als stadtbekannt
Für die richtig guten Quoten
Lassen wir die Viewer voten

ENSEMBLE weiter mit Refrain-Melodie und Lalala

RUND (deutet von einem zum anderen): Verraten Sie den Zuschauern, was der Titel für Sie bedeutet!

FRAU 1 (gespr.): Ruhm!
FRAU 2 (gespr.): Damit kann ich einen Sponsor-Vertrag mit Pfannenherstellern reinholen!
MANN 1 (gespr.): Nach Mister Bratwurst und Mister Spareribs wäre das mein Traum!
MANN 2 (gespr.): Ich? Ach, ich … Weltfriede!
ALLE (gespr.): Weltfriede?
MANN 2 (gespr.): Sagt man das bei Miss-Wahlen nicht immer?

REFRAIN 1
KAMERATEAM & RUND: *Angebrannt & Abgebrannt*
Macht *Manni's* mehr als stadtbekannt
Für die richtig guten Quoten
Lassen wir die Viewer voten

ENSEMBLE: Kochmodel, Topfmodell
AA-TV, sensationell
Wir werden berühmt, reich und bekannt
Verdienen Kohle im ganzen Land.

Chantale kommt die Straße runter, schleppt Einkäufe, bahnt sich den Weg durch die Menge. Die Kamera schwenkt auch kurz auf sie, doch sie winkt ab, schließt auf und geht hinein.

SET: Licht im *Manni's* hochfahren.

Die Menschen und das Kamerateam mit Rund folgen Chantale ins *Manni's*.

ALLE: *Angebrannt & Abgebrannt*
Macht *Manni's* mehr als stadtbekannt
Für die richtig guten Quoten
Lassen wir die Viewer voten

MUSIK: Underscore weiter

RICHI: Ich hetze dem das Gesundheitsamt auf den Hals. (Zückt das Handy.) Die finden in der Klitsche garantiert was.

(parallel) Mann und Igor treten durch eine Seitentür ins *Manni's* und sind verwundert wegen der Masse, die darin herumtanzt.
Igor macht sich sofort ans Kochen, Chantale nimmt die Bestellungen auf.

STUCK: Muss das sein?

RICHI: Ja, das muss sein! Oder erklärst du unseren chinesischen Investoren, dass wir die versprochene Rendite nicht einfahren? (Zur Seite ins Handy:) Ah, servus, Holger pass mal auf. Wegen der Schnitzelbude … (Redet leiser und unverständlicher.)

Chantale serviert die Getränke und Bestellungen. Sie sieht glücklich aus, nimmt Geld ein.

RUND (in die Kamera, mit Handy am Ohr): Oh, wir haben ein Ergebnis des Anruf- und Onlinevotings. Germanys next Kochmodel ist: (verwundert) Chantale?

ALLE: Hä?

MUSIK: aus

CHANTALE (verwundert): Was? Nein! Aber wie kann das sein?

KAMERAFRAU: Oh, ich hatte Sie vorhin kurz im Bild. Mit den Einkaufstüten. Und da dachten die Zuschauer wohl …

RUND (sie unterbrechend): Egal! (In die Kamera:) Sie haben gewählt, und Chantale ist unser Superstar!

Er zieht eine Schärpe aus der Tasche, die recht armselig aussieht, und legt sie ihr um. Sie sehen sich in die Augen, lange, ein Magic Moment muss sichtbar sein.

RUND (stammelt): Glückwunsch!

CHANTALE (stammelt): Danke.

Die Gäste rufen nach ihr, sie muss weiter bedienen gehen.

RUND (zu seinem Team): Wo ist TaGueule?

Kamerateam zuckt mit den Schultern, Rund nimmt sein Handy und wählt.

(Szene weiter)

SZENE 4.2

MUSIK: Underscore BESTER KOCH DER WELT

SET: Licht im MF *Kingburgers* und *Manni's* dimmen, Straße voll beleuchten.
Spot im *Manni's* auf Rund.

Rund steht im Vordergrund des *Manni's*, hat das Handy in der Hand. Im Hintergrund bleibt alles im Freeze.
Auf der Straße kommt TaGueule in Kochanzug und mit Mütze entlang. Er hat einen großen Koffer dabei und telefoniert gerade.

TaGUEULE (spricht mit frz. Akzent): Wui, Monsieur Rund. Isch binn sofort bei Ihnen.

RUND: Aber pronto! Und welchen Promikochkasper bringen Sie mit?

TaGUEULE (denkt nach): Äh … einen Augenblick. Isch müss …

RUND: Sie machen es spannend: [Name TV-Koch/Köchin]?

TaGUEULE: Non. Der hat einen … Topfenknödelverschluss.

RUND: [Name TV-Koch/Köchin]?

TaGUEULE: Auf einem Butterstück ausgerutscht. Hat sich alles gebrochen.

RUND: Du meine Güte! Was ist mit [Name TV-Koch/Köchin]?

TaGUEULE: Der rettet mit [Name TV-Koch/Köchin] jüstemon la Bündeswährküsch'.

RUND: Maître, wenn Sie mir nicht mindestens einen Prominenten bringen, bekommen Sie keinen Cent Gage! *Das* war so abgemacht! Ich brauche einen [Name TV-Koch/Köchin], einen [Name TV-Koch/Köchin] oder –

TaGUEULE: [Name TV-Koch/Köchin] hat Fugu-Sushi gemacht, der Cretin! Wird vermutlich daran sterben. Ja, ja, sehr traurig, ich weiß. Und ein anderer Freund hat mich gerade angerufen und gesagt, dass er an Ingwerallergie leidet. Durchfall … eine Ingwarrhö. Aber ich bring einen berühmten Koch mit. Ist eine Konfitür auf seinem Gebiet. Bis gleich. (Er legt auf.)

SET: Spot im *Manni's* auf Rund aus.
Nur noch die Straße ist beleuchtet.

TaGueule stellt den Koffer ab, kratzt sich am Kopf, schaut auf das Handy und scrollt, dann wählt er eine Nummer.

TaGUEULE (jetzt ohne Akzent): Willi! Ah, gut. Hör mal, Du bist doch Schauspieler. Kannst du den [Name TV-Koch] imitieren? Nein. Mhm. Irgendeinen anderen Koch? Irgendeinen unbekannten auch nicht? Oder notfalls [Name TV-Koch] … nein? Okay, danke. (Steckt das Handy ein.) Fück, ey. Fück, fück, fück!

MUSIK: BESTER KOCH DER WELT (langsam, nachdenklich) (Reprise)
TaGUEULE

TaGUEULE:
Ich bin Püree, wenn ich versag
Auch wenn ich nicht dran denken mag.
Muss imitieren und parodieren
Damit sie sich nicht echauffieren.
TaGueule
(niedergeschlagen gesprochen) Oh ja …

Gibt es nicht
(niedergeschlagen gesprochen) Schön wär's.
TaGueule
(gesprochen) Wie konnt' ich nur?
Ist nur mein Gesicht.
(niedergeschlagen gesprochen) Bescheuerte Idee.

MUSIK: Song weiter als Underscore

TaGueule nimmt den Koffer wieder auf und geht weiter, betritt *Manni's Schnitzeleck.*

SET: Licht im MF *Kingburgers* und auf der Straße dimmen, *Manni's* voll beleuchten.

MUSIK: Underscore aus.

(Szene weiter)

SZENE 4.3

SET: Licht im MF *Kingburgers* und auf Straße gedimmt, *Manni's* voll beleuchtet.

Im *Manni's* sind alle bei der Arbeit. Igor brutzelt, Chantale bedient, die Gäste essen und sind zumeist zufrieden.
TaGueule kommt rein und wird beklatscht.
Er verbeugt sich, winkt huldvoll, schreitet die Tische ab und betrachtet die Teller, würzt überall nach mit Gewürzen, die er lose in der Tasche hat, dann defiliert er durch die Küche und schaut in die Töpfe. Den Koffer stellt er zur Seite.
Igor betrachtet TaGueule grimmig, mit dem Fleischklopfer in der Hand.

MANN (fröhlich zu Chantale): Du hattest recht! Das *Schnitzeleck* läuft!

CHANTALE (lacht): Und das ist erst der Anfang. Wenn ich mit dem Maître gesprochen habe …

MANN: Wolltest du das nicht gestern tun?

CHANTALE: Ja, aber er war plötzlich wie vom Erdboden verschluckt.

MUSIK: Underscore A&A TV

Rund geht zu Mann, Kamerateam folgt.

RUND (in die Kamera): Liebe Zuschauer, bei uns geht es Schlag auf Schlag. Nach *Germanys next Kochmodel* bietet Ihnen SuperTV …

KAMERATEAM (JINGLE im Barbershop-Style): SuperTV ist super – genau!

RUND: … im Programm von *Angebrannt & Abgebrannt* in seiner Untersparte nun *Koch sucht Frau*. (Zu Mann:) Bei mir ist der kernige Koch Thomas Mann. Der kluge Küchenbulle hat ein großes Goldherz, gefüllt mit viel Schokolade und süßer Sahne.

MANN (genervt): Ich suche keine Frau!

RUND: Ah, mein Fehler. Der schüchterne Schnitzelschwenker sucht also einen Mann. (Lacht.) Wie der andere Mann. Was für eine Koinzidenz. Also doch: Krull-Schnitzel, Tod-in-Venedig-Schnitzel …

IGOR: Tschechow-Schnitzel, Towarischtsch.

MANN: Nein, ich … (In die Kamera:) Ich will nur meine Ruhe und mein *Schnitzeleck* retten.

RUND: Cut! (Zu Mann:) Sie machen es mir echt schwer. Wir brauchen doch social und human touch und so. Die Viewer wollen Sie kennenlernen. (Schaut auf sein Handy.) Ah, die neue Quotenmeldung und Social-Media-Resonanz. Sieht gut aus. Und die wird noch besser, wenn wir …

MANN: Was interessieren mich die Quote und Social Media?

RUND: Je mehr Menschen zuschauen, desto mehr Kundschaft, desto mehr Schnitzel.

Rund macht Zeichen, die Kamera schwenkt wieder auf Mann.

RUND: Unser flippiger Fleischpanierer –

MANN: Dafür habe ich keine Nerven. (Zu Chantale:) Ich muss mal kurz raus. An die Luft.

Mann stürmt hinaus auf die Straße.

SET: Straße beleuchten, MF *Kingburgers* bleibt dunkel.

Mann steht auf der Straße und atmet tief durch, geht langsam hin und her.

Im *Manni's:*
RUND: Na, schön. Liebe Zuschauer, *Koch sucht Frau* geht später in die zweite Runde. Senden Sie uns ruhig Ihre Bewerbungsunterlagen, per Fax, per Mail, via DM auf unseren Social-Media-Kanälen. (Zeigt auf TaGueule.) Und jetzt: Maître, bereichern Sie uns! Schnitzeln Sie los!

Die Menge tobt, und TaGueule kommt royal winkend um den Tresen.

MUSIK: Underscore aus.

SET: Straße beleuchten.
Manni's dimmen. Alle Beteiligten im *Manni's:* freeze

SZENE 5

SET: Straße ist ausgeleuchtet.
Das *Manni's* ist dunkel, die Menschen im Freeze, das MF *Kingburgers* ist leer und dunkel.

Mann steht auf der Straße, atmet ein und aus. Auf der Straße geht Stuck entlang, kramt in ihrer Handtasche.
Die beiden sehen sich, halten inne.

MUSIK: Intro WIE FRÜHER

STUCK: Glückwunsch zum Erfolg. SuperTV …

KAMERATEAM (JINGLE im Barbershop-Style): SuperTV ist super – genau!

Stuck und Mann schauen sich verwundert um, woher der Jingle kam, sehen aber niemanden.

STUCK: Also, der Sender hängt sich ja richtig rein. (Sie zeigt auf die Plakate.)

MANN: Es nervt mich.

STUCK: Aber dein Laden brummt. Du bist mit deinen Schnitzeln eine echte Konkurrenz geworden. Richi … tobt. Er wird sich was einfallen lassen, um dir die Leute wegzulocken und … (Sie beißt sich auf die Lippe.)

MANN: Wie meinst du das?

STUCK: Ach, nicht so wichtig. (Sieht sich schnell um, flüstert.) Achte einfach drauf, was in nächster Zeit rund um *Manni's* geschieht, ja? Bist du feuerversichert?

MANN: So weit würde er gehen?

STUCK: Kann sein, dass ich mich täusche. Vergiss es einfach. (Sie will weiter.)

MANN: Warte! Ich … (Hüstelt, räuspert sich.) Ich wollte fragen: Wie läuft es mit ihm?

Sie gehen aufeinander zu, zögerlich, halten aber noch Abstand.

MUSIK: WIE FRÜHER
MANN, STUCK

STROPHE 1
STUCK: Er ist einfach nicht wie du
Das lässt ihm so keine Ruh
Er sucht stets nach Bestätigung
Die Eifersucht bringt ihn fast um

Sie stehen jetzt mitten auf der Straße, eine Armlänge entfernt, sehen sich schmachtend an.

MANN: Das wäre einfach wunderschön
Mein Leben wär gleich angenehm
Gäbe es Richi nicht mehr darin
Zur Hölle, ja, das wünsch ich ihm

Sie nehmen sich an den Händen, lächeln sich an.

REFRAIN 1
BEIDE: Weißt du noch, wie es früher war?
Du und ich, ein tolles Paar
Komm doch wieder zurück zu mir
Ich änd're mich, das versprech ich dir

Stuck senkt den Blick, wirkt plötzlich verunsichert.

STROPHE 2
STUCK: Wenn ich es so recht bedenke
Du hattest immer kalte Hände
MANN: Hast geschnarcht und laut gepupst
Und dass du immer recht haben musst

Mann lässt ihre Hände los, sie schaut ihn fassungslos an.

MANN: Du keifst und nervst tagaus, tagein
Lässt nicht mal fünfe gerade sein
STUCK: Kannst nicht putzen oder kochen
Dein Parfüm hat streng gerochen

Stuck verschränkt die Arme und macht einen Schritt zurück.

STUCK: Oh, du hast ja keine Ahnung
Dir fehlt doch jeder Sinn für Planung
Säufst und räumst nie auf
Das ganze Geld geht fürs Kiffen drauf

Mann regt sich auf, wird ätzend im Tonfall, deutet Beifall an.

MANN: Das sagt die Richt'ge, Applaus, Applaus
Kommst mit Richi ganz groß raus
Hast endlich den Typen mit viel Kohle
Ich bin sicher, du wirst sie dir holen

Stuck beugt sich nach vorne.
STUCK: Ach ja?

Mann beugt sich nach vorne.
MANN: Ach ja?

Stuck zeigt ihm den Mittelfinger.
STUCK: Hier! Scheiß auf früher!

Mann zeigt ihr den Mittelfinger.
MANN: War mir klar.

Stuck wendet sich abrupt um und stürmt auf das MF *Kingburgers* zu, Mann auf das *Manni's*.
An den Türen halten beide wieder inne, sehen sich kurz schmachtend an, dann funkeln sie wieder böse.

REFRAIN 2
BEIDE: Weißt du noch, wie es früher war?
Du und ich, kein tolles Paar
STUCK: Ich will dich Arsch nie mehr zurück
MANN: Bleib wo du bist, du mistiges Stück!

Beide verschwinden in ihre Gaststätten.

MUSIK: aus

(Applauspunkt)

SET: Straße: Licht aus
Manni's mit den FREEZE-Leuten darin ausleuchten.
MF *Kingburgers* bleibt leer und dunkel.

SZENE 6

SET: Straße und MF *Kingburgers* sind dunkel.
Das *Manni's* ist komplett ausgeleuchtet.

De-Freeze: Die Menge tobt wieder, TaGueule steht im Gastraum (Aufstellung: siehe Szene 4.3), das Kamerateam hält auf ihn drauf.
TaGueule winkt und schreibt Autogramme.
Igor steht an den Töpfen, schnippelt irgendwas, Chantale ist mit Servieren beschäftigt.
Mann kommt rein, bahnt sich einen Weg durch die Menge und stellt sich an Igors Seite.

MANN: Habe ich was verpasst?

IGOR: Njet. (Nickt zu Rund.) Aber kann ich machen.

MANN (verwirrt): Was?

IGOR: Verpassen. Ihm. Soll ich?

MANN: Nein, nein! (Überlegt.) Höchstens, wenn er mich wieder verkuppeln will.

IGOR: Dà.

MUSIK: Intro WELTKÜCHE

RUND (zu TaGueule): Was werden Sie uns heute an Schnitzel-Offenbarungen kreieren, Maître?

TaGUEULE: Das ist eine Überraschüng! Isch werde live et direkt für die Züschauer von Süper TV … (hält inne).

Alle warten auf den JINGLE-Gesang, der aber nicht kommt.

TaGUEULE (zuckt mit den Achseln): Alors, ich werde für Züschauer von SüperTV …

KAMERATEAM (JINGLE im Barbershop-Style): SüperTV ist süper – genau!

Alle stöhnen auf.

TONTECHNIKER: Besser spät als nie, oder?

TaGUEULE (arrogant): Oh, là, là! Legen wir los.

RUND: Was ist mit dem Promi?

TaGUEULE: Die Konfitüre … Konifere …

CHANTALE: Koryphäe!

TaGUEULE: Wui! Der kommt noch. Nicht so ungeduldig! Und nün (klatscht in die Hände, arrogant), Monsieur Mann, Chantale! Zu mir! Und ihr alle, ihr hässlichen Menschen, macht mit! Singt für mich! Singt!

MUSIK: WELTKÜCHE
ENSEMBLE, TaGUEULE, CHANTALE, RUND, IGOR

TaGUEULE:
Der Mensch kocht auf der ganzen Welt
Nicht immer gut, doch wem's gefällt
Entscheidend ist hier das Rezept
Damit's gelingt und richtig schmeckt

Ob Mais, ob Reis, Nudeln, Gemüsä
Ob Milch, ob Joghurt oder gar Käse
Beilagen, Fleisch, Obst oder Süppe
Isch koch alles, ist mir schnüppe

ALLE:
Beilagen, Fleisch, Obst oder Süppe
TaGueule kocht alles, ist ihm schnüppe

TaGUEULE:
Ich sautiere und filetiere
Ich kreiere und ruiniere
Nehm Safran, Umami und Piment
Und was sonst noch keiner kennt

ALLE:
Er kreiert und ruiniert
Kocht enthemmt, was keiner kennt

TaGUEULE:
Rein mit dem Zeug, auch wenn' s nicht passt
Schnitzelsüpp, Schnitzelsushi, Schnitzelpast'
Dazu einen Schuss Pastis – gewiss, gewiss

ALLE: Gewiss, gewiss!

MUSIK: Underscore WELTKÜCHE

Die Leute probieren, was er zusammengewürfelt hat, und schauen sehr zufrieden aus. Das Kamerateam filmt alles, Rund und Igor machen sich Notizen.

TaGUEULE (arrogant): So, meine très hässlichen Ami!

IGOR: Rrrussski.

TaGUEULE: Schön weiterköcheln und rühren und so. Ich hole rasch meinen Kumpel rein. Er wartet am Lieferanteneingang.

TaGueule verschwindet mit dem Koffer durch eine Seitentür innerhalb des *Manni's*. Rund stürzt sich mit dem Team auf die Gäste.

MUSIK: Melodie WELTKÜCHE
RUND: Sagen Sie, wie schmeckt es Ihnen?
GAST 1: Unbeschreiblich
GAST 2: Göttlich
GAST 3: Zum Niederknien!
ALLE: Ja, TaGueule ist unser Gott, ein Hammer
Was er uns kocht, ist pures Manna.

MUSIK: Underscore WELTKÜCHE weiter

SET: Licht im MF *Kingburgers* hochfahren.

Man sieht Richi, Stuck und einen gelangweilten Angestellten im Innenraum. Richi steht am Fenster und schaut rüber zum *Manni's,* die Arme verschränkt und wütend.

RICHI: Was zum Teufel machen die da? Dein Ex reißt an einem Tag mehr Umsatz als ich in der letzten Woche!

STUCK: Das Fernsehteam war seine Rettung.

RICHI: Nicht mehr lange.

STUCK: Was meinst du damit?

RICHI: Ich habe einen Spion, der mir alle Gerichte von diesem Froschfresser stiehlt. Mit sämtlichen geheimen Zutaten. (Lacht.) Wir machen auch Schnitzel. Nur besser. *Viel* besser! *MacFried* King-Schnitzel! (Lacht irre.)

SET: Licht im MF *Kingburgers* dimmen.

Igor schaut unterdessen böse, rührt in seinem eigenen Topf.

MUSIK: WELTKÜCHE-Melodie macht einen Twist ins Russische

IGOR:
Kommt mal her und probiert dieses!
Schnitzel-Borschtsch und Schnitzel-Blinis
Ist gesund, was alles drin ist
Schnitzel-Janka mit dabei
Gebunden mit Wodka und dem Ei

Die Gäste kosten, verziehen das Gesicht, scheinen nicht wirklich einverstanden.

IGOR: Sagen, wie schmecken es Ihnen?
GAST 1: Unbeschreiblich
GAST 2: Grässlich
GAST 3: Zum Verziehen!

Die ersten Gäste wollen gehen.

MANN (aufgebracht): Igor, nein! Lass das!

MUSIK: Underscore

CHANTALE (alarmiert): Wo steckt der Maître? Wir brauchen ihn!

Die Tür geht auf, und ein Mann im Scheich-Kostüm kommt herein, mit Perücke, Sonnenbrille und schlechter Schminke, Bart.

MUSIK: WELTKÜCHE-Melodie macht einen Twist ins Arabische

TaGUEULE (mit arabischem Akzent): Salami aleikum!

RUND: Wer sind Sie denn?

TaGUEULE: Omar [Name TV-Koch/Köchin]. Der entfernte Verwandte von … einem bekannten Koch. So weit entfernt, dass es mich bis nach Dubai verschlagen hat. Ich bin dort der Kalif der Schnitzel!

RUND: Aber natürlich! Klar! (Schlägt sich an die Stirn.) Ich habe einen Bericht über Sie gesehen! Wer kennt ihn nicht? Drei Sterne …

TaGUEULE: Vier! Vier Sterne und acht Halbmonde habe ich erkocht.

Die Menge applaudiert begeistert, die Gäste bleiben.

IGOR (trocken): Wenn *der* Scheich, ich Prinzessin.

CHANTALE: Aber … gewöhnliches Schnitzel ist doch vom Schwein. Ich dachte, das sei Moslems verboten!

TaGUEULE: Wir nehmen … (fummelt am Bart) Kamel. Höckerschnitzel. Riesig.

IGOR: Ist Betrüger. Scheich, Maître, alles. Ich recherchieren. (Zückt sein Handy und tippt.) Komplett albern, das Ganze. Wie ein schlechter Schauspieler. Mit schlechtem Akzent.

MUSIK: WELTKÜCHE-Melodie mit arabischen Anklängen
TaGUEULE:
Nimm Kurkuma, Chili und Harissa
Kardamom, Nelken und vom Zimt-a
Macht Schnitzel zur Gewürzbomba
Wummst im Magen und im Mund-a

ALLE:
Schnitzel wird zur Gewürzbomba
Wummst im Magen und im Mund-a

TaGueule verzieht sich dabei heimlich wieder durch die Seitentür, durch die er gekommen ist, während die Leute seine Schnitzelkreationen essen.

MUSIK: Melodie WELTKÜCHE
RUND: Sagen Sie, wie schmeckt es Ihnen?
GAST 1: Unbeschreiblich
GAST 2: Göttlich
GAST 3: Zum Niederknien!
ALLE: Schnitzel orientalisch ist ein Hammer
Was Omar kocht, ist pures Manna.

MUSIK: Underscore weiter, Arabisches klingt aus

SET: Licht auf der Straße hochfahren.

Auf der Straße kommen jetzt ganz viele Menschen angerannt. Sie wollen alle ins *Manni's,* der Andrang wächst und wächst. Sie skandieren: »Schnitzel, Schnitzel!«

RUND (in die Kamera): Liebe Zuschauer! Welch dramatische Wendung bei *Angebrannt & Abgebrannt.* François TaGueule und sein Freund Omar [Name TV-Koch/Köchin] zaubern wundervolle Schnitzelgerichte, die den Gaumen in Extase versetzen. Das wird *Manni's Schnitzeleck* sicherlich vor dem Ruin und dem Verkauf bewahren.

CHANTALE: Das ist so wundervoll! Es schmeckt … herrlich! Danke!

Sie umarmt Rund und gibt ihm einen Kuss, der daraufhin perplex ist und sie anstarren muss, bis der Tontechniker ihm einen Rempler versetzt.

TaGueule kommt wieder in seinem Küchenoutfit herein, wird frenetisch beklatscht.

TaGUEULE (arrogant): So ist es recht, ihr 'ässlichen Freunde! Preiselbeert mich! Lorbeert meinen Namen!

MANN: Wo ist denn Ihr Kumpel?

TaGUEULE: Omar? (Stutzt, denkt.) Der muss … beten. Aber er kommt sicherlich wieder.

RUND (mit Kamerateam zu TaGueule): Maître, erleuchten Sie uns: Wen dürfen wir morgen erwarten?

TaGUEULE: Oh, là, là, nicht so vorwitzig. Das werdet ihr alle noch früh genug sehen.

MUSIK: Melodie WELTKÜCHE
TaGUEULE:
Isch bin euer Gott, der Maître, der Hammer
Was ich euch koch, ist pures Schnitzel-Manna!

ALLE:
Er ist ein Gott, der Maître, der Hammer
Was er uns kocht, ist pures Schnitzel-Manna!

MUSIK: aus

(Applauspunkt)

SET: schwarz

SZENE 7

SET: MF *Kingburgers* ist gleichmäßig ausgeleuchtet.
Manni's Schnitzeleck und die Straße sind dunkel.

Richi steht am Tresen, auf dem verschiedene Packungen und Tüten mit Pülverchen aufgebaut sind. Er betrachtet die Packungen nachdenklich, dann schnupft er was aus Tüte 1, grinst breit.
Die Angestellten des MF *Kingburgers* machen lustlos sauber, putzen und sind überall verteilt.
Stuck sitzt am Tisch, hat eine Liste vor sich liegen.

STUCK (angespannt): Ein Minus von 80 Prozent, seit das Team von Super TV …

KAMERATEAM (JINGLE im Barbershop-Style aus dem Off): SuperTV ist super – genau!

STUCK: … meinem Ex hilft. (Sieht zu Richi.) Wir müssen was unternehmen! Die Chinesen haben schon viermal angerufen und die Zahlen abgefragt.

RICHI (schnupft etwas aus Tüte 2): Ich weiß. (Zuckt kurz, atmet aus.) Wow! Aspartam. Das pfeift ja rein!

STUCK: Mit denen ist nicht zu spaßen. Die schicken uns Ninjas. Oder schneiden uns Finger ab!

Die Angestellten halten schlagartig inne und schauen erschrocken hoch.

ANGESTELLTE (synchron): Hä?

RICHI: Dann wären es Japaner, Hase. Die Chinesen erschlagen uns eher mit Peking Ente Kung Pao. (Schnupft etwas aus Tüte 3, krümmt sich und stößt seltsame Laute aus.) Guter Stoff! (Liest die Aufschrift:) Monoammoniumglutamat. Aha. Guuut!

MUSIK: Intro GESCHMACKSVERSTÄRKER-SONG (Reprise LECKER, LECKER)

STUCK (entsetzt): Willst du davon *noch mehr* in den Burgern einsetzen?

RICHI: Alles! Alles werde ich einsetzen! Und Mann seine Schnitzel-Rezepte klauen! (Lacht böse, reibt sich die Hände.) Ich vernichte ihn mit seinen eigenen Kreationen! *Das* ist für mich wahre Genugtuung!

STUCK: Aber das Zeug ist gefährlich.

RICHI: Ach was. Ist doch alles zugelassen. (Bietet es ihr an.) Koste!

Richi winkt die Angestellten herbei, es wird aus den Packungen heraus gekostet/geschnupft. Sie zucken, verbiegen sich, lachen etc.

STUCK (unschlüssig): Ich weiß nicht. Ich bin doch weg von dem Zeug. Die Entziehungskur war hart.

RICHI (bedrängt sie): Los! Komm schon! Nur eine Prise Maltol.

STUCK: Davon will ich nichts wissen! (Sie schüttelt den Kopf und steht auf.) Ich rufe lieber die Chinesen an und versuche, sie zu beruhigen.

Stuck geht durch die Seitentür links ab.

MUSIK: GESCHMACKSVERSTÄRKER-SONG
RICHI, ENSEMBLE

ENSEMBLE: Neotam, Neotam, Neotam, Neotam
(Background) Thaumatin, Thaumatin, Thaumatin, Thaumatin

Dabei schnupfen und tanzen sie.

STROPHE 1 (dazu parallel untermalend Background wie oben)
RICHI: Chemie ist eine starke Macht
Und hat manch Wunder schon vollbracht
Der Höhepunkt von alledem
Das sind die E's – wie schön, wie schön!

Hefeextrakt und abstruse Aromen
Ich werde die Gaumen nicht davon verschonen
Glycin, Maltol und auch Lactate
Stehen auf unserer Speisekarte

(Background aus)

ENSEMBLE: Alles undeklariert
Ungeniert
Die Gäste hamm's nicht kapiert
E's kross frittiert

REFRAIN
ALLE: Mononatriumglutamat
Die Wirkung der E's ist besonders apart
Calciumchlorid und Bernsteinsäure
Oh, wie ich mich auf das Ergebnis freue
Burger mit Schnitzel und ganz viel E
Das tut doch keinem wirklich weh.

STROPHE 2 (dazu parallel untermalend Background wie oben)
RICHI: Chemie ist wahre Zauberei
So schmeckt auch noch der schlimmste Brei
Und Fleisch, einst fad, wird zart

Sofern man an den E's nicht spart
Dikaliumiosinat
Kalium- und Calcium- und Natriumlactat
Manch einer nennt es Gesundheitsattentat
Ist mir egal, weil ich es mag

(Background aus)

ENSEMBLE: Alles undeklariert
Ungeniert
Die Gäste hamm's nicht kapiert
E's kross frittiert

MUSIK: Underscore weiter

Richi schaut auf sein Handy, dann lacht er.

RICHI: Da sind sie, die Rezepte vom *Schnitzel Bocuse* und *Schnitzel Oriental!* Ein Geschenk meines treuen Spions. Welch Genugtuung: Ich ersticke ihn mit seinen eigenen Kreationen! (Zu seinen Angestellten:) Los, feuert die Fritteusen an. Ihr: Matscht die Panade und rein mit den leckeren E's! Und ihr: Knallt die Burger zwischen die Schnitzellappen und raus mit dem Zeug!

Die Angestellten wirbeln, tanzen, matschen, werfen mit Pülverchen, koksen, bauen das Essen, alles staubt und kocht und brodelt.

STROPHE 3 (ohne Background)
RICHI: Jetzt hab ich Mann, jetzt ist er hin
Mit seinen Rezepten schlag ich ihn
Schnitzelburger mit meinen E's
Da freut sich mein Investorchines'!

MUSIK: Underscore weiter

Richi nimmt sich lachend noch eine gehörige Nase Geschmacksverstärker.
Die ersten Produkte werden zu ihm gebracht, er stapelt sie auf Tabletts.

RICHI: Los! Raus mit dem Zeug! (Wie ein Feldherr:) Bieten wir den ahnungslosen Idioten unsere *MacFried SchnitzelBurgers* an und locken sie in unseren Laden! Die besseren, billigen Kopien sind der Feind des Originals!

SET: MF *Kingburgers* bleibt gleichmäßig ausgeleuchtet, die Straße wird ebenfalls erhellt.
Manni's Schnitzeleck ist dunkel.

Richi rennt hinaus auf die Straße, wo die Menschen gerade auf dem Weg zu *Manni's* sind.
Die Angestellten schnappen sich ebenfalls Tabletts und folgen ihm, verteilen sie an die Leute. [Gerne können auch ein bis zwei ins Publikum gehen und anbieten.]

RICHI (zu den Leuten): Hier, kosten Sie! Ganz neu im *MacFried*: Schnitzelburger Oriental-Style. Und hier, versuchen Sie unsere French Schnitzel. Und hier, nicht vergessen: Das Rrruski-Schnitzel, mit Wodkageschmack!

Die Leute versuchen es, sind dann ganz begeistert und laufen sofort rüber ins MF *Kingburgers.*

SET: *Manni's* voll ausleuchten.

Manni's ist gut besucht.
TaGueule kocht gerade sehr zufrieden etwas und gibt Autogramme.
Das Team filmt, Mann ist zufrieden und zählt die Einnahmen, Igor schaut missmutig wie immer und schnippelt was, Chantale bedient.
Chantale schaut aus dem Fenster.

CHANTALE: Was ist denn da draußen los?

Einer der Kostenden auf der Straße schnappt sich ein Tablett von einem Angestellten, rennt ins *Manni's* und hält die Häppchen in die Runde.

MUSIK: Underscore aus

VERKÖSTIGTER (ruft begeistert): Hey! Kommt mal rüber ins *MacFried!* Die haben neues Zeug. Das ist tausendmal besser als das hier!

Die Leute probieren die Häppchen – und sind begeistert.

GAST: Keine Ahnung, wie das geht, aber … es schmeckt großartig!

Alle stehen auf und wechseln die Straßenseite, stürmen das MF *Kingburgers.* Das Tablett mit den Häppchen bleibt zurück.

MANN (perplex): Was ist denn hier eben passiert? (Betrachtet Tablett.) Was ist das?

CHANTALE: Das riecht ja … nach Gewürzen des Maître?

TaGUEULE: Mon dieu! (Kostet.) Oh, das ist … leider geil.

Igor kostet auch und spuckt es sofort aus.

IGOR: E 508, E 961, E 325 bis 327 (schnalzt mit der Zunge). Dazu noch Maltol und mehr Geschmacksverstärkski. Njet gut. Wie Bombe für Körper: Du isst zu viel, du machst bumm.

CHANTALE (entrüstet): Der hat unsere Rezepte geklaut!

MANN (aufgeregt): Und macht auch noch Schnitzel?

RUND (in die Kamera): Verehrte Zuschauer, ist das zu fassen? Der Konkurrent von Thomas Mann hat zurückgeschlagen. Die sichere Sanierung des *Schnitzelecks* scheint in Gefahr! Bleiben Sie bei uns und *Angebrannt & Abgebrannt!* Wir machen gleich weiter mit einem Freund von Maître TaGueule, der sich schnell neue Rezepte ausdenken muss. (Zum Kamerateam:) Cut.

TaGUEULE (murmelt): Scheiße. Ich meine Fück.

CHANTALE (inständig): Maître, wir müssen uns wehren! Sie … (Schaut ihm tief in die Augen – Magic Moment.) Sie … rufen Sie all Ihre Freunde. Wir machen ein großes Koch-Event!

RUND: Tolle Idee! TaGueule und seine Muskat-tiere! (Lacht.)

TaGUEULE (panisch): Non, das geht nicht! Sie sind alle um die Welt verteilt. Das ist ein bisschen teuer.

MANN (will loslaufen): Jetzt stecke ich ihm den Kopf in die Fritteuse! Dieser miese …

Chantale hält ihn auf.

CHANTALE: Nein, Papa! Nicht so. Wir verlassen uns auf den Maître.

TaGUEULE: Wui, Wui. (Dann leise & ohne Akzent:) Na toll. Ich bin geliefert.

CHANTALE: Was?

MUSIK: Intro GESCHMACKSVERSTÄRKER-SONG

TaGUEULE: Ich liefäre was, sagte ich. Der Küchengott lässt sein Volk nicht im Stich. Jedenfalls nicht für lange. (Geht zur Seitentür.) Isch muss mich hinlegen und denken nach. Neue Rezepte avec … Schokolade und Ratüré du Tata. Mit eine Prise Pom Tabletur. Au renoire!

TaGueule geht ab.

Auf der Straße kommt derweil Schmidt vom Gesundheitsamt angelaufen, der einen Anzug trägt und sehr nach Behörde aussieht. Er schleppt eine Aktentasche.
Er schaut sich um, sieht zuerst auf das gut gefüllte MF *Kingburgers*, in dem die Gäste sitzen und futtern. Dann nimmt er einen Zettel raus, schaut kurzsichtig darauf, sieht wieder zum MF, schüttelt den Kopf, sieht auf das *Manni's* und nickt. Dann geht er zügig darauf zu.

MANN (beruhigt sich): Du hast recht. Er hat uns schon mal geholfen, ohne dass ich an ihn geglaubt hätte. (Umarmt Chantale.) Schlimmer kann es eh nicht mehr kommen.

Schmidt rückt den Anzug zurecht und legt eine Hand auf die Klinke des *Manni's*.

SET: *Manni's* und Straße schlagartig dunkel.
Das MF *Kingburgers* bleibt voll ausgeleuchtet.

MUSIK: GESCHMACKSVERSTÄRKER-SONG
ENSEMBLE, RICHI

ENSEMBLE: Neotam, Neotam, Neotam, Neotam
(Background) Thaumatin, Thaumatin, Thaumatin, Thaumatin

Dabei schnupfen und tanzen sie.

STROPHE 4 (dazu Background wie oben)
RICHI: Chemie, so heißt die Wunderwaffe
Was ich durch E's alles erschaffe
Dinatrium-5'-Ribonucleotide

Sichern mir eine Hoch-Rendite

RICHI: Mann ist durch dank meines Spions
Und das Beste naht auch schon
Hab Weib, dann Schnitzel ihm gestohlen
Jetzt wird ihn gleich der Teufel holen

(Background aus)

ENSEMBLE: Alles undeklariert
ENSEMBLE & RICHI: Ungeniert
Die Gäste sind
Schon infiziert
Gäste schon infiziert

RICHI: Rettungslos infiziert! (Lacht, wirft mit Pulver um sich.)

MUSIK: aus

(Applauspunkt)

SET: schwarz

SZENE 8

SET: Straße und MF *Kingburgers* sind dunkel.
Das *Manni's* ist komplett ausgeleuchtet.

Straße: Vor der Tür ist als Umriss der Anzugträger Schmidt zu erkennen, der die Hand auf der Klinke hat.
Im *Manni's* sind Mann, Chantale und Igor mit dem Kamerateam alleine. Das Team dreht gerade nicht, Chantale schenkt Kaffee aus. Sie sehen ratlos aus.

RUND: Damit habe ich echt nicht gerechnet. (Zu Mann:) Sie beide mögen sich echt nicht.

MANN: Er hat mir die Frau ausgespannt. Aber inzwischen bin ich froh.

CHANTALE: Papa!

MANN: Nix *Papa*. Die Hexe kann bei dem Idioten bleiben. (Zu Rund:) Also, ich wäre bereit für *Koch sucht Frau*. Ich will was Neues.

RUND: Ach? Cool. (Macht ein Zeichen zum Kamerateam, dass es drehen soll.) Geht gleich los. (Schaut auf sein Handy, zeigt es seinem Team.) Wahnsinns-Quoten sind das! Der Sender ist ganz aus dem Häuschen. Werbeeinnahmen ohne Ende. Social Media explodiert.

CHANTALE: Ja, ja. Und wir?

Igor steht neben dem Tablett, schaut finster auf die Häppchen von MF *Kingburgers*.

CHANTALE (sinnierend): Ich weiß, was du denkst, Igor: Woher hat Richi die Rezepte des Maître?

IGOR (nickt): Haben wir Ratte im *Manni's!* Und dieser Kochkasper njet sauber.

RUND (ungläubig): Aber ich bitte Sie! Der Mann und seine Unterlagen wurden von Super TV …

KAMERATEAM (JINGLE im Barbershop-Style): SuperTV ist super – genau!

RUND (überzeugt und nervös): Der Maître ist sauber und integer.

Die Tür geht auf, und herein kommt Schmidt.

MUSIK: Intro AUFSICHTSAMT-SONG

SCHMIDT (kühl): Sauber ist gut. Aber was hörte ich da: Ratten?

MANN: Es ging nicht um echte.

SCHMIDT (kühl): Na, das finden wir ja schnell heraus. (Lächelt fies.) Mein Name ist Schmidt, Gewerbeaufsichtsamt. (Er zeigt seinen Ausweis.)

IGOR: Oh. Njet gut. (Er schaut sich um, als müsste er flüchten.)

CHANTALE (lacht): Ah, hat Sie Richi vom MF *Kingburgers* geschickt?

RUND (in die Kamera): Verehrte Zuschauer, zurück bei *Angebrannt & Abgebrannt* in der Untersparte *Volle Kontrolle*. Seien Sie live dabei, wenn Herr Schmidt seinen Rundgang macht.

SCHMIDT (kühl): Liebe Frau Mann, wir sind eine Behörde, die von selbst tätig wird. Und durch die Prominenz, die *Manni's Schnitzeleck* erlangt hat, müssen wir besondere Sorgfalt walten lassen. (Schaut sich um.) Außerdem sind mir ein paar Dinge in der Akte aufgefallen.

Schmidt setzt sich, öffnet die Tasche und nimmt einen Ordner heraus, der voll mit Post-its ist.

MANN (unkend): Oha. Das kann ja was werden.

CHANTALE (wütend): Das stinkt zum Himmel!

MUSIK: AUFSICHTSAMT-SONG
SCHMIDT, MANN, CHANTALE, RUND, IGOR

STROPHE 1
SCHMIDT: Führungszeugnis, geschätzter Herr Mann?
MANN: Warten Sie, die Papiere liegen gleich nebenan.
SCHMIDT: Die Unbedenklichkeitsbescheinigung?
CHANTALE: Papa bringt den Kerl gleich um
SCHMIDT: Da wär noch die Lebensmittelunterweisung
MANN: Ich weiß. Von der Industrie- und Handelskammer
SCHMIDT: Das vermerke ich mal in Klammern

REFRAIN
SCHMIDT: Ich schaue, prüfe, kontrolliere
Sodass ich jeden Verstoß aufspüre
Ich krieche, ich kreuche gnadenlos
Und lege jeden Missstand bloß

STROPHE 2
SCHMIDT: Gesundheitszeugnisse, bitte zu mir
CHANTALE: Die waren doch eben noch irgendwo hier
SCHMIDT: Das Arbeitsrecht macht uns doch keine Probleme?

IGOR: Njet, njet, immer bestens mit die Hygiene!
SCHMIDT: Ich meinte die Aufenthaltserlaubnis
IGOR: Oh, ich fühle große Besorgnis
SCHMIDT: Das vermerke ich mal in Klammern

REFRAIN
SCHMIDT: Ich schaue, prüfe, kontrolliere
RUND: Ich versuche, ihn zu irritieren
SCHMIDT: Sodass ich jeden Verstoß aufspüre
RUND: Oder Chantale könnte ihn verführen
SCHMIDT: Ich krieche, ich kreuche gnadenlos
RUND: Nee lieber nicht. Sonst kotzt sie los
SCHMIDT: Und lege jeden Missstand bloß

MUSIK: als Underscore weiter

SCHMIDT (blättert in seinem Ordner): Gut, gut. Wir kommen ja voran. (Zu Igor:) Arbeitserlaubnis, bitte, Herr …?

IGOR (beflissen): Rasputinski. Bin ich Saisonfachkraft und Spezialitätenkoch. (Zückt einen abgegriffenen Wisch.) Bitte. Sonderregelung.

SCHMIDT (unwirsch): Das ist ja Russisch!

IGOR (beflissen): Schauen Sie und hören Sie auf meinen Akzent, Towarischtsch: Haben Sie erwartet Inuit?

SCHMIDT (kühl): Das muss ich prüfen, Herr Rasputinski.

IGOR (lächelt): Schreiben Sie auf mit Klammer?

Schmidt wirft ihm einen bösen Blick zu.

MUSIK: AUFSICHTSAMT-SONG weiter

SCHMIDT: Betriebliche Hygiene und Lebensmittelcheck?
CHANTALE: Vom Einkauf bis zum Abfall, alles abgedeckt.
SCHMIDT: Bleibt Paragraf vier: Unzuverlässigkeit
MANN: Bin der Zuverlässigste weit und breit
SCHMIDT: Ich sehe schon Ihre große Ehrlichkeit
MANN: Sie Gesundheitswurst wollen wohl Streit?
SCHMIDT: Beamtenbeleidigung – vermerke ich in Klammern

MUSIK: als Underscore weiter

SCHMIDT: Ja, sehr schön. (Blättert.) Fleischherkunft, alles gut. (Denkt nach.) Sagen Sie mal (lauernd), die ausländischen Gewürze, die TaGueule einsetzt: Woher kommen *die* eigentlich?

MANN (verunsichert): Da müssen Sie ihn fragen.

SCHMIDT (grinst): Nein. *Sie* müssen es wissen. Sie sind als Konzessionsbesitzer verantwortlich.

Mann schaut verzweifelt zu Chantale und zu Rund.

SCHMIDT (kalt): Ah, verstehe. Sie verkaufen Essen, ohne lückenlose Nachweise über die Herkunft der Zutaten bringen zu können! (Schreibt was auf.) Das sieht nicht gut aus, Herr Mann. Abgesehen von der Beamtenbeleidigung.

RUND (leise zum Team): Verdammt! Wenn der Schmidt deswegen das *Eck* dicht macht, ist die Sendung gelaufen, und der Sender ist am Ende! (Schaut in die Runde.) Ideen?

KAMERATEAM (JINGLE im Barbershop-Style): SuperTV ist super – genau!

RUND: Das war nicht hilfreich, Leute!

CHANTALE (bittend): Aber es sind nur Gewürze!

SCHMIDT (kalt): Ohne Zulassung!

MANN: Toll. Diese Geschmacksverstärker in den Burgern werden noch mal jemand umbringen!

SCHMIDT (kalt): Mag sein. Aber *die* sind zugelassen.

MUSIK: AUFSICHTSAMT-SONG weiter
REFRAIN
SCHMIDT: Ich schaue, prüfe, kontrolliere
Sodass ich jeden Verstoß aufspüre
Ich krieche, ich kreuche gnadenlos
Und lege jeden Missstand bloß

MUSIK: als Underscore weiter

Schmidt schreibt und schreibt und schreibt, murmelt dabei Paragrafennummern.

RUND (in die Kamera): Verehrte Zuschauer, ich bin gespannt, wie das Gewerbeaufsichtsamt entscheiden wird. Es geht um die Zukunft von Thomas Mann und Chantale!

Alle schauen auf Schmidt, der seine Sachen zusammenräumt, die Tasche schließt und aufsteht.

SCHMIDT: So. Das war es schon mit meiner kleinen Inspektion. (Gibt Mann einen Zettel.) Der ist für Sie, mit allen Sachen, die in Ordnung waren. Ansonsten nur kleinere Mängel, die leicht zu beheben sind.

CHANTALE (erleichtert): Oh, wie gut! Danke!

SCHMIDT (kalt): Aber ohne den Herkunftsnachweis über die Gewürze von Maître TaGueule muss ich den Laden schließen.

MUSIK: Underscore aus

ALLE (entsetzt): WAS?

RUND (quengelnd): Es sind doch nur Kräuter, meine Fresse!

SCHMIDT (belehrend): Hasch ist auch nur Kraut, Tabak auch. Aber in der Gastronomie herrschen klare Regeln, die ich nicht gemacht habe.

MANN: Und es gibt keine Ausnahme?

Schmidt schüttelt den Kopf.

CHANTALE (bangend): Bis wann brauchen Sie die Nachweise?

SCHMIDT (kalt): Ich komme morgen wieder. Habe ich sie dann nicht und sind die Kleinigkeit nicht behoben, wird das *Manni's* dichtgemacht. Der Verkauf Ihrer Schnitzel mit den Kräutern ist natürlich vorerst gestoppt. (Stellt noch einen Schein aus und gibt ihn Mann.) Hätte ich beinahe vergessen.

MANN (sieht auf den Schein): Bitte? Eine Strafe in Höhe von 50 000 Euro?

CHANTALE: Aber wir waren unsere Schulden fast los!

SCHMIDT: Verstoß gegen die Verordnung. Das muss geahndet werden. Und die Beamtenbeleidigung.

Er erhebt sich und verlässt das *Manni's*.

MANN (resignierend): Das war's. Da komme ich nicht mehr raus.

Chantale und Rund schauen sich an, beide blicken entschlossen.

MUSIK: Reprise A&A TV
RUND, CHANTALE, KAMERATEAM

RUND: Das *Schnitzeleck* ist in Gefahr
KAMERATEAM: In Gefahr, in Gefahr
CHANTALE: Doch wer jetzt aufgibt, ist ein Narr
KAMERATEAM: Ist ein Narr, ist ein Narr
RUND & CHANTALE: Wir holen es da wieder raus
KAMERATEAM: Wieder raus, wieder raus
IGOR (bedrohlich gesprochen) Ich denke mir was Gutes aus.

MUSIK: aus.

SET: schwarz

(Applauspunkt)

SET: schwarz
Spot auf Rund.

RUND (in den Zuschauerraum, als würde er in die Kamera sprechen): Verehrte Zuschauer, wir geben ab in die Werbung. Aber in wenigen Minuten sind wir wieder da für Sie! Kämpfen Sie mit Mann und Chantale! Retten wir gemeinsam das *Schnitzeleck* und hoffen, dass TaGueule noch weiß, aus welchem Garten er das Zeug gepflückt hat! Ich zähle auf Sie!

SET: schwarz

KAMERATEAM (JINGLE im Barbershop-Style, aus dem OFF): SuperTV ist su–

RUND (schreit): Ruhe!

- PAUSE -

2. AKT

MUSIK: Intro AUFSICHTSAMT-SONG (Reprise)

SZENE 1

SET: Straße und MF *Kingburgers* sind dunkel. *Manni's Schnitzeleck* ist mit einem leichten Dimmlicht im Innern betont.

Eine Gestalt pirscht sich durch das leere, verlassene *Manni's*. Rumpelnd tastet sie sich durch die Küche, Töpfe scheppern etc. Man sieht, dass sie die montierten Kameras ausschaltet; dabei flucht sie leise auf Russisch.

MUSIK: AUFSICHTSAMT-SONG (Reprise)
IGOR

REFRAIN
IGOR: Für Mannis Rettung
Offenbar ich ein Geheimnis
Ein Rezept, das hundert Jahre lang schon mein ist
Niemand sonst darf es erfahren
Denn es war die Leibspeise meines Ahnen
(summt die Melodie weiter mit)
Die Leibspeise meines Ahnen

MUSIK: aus

Manni's:
Dann wird das Licht angemacht. Im *Manni's* wird es etwas heller und Igor sichtbar.
Er zieht ein Handy hervor und telefoniert.

IGOR (telefonierend): Dà. Babuschka, nimm das alte Buch. Von Urur-Väterchen Grigori. Schau nach bei den Rezepten.

Er sucht was zum Schreiben, findet aber nichts.

MUSIK: Intro UNSCHLAGBARES REZEPT

IGOR (telefonierend): Und jetzt sag die Reihenfolge, wie er das Schnitzel Rasputin gemacht hat. (Hört zu.) Dà. Verstanden.

Er legt auf und steckt das Handy ein. Er fängt an, in der Küche zu werkeln und Zutaten in einer Schale zu mischen.

MUSIK: UNSCHLAGBARES REZEPT
IGOR, ENSEMBLE

STROPHE 1
IGOR: Mein Ahne starb nur, weil er wusste
Das Rezept für die perfekte Kruste
Um das Schnitzel, die Panade
Für Mord waren seine Feinde sich nicht zu schade

SET: Im *Manni's* herrscht nun mystisches Licht.

Männliche Ensemble-Mitglieder umtanzen als Geisterwesen im Outfit von Rasputin Igor, der die Geister nicht sieht. Es scheint, als flüstern sie ihm die Zutaten ein. Erinnert an die Szene in der Hexenküche aus Goethes *Faust*.
Igor werkelt derweil weiter und baut an der Panade, streut und mischt beim Singen.

REFRAIN 1
ENSEMBLE (mystisch): Nimm ein bisschen Kaviar
Und auch von der Paprika
Vergiss bloß nicht die rote Beete
Weil es sonst nicht gehen täte

STROPHE 2
IGOR: Er hielt's geheim, so soll es sein.
Aß das Schnitzel stets zu Haus allein
Die Panade wirkte wunderbar
Viel besser als jedes Viagra

REFRAIN 2
ENSEMBLE (mystisch): Eine Prise Blattgold auch
Runde ab mit etwas Lauch
Sowie ein wenig Opium
Das bringt wahrlich keinen um!

STROPHE 3
IGOR: Mein guter Ahne, Herzensbrecher
Wurde Russlands Oberstecher
Sein Leben wurde niemals fade
Dank Zutaten in Panade!

Igors Streuen und Mischen beim Singen wird immer wilder, auch das Tanzen wird schneller, beschwörender.

IGOR & ENSEMBLE (mystisch-lustig): Nimm ein bisschen Kaviar
Und auch von der Paprika
Vergiss bloß nicht die rote Beete
Weil es sonst nicht gehen täte.
Eine Prise Blattgold auch
Runde ab mit etwas Lauch
Sowie ein wenig Opium
Das bringt wahrlich keinen um!
Ho, wie das schmeckt,
Das unschlagbare Rezept!
Für *Manni's* erweckt,
Das unschlagbare Rezept!

Es gibt einen Knall, und die Mischung in Igors Schüssel reagiert mit Blitz und Rauch. Schlagartig verschwinden die Rasputin-Geister.

MUSIK: aus

IGOR (lacht schallend, reckt die Schüssel mit beiden Händen empor): Igor hat ein Monster .... (hüstelt) eine Panade erschaffen! Eine Monsterpanade! Damit haben wir die Kunden am Haken! Exklusiv!

SET: Im *Manni's* herrscht nun normales Licht.
Straße und MF *Kingburgers:* Licht langsam hochziehen.

MUSIK: Underscore AUFSICHTSAMT-SONG

Straße:
Schmidt vom Ordnungsamt kommt die Straße hinab und hält auf *Manni's Schnitzeleck* zu.
Gleichzeitig tritt Richi durch eine Seitentür ins MF *Kingburgers* und schaut aus dem Fenster. Die beiden Männer winken sich zu und grinsen dabei böse.

Manni's:
Igor räuspert sich und stellt die Schüssel ab, schaut aus dem Fenster und sieht Schmidt. Schmidt sieht ihn und nickt mit fiesem Gesichtsausdruck.
Dann klopft Schmidt an die Tür des *Manni's.*

Straße & *Manni's:*
SCHMIDT: Hallo, Herr Rasputinski. Ist denn Herr TaGueule schon da? (Stimme wird gemein-singend.) Die Nachweise! Dringend! Sonst kann ich den Laden nicht freigeben.

IGOR (nickt): Dà, dà. (Schließt die Tür auf.) Kommen Sie herein.

MF *Kingburgers:*
RICHI (lacht leise): So, jetzt wird der Laden endgültig dichtgemacht!

Schmidt geht ins *Schnitzeleck,* schnuppert betont laut und rümpft die Nase.

Manni's:
SCHMIDT: Was ist denn hier angerührt worden? (Sieht auf die Schüssel.) Du meine Güte! Was ist das?

IGOR (böse-finster): Ein unschlagbares Rezept. (Deutet auf die Kühlkammertür.) Der Maître prüft gerade Zutaten. Wenn Sie mit ihm sprechen wollen?

Schmidt nickt und geht los. Igor folgt ihm und nimmt im Vorbeigehen den Schnitzelklopfer vom Tisch.
Gemeinsam verschwinden sie durch die Tür. Dann erklingen Schlaggeräusche und die Schreie von Schmidt, das Krachen von Knochen.
Plötzlich ist Ruhe.

MUSIK: Underscore aus

MF *Kingburgers:*
RICHI (sieht angestrengt aus dem Fenster): Was treiben die denn da?

Manni's:
Igor kehrt aus dem Kühlhaus zurück und ist blutverschmiert, grinst teuflisch.

IGOR: Nachweis erbracht.

Er geht zur Tür und hängt demonstrativ das OFFEN-Schild ins Fenster.

MF *Kingburgers:*
Richi sieht das und ist fassungslos, greift nach seinem Handy, tippt eine Nummer und wartet.
Aus der Kühlkammer des *Manni's* erklingt ein lustiger Klingelton.

Manni's:
Igor kehrt zur Schüssel mit der Panade zurück.

MUSIK: Underscore UNSCHLAGBARES REZEPT

IGOR: Dawai, dawai! Jetzt kann es losgehen!

Er schnappt sich die Schüssel und schüttelt die Panade in ein Panierbecken.

MF *Kingburgers:*
Richi legt auf.

RICHI: Was hat er mit Schmidt gemacht? Dem hetze ich die Bullen auf den Hals!

Richi verlässt das MF *Kingburgers* durch eine Seitentür.

SET: *Manni's* und Straße bleiben hell, MF *Kingburgers* dunkel.

Manni's:
Eine Seitentür im *Manni's* geht auf, und Chantale kommt herein.

CHANTALE (erstaunt): Oh, Igor! Du bist schon beim Vorbereiten?

IGOR (cool): Dà. Habe gemacht neue Panade. Wird der Renner. Ich schwöre!

Chantale riecht daran und sieht verwundert zu ihm, testet sie mit dem Finger und strahlt ihn breit an.

CHANTALE: Na, *der* Geschmack knallt aber rein!

IGOR: Alles natürliche Zutaten. Schmidt war da und hat erlaubt Panade. Und Öffnen von *Schnitzeleck.*

CHANTALE (erfreut): Oh, toll! Wie kam das?

IGOR: Ich habe ihn … bearbeitet. Da konnte er nicht anders.

CHANTALE (schaut auf seine Kleidung): Ist das Blut?

IGOR: Ah, das? War von Schnitzel klopfen. Schwein ganz frisch. Fast noch lebendig und quieken. (Macht engagierte Schlagbewegungen, lacht, dann räuspert er sich.) Gehe mich umziehen.

Igor geht ab.

MUSIK: Underscore aus

SET: *Manni's* und Straße bleiben hell, MF *Kingburgers* dunkel.

SZENE 2.1

SET: Straße und *Manni's* sind gleichmäßig ausgeleuchtet. Das MF *Kingburgers* ist dunkel.

Manni's:
Chantale werkelt herum, nascht gelegentlich von der Panade und deckt den Gastraum ein.

Straße:
TaGueule kommt die Straße entlang, in seinem Kochdress, die Mütze noch in der Tasche, und einen großen Koffer in der Hand. Er telefoniert via Handy.

MUSIK: Intro WIE FRÜHER (Reprise)

Straße:
TaGueule (in Hochdeutsch): Du kann mich nicht hängen lassen! Du hast es versprochen, als [Name TV-Köchin/Koch] vorbeizukommen. Und rede dich nicht mit Ethnie oder so raus! Das hätten wir … hallo?

Er flucht und bleibt stehen.

Manni's:
CHANTALE (schwankt leicht, kichert): Also, diese Panade … die macht echt gute Laune.

Sie setzt sich, schaut aus dem Fenster und sieht TaGueule, seufzt.

MUSIK: WIE FRÜHER (Reprise)
TaGUEULE, CHANTALE

STROPHE 1
CHANTALE: Was ist er für ein toller Mann
Was der am Herd so alles kann

Er ist ein wahrer Notfall-Retter
Und dazu vielleicht ein Netter?

Ich warte doch so lange schon
Auf einen Mann, für den sich's lohnt
Die meisten sind doch nur Betrüger
Werd ich langsam etwas klüger?

TaGueule geht die Straße weiter, bleibt vor der Tür des *Manni's* stehen.

STROPHE 2
TaGUEULE: Was ist das für ein Possenspiel
Mir wird das alles viel zu viel
Aber ich brauche halt die Kohle
Und auch die Lady ist nicht ohne

Ich würde gerne wieder tun
Was ich gelernt, es muss nun ruh'n
Dabei bin ich doch ein guter Mime
Es gefällt mir nicht, was ich nun spiele

REFRAIN 1
BEIDE: Wer weiß denn noch, wie's früher war
Ich wünschte, es wär wunderbar
Will doch gar nicht viel vom Leben
Ein bisschen Glück soll's für mich geben

MUSIK: weiter als Underscore

TaGueule setzt sich die Mütze auf, atmet tief durch und hat von einer Sekunde auf die nächste ein Grinsen auf dem Gesicht. Dann betritt er das *Manni's*.

TaGUEULE (überschwänglich): Bonjour, du wündervolle Schönheit!

CHANTALE: Monsieur le Maître! Schön, Sie zu sehen. (Hält ihm die Panade hin.) Kosten Sie das mal. Hat Igor gemacht, und ich muss sagen: legendär lecker!

TaGUEULE: Oh, là, là! Der russische Blini-Schnitzer war kreativ? Aber mit einem TaGueule wird er es nischt aufnähmen können! Denn isch bin ….

TaGueule kostet, schmatzt. Chantale schaut erwartungsvoll. Er versucht nochmals, zögert und gestikuliert.

TaGUEULE (zweifelnd): Na, ich weiß nischt. Etwas viel lülü …

Er versucht nochmals, gestikuliert, schnipst, macht dramatische Posen.

TaGUEULE (weniger zweifelnd): Vielleicht, vielleicht, aber weniger sanitaire …

Er nimmt einen Löffel Panade und schiebt ihn sich ganz in den Mund.

TaGUEULE (euphorisch): Isch muss sagen: très gut! Das ist famös! Grandiös und … (greift sich an den Kopf) Sacre coeur, es ist … (kichert) kuriös! (Wirft noch etwas Salz hinein.) So, jetzt ist es parfait!

CHANTALE: Das habe ich auch gesagt! Oh, wir dürfen wieder verkaufen! Igor hat das geregelt.

Beide naschen wieder von der Panade, ihre Hände berühren sich dabei.

Straße:
Rund und das TV-Team kommen die Straße entlang, sie beraten sich leise.

MUSIK: WIE FRÜHER (Reprise) weiter
TaGUEULE, CHANTALE, RUND

STROPHE 3
CHANTALE: Du bist so ein toller Mann
TaGUEULE: Non, ma chere! Das liegt nur daran
Dass du mich gefunden hast
CHANTALE: Und du das Unglück mir ersparst
Du wendest ab die große Pleite
TaGUEULE: Weil moi die besten Rezepte zubereitet

Sie lächeln sich an, reichen sich die Hände.

Straße:
Rund und das TV-Team haben das *Manni's* erreicht. Rund schaut durchs Fenster und sieht die beiden, starrt fassungslos.
Sein Team bekommt es nicht mit und redet weiter.

REFRAIN 2
CHANTAL & TaGUEULE: Es ist egal, wie's früher war
Wir fanden uns, wie wunderbar
Gefühle und ein neues Leben
Dazu hat's die Liebe gegeben.

Sie küssen sich und sinken gemeinsam auf den Boden, aus dem Blick der Zuschauer.

STROPPHE 4
RUND: Ich hoffte sehr auf sie und mich
Jetzt hat *er* sie, wie widerlich!
Das lasse ich nicht mit mir machen
Er soll sich eine Freundin backen!

MUSIK: aus

RUND: Okay, Leute. Gehen wir rein und halten Kriegsrat, was wegen dieses Schmidts zu tun ist.

(Szene weiter)

SZENE 2.2

Manni's:
Rund stürmt hinein, das Team folgt ihm.
Chantale und TaGueule schnellen in die Höhe und richten die Kleidung. Man grüßt sich ein bisschen verschämt, und das Team schaltet alle installierten Kameras wieder ein.

RUND: Hoppla. Ist da jemand hingefallen?

TaGUEULE: Oui, oui. Isch bin maladiert, und Mademoiselle Chantale hat mich küriert …

RUND: Wiederbelebt, wie es aussah. (Lässt die Kamera draufhalten.) Guten Tag, liebe Zuschauer, bei *Angebrannt & Abgebrannt.* Die Verzweiflung wegen der Schließung ist schon so groß, dass sich die hübsche Tochter von Herrn Mann in die Arme des –

CHANTALE (lacht): Nein, nein. Das war ein kleiner … Unfall.

RUND: Eher ein Umfall, was?

CHANTALE: Nichts von Bedeutung. (Verwirrt.) Ich weiß auch nicht, was mit mir los ist. Liebe geht wohl durch die Panade.

TaGueule schaut enttäuscht.

SET: Das MF *Kingburgers* wird langsam beleuchtet.

MF *Kingburgers:*
Richi und Stuck kommen rein, die Angestellten beginnen mit den Vorbereitungen. Richi schließt die Tür auf und tritt auf die Straße, schaut zum *Manni's* und schüttelt wütend den Kopf, zieht das Handy hervor.

RICHI: Polizei? Ich möchte Ihnen den Tipp geben, dass ein Mitarbeiter des Gewerbeaufsichtsamts im *Schnitzeleck* festgehalten wird. Und beeilen Sie sich! Der Mann ist in Gefahr!

Dann dreht er sich um und kehrt in seinen Laden zurück. Er nimmt sich eine Prise Geschmacksverstärker.

Manni's:
CHANTALE (grinst): Gut, dass Sie auftauchen, Herr Rund. Und die Show kann weitergehen! Das Ordnungsamt hat uns die Freigabe erteilt.

MUSIK: Intro WELTKÜCHE (Reprise)

RUND: Das ist ja prächtig! (Zu TaGueule:) Na, dann her mit Ihrem nächsten Freund! Diese Weltküche-Sache mit Ihrem Freund Omar kam verdammt gut an. Wen präsentieren Sie uns heute, Maître? Ich hatte [Name TV-Koch/Köchin] in Erinnerung.

Im Hintergrund:
Die ersten Gäste betreten das *Schnitzeleck*.
Igor kehrt in neuen Klamotten zurück und schmeißt Schnitzel in seine Panade, bereitet sie zu und verteilt Probehäppchen, die begeistert angenommen werden.

TaGUEULE (überrumpelt): Äh … Isch dachte, wir sind geschlossen. Fermé. Pleité.

CHANTALE (entsetzt): Aber … dann hast du niemanden eingeladen?

Alle starren ihn an, Rund grinst gemein.

RUND: Dann wird es wohl nichts mit der Bezahlung, Maître.

TaGUEULE (schlägt sich an die Stirn): Isch habe total vergessen, dass Kollege an der Lieferantentür wartet. Oh, isch bin noch ganz frappé. Isch hole ihn sofort.

TaGueule geht mit seinem Koffer durch die Seitentür aus dem *Manni's.*

RUND (in die Kamera): Wieder eine dramatische Wendung, geschätzte Zuschauer. Der Kampf gegen das übermächtige MF *Kingburgers* ist aufgenommen. (Sieht die neue Panade.) Oh, ein Werk des Maître?

IGOR (unwirsch): Njet! Ist meins.

Im Hintergrund werden die Gäste unter Einfluss der Opium-Panade immer ausgelassener bzw. entspannter.

RUND: Das sieht aber spannend aus. (Kostet.) Boah, das schmeckt auch super.

KAMERATEAM (JINGLE im Barbershop-Style): SuperTV ist super – genau!

RUND (lauernd): Was ist denn da drin?

IGOR (schiebt ihn weg): Ist russki Rezeptski. Hat Genehmigung von Schmidt, mehr nicht wissen die Viewer müssen.

RUND (nachdenklich): So, so.

Chantale sieht ihn misstrauisch an.
Da kommt Mann durch eine Seitentür und sieht, dass der Laden geöffnet hat und die Schnitzel verkauft werden.

MANN (verwundert): Was ist denn hier los?

CHANTALE (fröhlich): Alles wird gut! Wir haben die Zulassung bekommen.

IGOR (verlegen-abwiegelnd): Dà, dà. Habe ich geregelt. (Drischt auf Schnitzel ein.) Habe ich Bürokratie weichgeklopft.

RUND: Dann starten wir mit *Koch sucht Frau,* solange der Maître noch nicht da ist. (Zerrt Mann auf den Stuhl.) Dann sagen Sie mal in die Kamera, was Sie gerne hätten! Geben Sie Ihre Bestellung auf, verraten Sie uns die Zutaten für *Ihre* perfekte Frau.

MUSIK: Melodie WELTKÜCHE (Reprise)

MANN:
Schön und schlau wie meine Ex
Und Spaß wie sie am wilden Sex
Schöne Zähne, viel Humor
Meine Ex legte gut vor.

RUND: Kann es sein, dass Sie die Ex vermissen?
MANN: O mein Gott! Bei ihr hab ich's ver–
RUND: Zurück zum Thema, lieber Herr Mann
Erklären Sie in die Kamera, und das bitte ganz genau
Wie möchte der Koch denn seine Frau?
MANN: Wie ich schon sagte … (Unterbricht sich, denn:)

MUSIK: Underscore WELTKÜCHE (Reprise)

Die Seitentür im *Manni's* geht auf. Dieses Mal kommt TaGueule im japanischen Samurai-Outfit heraus.

TaGUEULE (mit indischem Akzent): Ni hao und namaste! Ich bin Meister Miaggi und ein guter Freund von Maître TaGeule

IGOR: Ist njet japanisch. Samurai verwirrt.

TaGUEULE: Ich bin Japaner mit chinesischem Migrationshintergrund, Russki. Adoptiert. Als Zeichen der Völkerverständigung. Und meine Mutter war Inderin. Sei mal kein Rassist.

RUND (in die Kamera): Oh, das wird spannend. Verehrte Zuschauer, das nennt man Fusion Kitchen vom Feinsten. Dann legen Sie los, Mister Miaggi.

MUSIK: WELTKÜCHE (Reprise)
TaGUEULE, RUND, ENSEMBLE, CHANTALE, MANN

STROPHE 1
TaGUEULE: Fangen wir an mit die Panadi
Geben rein noch mehr Wasabi
Dazu noch Zimt
Bis es stimmt

REFRAIN
ALLE: Wir fangen an mit die Panadi
Geben rein noch mehr Wasabi
Dazu noch Zimt
Bis es stimmt

STROPHE 2
TaGUEULE: Reich mir das Garam Masala
So schmeckt's auf jeden Fall-a
Dazu noch den Ingwa
Jetzt ist's prima

REFRAIN
ALLE: Reicht ihm das Garam Masala
So schmeckt's auf jeden Fall-a
Dazu noch den Ingwa
Jetzt ist's prima

STROPHE 3
TaGUEULE: Fertig ist Schnitzel Fusion
Ganz ohne viel Konfusion
Lecker, sagt Konfuzius
Und Miaggi macht jetzt Schluss

REFRAIN
ALLE: Fertig ist Schnitzel Fusion
Ganz ohne viel Konfusion
Lecker, sagt Konfuzius
Und Miaggi macht jetzt Schluss

TaGueule huscht zur Seitentür hinaus.

MUSIK: aus

(Applauspunkt)

RUND: Das war schnell.

MANN: Fast zu schnell.

CHANTALE: Na, wenn es doch schmeckt? (Sie kostet, macht große Augen, saugt die Luft ein.)

IGOR: Wasabi njet für Schnitzel. (Er reicht ihr ein Glas mit Milch.) Lassen wir rohem Fisch.

SET: Das MF *Kingburgers* wird beleuchtet, Straße und *Manni's* aus.

MUSIK: Underscore GESCHMACKSVERSTÄRKER-SONG

MF *Kingburgers:*
Richi schaut in seinen Gastraum, der zwar gut besucht ist, doch er wirkt unzufrieden. Stuck kommt herein, hat eine Liste dabei.

STUCK: Hier, die Zahlen sind … (Sieht aus dem Fenster.) Nanu? Ich dachte, das *Manni's* musste schließen?

RICHI: Das dachte ich auch. Keine Ahnung, was die sich haben einfallen lassen. (Zieht sein Handy hervor.) Apropos einfallen: Warum nicht? (Er tippt und nimmt sich eine Fingerspitze Geschmacksverstärker.)

STUCK: Was machst du?

RICHI: Wer die angeblich besten Schnitzel der Welt hat, wird sich doch sicherlich gerne Fachleuten stellen. Ich kenne da eine Österreicherin, die das Wiener Schnitzel bis aufs Blut verteidigen wird. (Lacht.) Das bricht Mann endgültig das Genick.

STUCK: Haben wir schon das Rezept der neuen Kreation? Es scheint höllisch gut!

RICHI: Das Wasabi-Ding? Ja, die SMS kam grad rein. Aber das andere Schnitzel vom Russen, auf das alle so abfahren, das fehlt uns. (Telefoniert.) Ah, die Frau Moser. Hören S', ich habe einen Tipp für Sie.

Er dreht sich weg und redet leise weiter.
Das Ladentelefon klingelt. Stuck geht ran.

STUCK: Hier *MacFried Kingburgers,* was kann ich … Mister Li? Was … Sie kommen zu Besuch? Die Zahlen checken und sich das neue Ladenlokal anschauen? Und für eine Besprechung? Wann dürfen wir Sie erwarten? (Sieht zu Richi, der entsetzt herumwirbelt.) Sofort? Wie schön.

Stuck legt auf und atmet tief ein, starrt Richi durchdringend an.

STUCK: Du hast unserem Investor gesagt, dass wir das *Manni's* schon haben?

Richi langt in die Dose mit dem Geschmacksverstärker und nimmt eine große Prise.

MUSIK: aus

SET: schwarz

Man hört ein lautes Schniefen von einsaugendem Geschmacksverstärker.

SZENE 3

MUSIK: Intro GENUG IST NICHT GENUG

SET: MF *Kingburgers* ist gleichmäßig ausgeleuchtet. *Manni's* und Straße sind dunkel.

Stuck hat einen Berg Akten vor sich, Richi läuft hin und her, sieht aus dem Fenster, läuft hin und her, schnupft Geschmacksverstärker.

STUCK: Was sagen wir Li?

RICHI: Was weiß ich denn? Dass es ein Bankenfehler war. (Schaut auf den Behälter.) Das war altes Aspartam. Mist, wirkt nicht mehr.

STUCK (schüttelt den Kopf): Du hast dich verändert. Diese Geschmacksverstärker machen dich kaputt. Du bist nicht mehr der Mann, den ich mochte.

RICHI (zornig): Dann geh doch zu Manni zurück! Zu dem Verlierer!

STUCK (erbost): Jedenfalls hat er mehr Ahnung vom echten Kochen als du.

RICHI: Halt einfach die Klappe! (Nimmt noch eine Prise.) Ah, Thaumatin! Besser!

Er nimmt den Behälter und stellt sich ans Fenster.

STUCK: Ich soll die Klappe halten? (Sie steht auf.) Ich weiß noch was Besseres.

Sie geht nach links ab.

SET: MF *Kingburgers* ist gleichmäßig ausgeleuchtet. Das *Manni's* und Straße jetzt auch beleuchten.

Richi bekommt zuerst nicht mit, dass Stuck gegangen ist, weil er aus dem Fenster sieht und sich das Thaumatin ununterbrochen reinpfeift.

MUSIK: GENUG IST NICHT GENUG
RICHI, STUCK, ENSEMBLE

REFRAIN
ENSEMBLE: Genug ist nicht genug
Weniger zu wollen ist Selbstbetrug
Die Welt gehört den Reichen
Und die Armen sollen weichen

Richi geht vom Fenster weg und schaut sich im Laden um.

(Handlung ab jetzt parallel zum Song)
Manni's und Straße:
Li kommt die Straße runter, schaut sich um und sieht das MF *Kingburgers,* dann das *Manni's* und stutzt. Er schwenkt auf das *Manni's* zu und liest sich die Speisekarte durch, dann betritt er den Laden.
Li schaut sich um und sieht, wie viel Trubel darin herrscht.
Das Kamerateam filmt, TaGueule kocht und macht, Igor klopft Schnitzel und die Menschen sehen alle sehr gut gelaunt aus.
Li kauft sich auch ein Schnitzel, beißt vor laufender Kamera hinein und findet es super. Er reckt den Daumen. Dann zeigt er auf das MF *Kingburgers,* anschließend auf sich und gestikuliert, dass ihm das bald alles gehören wird.
Igor kommt um die Theke mit dem Schnitzelklopfer, Mann stürzt sich ebenfalls aufgebracht auf Li, der mit dem Schnitzel in der Hand gerade noch entkommen kann. Großer Tumult!
Li flieht auf die Straße, beißt in sein Schnitzel, dann lacht er und tanzt zur Musik, verschwindet die Straße hinauf.

Mann, Igor, TaGueule und Chantale hasten auf die Straße und sehen ihm nach.

STROPHE 1
RICHI: Verbracht mein Leben
Zunächst mit Geben
Wohin hat's mich gebracht?
Ich wurd' verlacht.
Doch ich habe es nicht vergessen
Und lasse sie nun fressen
Was ich will – und füll
Sie ab mit Geschmacksverstärkern
Ganz legal.
So liegt der Fall.

REFRAIN
ENSEMBLE: Genug ist nicht genug
Weniger zu wollen ist Selbstbetrug
Die Welt gehört den Reichen
Und die Armen sollen weichen

STROPHE 2
RICHI: Ohne E kann man's vergessen
Und so bring ich sie zum Essen
Reichlich mehr und ständig
Kommen sie zu mir und wenn ich
Nun noch *Manni's* Schnitzel brate
Werd ich zu Richy Rich im Staate
Mit Li hab ich den Geldgeber
Mithalten kann da nicht jeder
Und kauf ich erst das *Schnitzeleck*
Ist Mann so was vom Fenster weg!

Richi geht in dem Moment zum Fenster, als Li die Straße runtertanzt.

RICHI: Das ist er doch! Verflucht!

Mit dem Behälter Thaumatin noch in der Hand reißt er die Tür auf und geht hinaus.

MUSIK: Underscore GENUG IST NICHT GENUG

Straße:
RICHI: Mister Li! Halt, warten Sie! Ich …

Mann, Igor, TaGueule und Chantale stehen auf der Straße.
Das Kamerateam und Rund gesellen sich dazu.

MANN: Na, dem hat unser Schnitzel aber geschmeckt. (An Richi:) Was habe ich da gehört? Ihm soll mein *Manni's* gehören? Dann stecken Sie dahinter!

RICHI (hasserfüllt zu Mann): Ich mache Sie fertig! *Fertig!* (Bewirft ihn mit Thaumatin.) Ich habe alle Ihre Rezepte!

IGOR: Njet, Towarischtsch. Hast du nicht.

TaGUEULE (ritterlich): Isch nehme den Kampf auf! Für *Manni's* und Chantale!

CHANTALE: Wir fürchten dich nicht!

RICHI (lacht irre, schnupft): Das solltet ihr aber! (Dreht sich um und rennt in seinen Laden.) Ich verschenke meine Schnitzel sogar, nur um euch zu ruinieren!

Richi geht zurück in seinen Laden (und ab).

MUSIK: aus

SET: MF *Kingburgers* ist dunkel.

Straße:
RUND: Na, das war doch mal dramatisch!

MANN: Darauf hätte ich verzichten können.

CHANTALE: Klar, der will expandieren und braucht deinen Laden, Papa. (Sieht in die Runde.) Aber sein Spion ist immer noch da.

RUND (räuspert sich): Dann drehen wir doch mal die Einkaufssequenz, mhm? Los, alle ab zum Großmarkt!

IGOR: Ich halte Stellung und mache neue Geheim-Panade.

MUSIK: Underscore UNSCHLAGBARES REZEPT

Igor wirft Rund einen prüfenden Blick zu. Rund tut gespielt unschuldig.
Alle gehen die Straße entlang und ab, bis auf Igor.

Igor geht ins *Manni's*, schaltet die Kameras aus und macht sich an die Panade.

Straße:
Die Straße kommen zwei Polizisten (m/w, je nach Besetzung) entlang geschlendert.
Sie betreten das *Manni's* und schauen sich um, dann gehen sie zu Igor, der seine Zutaten sofort mit einem Tuch abdeckt.

POLIZIST 1: Guten Tag. Sagen Sie, wir suchen Herrn Schmidt vom Gewerbeaufsichtsamt. Sie wissen nicht zufällig …?

IGOR: Gut, dass Sie da sind! Er ist in Kühlkammer und prüft. Schrecklich, schrecklich! Ist ein Regal auf ihn gefallen. Ich wollte gerade Feuerwehr anrufen. (Sieht die Beamten mit einem Lächeln an.) Wären Sie so freundlich und helfen mir? Wir müssten Regal anheben. Ist sehr schwer.

POLIZIST 2: Sicher. Die Polizei, deine helfende Hand.

POLIZIST 1: Vor allem, wenn es danach noch ein Schnitzelweck kostenlos gibt? Man hört ja so viel Gutes.

IGOR: Dà, dà. Poliziskis. Machen wir. Schnell, schnell! Retten wir Herrn Schmidt!

Igor lässt sie vorgehen und greift sich im Vorbeigehen den Schnitzelklopfer, sie gehen durch die Kühlkammertür ab.
Dann hört man das Klatschen des Klopfers und die Schreie der Polizisten, die bald verstummen.

MUSIK: Underscore aus

Igor kehrt alleine zurück, und wieder ist seine Kochschürze rot von Blutspritzern.

IGOR: Neu auf Speisekarte: Schnitzel vom Jungbullen.

SET: *Manni's* schwarz, MF *Kingburgers* erleuchtet

MUSIK: GENUG IST NICHT GENUG
STUCK

MF *Kingburgers:*
Stuck hat einen Koffer in der Hand und kommt durch die Seitentür rein, geht langsam auf die Eingangstür zu. Sie sieht sich noch einmal um und zieht einen Zettel aus der Tasche, legt ihn auf den Tresen.

REFRAIN 2
STUCK: Genug ist so was von genug
So zu kochen ist Selbstbetrug
Ich will mit Richi nicht mehr leben
Will nun nach besseren Rezepten streben.

Stuck geht raus, schaut zum *Manni's* und macht einige Schritte darauf zu, dann schlendert sie die Straße hinab.

SET: schwarz

MUSIK: aus

SZENE 4.1

MUSIK: Intro VERSUCH'S MIT MIR

SET: Straße und MF *Kingburgers* sind gleichmäßig dunkel. Ein Spot zielt auf einen Aufsteller vor dem MF, auf dem steht: *heute geschlossen.*

Manni's: beleuchtet.
Straße und MF *Kingburgers:* dunkel.

Im *Manni's* ist richtig was los. Die Gäste sind da, es wird gegessen und bestellt.
TaGueule geht radebrechend und gestikulierend von Tisch zu Tisch, um die Honneurs zu machen, Igor ist Beikoch und hilft Mann beim Zubereiten, Chantale nimmt die Bestellungen auf. Das Kamerateam sitzt und macht Mittagspause.

MANN: Igor, dein Schnitzel Rasputinski ist ungeschlagen! (Schaut in die Box.) Oh, die Panade ist gleich leer. Machst du bitte neue?

IGOR: Dà. (Schaut zu Rund.) Ist geheim. Gehe ich und mache in Kühlraum.

Igor nimmt sich schnell ein paar Zutaten und geht ab.
Rund tut unbeteiligt, aber man sieht, dass er zuhört. Er will gerade aufstehen und Igor nachgehen, da fällt sein Blick auf TaGueule und Chantale, die miteinander turteln.

MUSIK: VERSUCH'S MIT MIR
TaGUEULE, CHANTALE, RUND

STROPHE 1
RUND: Ich fühlte diesen magischen Moment
Doch bin ich unsagbar stark gehemmt

Sie hat nur Augen für TaGueule
Ach, wenn's nur käme, wie ich will.

Er geht auf sie zu und stellt sich vor sie, singt sie mutig an.

REFRAIN
RUND: Versuch's mit mir
Und ich schenke dir mein Herz
Versuch's mit mir
Damit treib ich keinen Scherz

TaGueule schaut irritiert, aber nimmt den Kampf auf.

REFRAIN
TaGUEULE: Nein, versuch's mit mir
Ich leg dir die Welt zu Füßen
Los, versuch's mit mir
TaGUEULE & RUND: Würd dich so gerne küssen!

STROPHE 2
CHANTALE: Oh, ihr lieben beiden Männer
RUND: Was willst du denn mit diesem Penner?
TaGUEULE: Der schlimmste Moderator auf dem Sender
RUND: Sagt der Koch, der Wasser anbrennen lässt
TaGUEULE: Sagt der Typ, der ständig Text vergisst

Währenddessen kommt Gastrokritikerin Moser rein, nimmt an einem Tisch Platz und macht sich Notizen.

REFRAIN 2
RUND: Versuch's mit mir
TaGUEULE: Er hat kein Geld für Nerz
Versuch's mit mir
RUND: Mit diesem Koch geht's bald abwärts
Versuch's mit mir

TaGUEULE: Das kann ich überhaupt gar nicht begrüßen
Versuch's mit mir
TaGUEULE & RUND: Würd dich so gerne küssen!

Währenddessen schaut sich Moser die Karte an, macht sich Notizen.

STROPHE 3
CHANTALE: Weiß gar nicht, wo Kopf und Herz mir steh'n!
RUND: Von mir aus kann der Koch jetzt gehen
TaGUEULE: Das hättest du wohl gern geseh'n
Ich bleib und kämpfe um Chantale
RUND: Du gewinnst niemals, du hast 'nen Knall!

MUSIK: aus

Rund und TaGueule starren sich böse an.

CHANTALE: Ich … (lacht verlegen) weiß gar nicht, was ich jetzt sagen soll.

MOSER (spricht immer mit österr. Akzent): (Hebt den Arm.) Vielleicht »Guten Tag« oder »Grüß Gott«? Das wäre schön. Ich würde gerne was bestellen, bittschön?

CHANTALE: Sicher, Verzeihung. Ich bin schon bei Ihnen.

Sie geht zu Moser.
Rund und TaGueule schauen ihr nach.
Rund zuckt zusammen und macht seinem Team mit Gesten klar, sofort aufzustehen und die Kamera draufzuhalten.

RUND (zu TaGueule): Jetzt wird sich zeigen, was Sie draufhaben, Maître. Und wenn Sie untergehen, sind Sie auch bei ihr unten durch. (In die Kamera:) Verehrte Zuschauer, hier sind wir wieder, SuperTV …

KAMERATEAM (JINGLE im Barbershop-Style): SuperTV ist super – genau!

RUND: … live aus dem *Schnitzeleck.* Hier hat soeben Frau Moser Platz genommen, die schärfste und schlechtgelaunteste Gastrokritikerin der Stadt.

MUSIK: Intro SCHNITZEL OF HELL

MOSER: Habe gehört, es gäbe hier die besten Schnitzel der Welt? Was ich nicht glaube. Denn das Wiener Schnitzel aus und in Österreich ist das beste der Welt!

Chantale will was sagen, aber TaGueule kommt angewieselt und baut sich großspurig vor ihr auf.

TaGUEULE: Pardon, aber die Ösis haben keine Ahnüng. Weder von die Schnitzél noch von die Kaffee. Isch bin –

MOSER: Franzose. Man hört es. Und das Croissant haben wir Österreicher erfunden. Ihre Grande Nation hat es frech geklaut. Und nun hätte ich gerne Schnitzel. Von Ihnen, Maître. (Sie macht sich Notizen.)

TaGUEULE: Von moi? (Herauslavierend:) Das ist doch mal-à-tête! Monsieur Mann kann das viel bessär. Er ist eins mit die Panadé!

MOSER: Aber ich will sehen, ob Sie das können, nachdem Sie so angegeben haben. Und das Schnitzel Rasputinski, von dem alle reden. Schnell.

TaGueule und Chantale gehen zu Mann.

MUSIK: SCHNITZEL OF HELL
TaGUEULE, MOSER, RICHI, ENSEMBLE

MANN: Igor mischt doch noch seine Panade

TaGueule schaut zu Rund, der ihn anfeixt, dann zu Chantale.

TaGUEULE: Ich hab seine Rezeptür bereits erraten
Die Moserin soll nischt lange warten
CHANTALE: Wenn das schiefgeht,
Wird's uns unsäglich schaden!

TaGueule nickt nur und macht sich an die Arbeit.
Rund winkt sein Kamerateam heran und hält drauf.

SET: MF *Kingburgers* wird erhellt.

MF *Kingburgers:*
Richi kommt aus der Seitentür, er hat sein Smartphone in der Hand und schaut auf den Bildschirm.

STROPHE 1
RICHI: Besser geht es ja fast nicht
Er verrät das Rezept von dem Gericht
Das ist sein Trumpf gegen mich
Ich mach es ihm einfach nach
So ein Idiot. Wie ich ihn mag!

Manni's:
TaGueule mischt und mengt.

STROPHE 2
TaGUEULE: Dies und das und davon noch
Isch bin hier der beste Koch
Die Rezeptür ist kinderleicht
Rasputinski bleibt unerreicht

TaGueule gibt es an Mann weiter, der es ausbrät.

REFRAIN
ENSEMBLE: Rezeptür kinderleicht,
Rasputinski unerreicht.

MF *Kingburgers:*
Richi macht alles nach und kostet

STROPHE 3
RICHI: Das schmeckt schrecklich, grauenhaft!
Was hat sich TaGueule dabei gedacht?
ENSEMBLE: Grauenhaft, grauenhaft
Nichts gedacht, nichts gedacht

Im *Manni's*
STROPHE 4
RUND: Das riecht beim Braten schon katastrophal
Und wird beim Essen gewiss 'ne Qual
Mit dem Schnitzel of Hell kommt das Ende vom *Eck*
Ich blende das mal lieber weg
ENSEMBLE: Schnitzel of Hell, Qual total
Das Ende vom *Eck*, blend lieber weg

Rund gibt das Zeichen, die Kamera abzuschalten, sie machen auch rasch die anderen Kameras aus.

CHANTALE (drückt die Daumen): Bitte, bitte, bitte …

MANN: Wird schon, Tochter. TaGueule kann es, hat er gesagt.

Mann hat das Schnitzel fertig gebraten, TaGueule bringt es großspurig an den Tisch.

TaGUEULE: Voilà, Madame la Klügscheißärin! Wie sagt man bei Ösis: Küss die Hand und habe die Ehre?

STROPHE 5
MOSER: Das Fleisch soll doch vom Kalb sein?
Sieht so aus, als wär's vom Hausschwein?
(kostet, würgt)
Ich sterb, ich würg, will mich übergeben
Schlechter essen tat ich selten im Leben.
Wo immer Sie lernten zu kochen
(macht sich Notizen)
Ihr Ausbilder hat bestimmt nichts gerochen
Und sicherlich auch gar keinen Geschmack
Dieses Schnitzel: ein einziges Wrack.
Ihre Kochkunst ist schmählich, Sie sind enttarnt
Und die Besucher sind nun gewarnt

Alle diskutieren nun durcheinander.

MUSIK: Underscore SCHNITZEL OF HELL

MF *Kingburgers:*
Richi schmeißt die Panade einfach weg und sieht auf seine Batterie aus Geschmacksverstärkern.

RICHI: Da weiß ich was Besseres: Ich entwerfe das erste Schnitzel, das komplett aus Geschmacksverstärkern besteht!

Er lacht irre und packt händeweise Pulver in eine Form.

SET: MF *Kingburgers* wird dunkel.
Straße und *Manni's* bleiben hell.

Manni's:
Moser: Dieses Lokal und die Gerichte sind ja eine Gefahr für Leib und Leben! Und wenn *Sie* Koch aus Frankreich sind, dann bin ich Heidi aus der Schweiz. (Grüßt.) Habe die Ehre.

Moser steht auf und verlässt das *Manni's*. Ihr Notizbuch lässt sie liegen. Es bemerkt niemand.

MUSIK: aus

CHANTALE: Halt! Das war ein Versehen!

RUND (zu TaGueule): Das war es für dich! Du Hochstapler!

TaGUEULE: Isch bringe das in Ordnüng. Ich verspreche es, Chantale! (Laut:) Madame Moserin! Madame Ösi, warten Sie!

TaGueule rennt hinaus und Moser hinterher.

RUND: Okay, einpacken. Das war's für heute. (Zu Chantale:) Das senden wir nicht, aber falls Moser das auf ihrem Blog veröffentlicht, wird es eng.

Chantale nickt und geht ab. Die Filmcrew und Rund gehen auf die Straße und ab.

(Szene weiter)

SZENE 4.2

SET: Straße und *Manni's* sind gleichmäßig ausgeleuchtet.

Stuck kommt die Straße entlang, geht ins *Schnitzeleck* und setzt sich. Mann sieht sie und stutzt.

MUSIK: Intro VERSUCH'S MIT MIR (Reprise)

MANN (verwundert-vorsichtig): Was machst du denn hier?

STUCK (seufzend): Hoffentlich ein Schnitzel bekommen.

MANN (sarkastisch): Na, das ist doch mal freche Spionage.

STUCK: Ich bin nicht mehr mit Richi zusammen. Der soll seine Glutamatbomben selbst basteln. (Steht auf.) Aber ich kann verstehen, wenn …

MANN: Bleib, warte. Ich mache dir was.

Er macht ihr rasch was zu essen.

MUSIK: VERSUCH'S MIT MIR (Reprise)
MANN, STUCK

STROPHE 1
STUCK: Das ist wirklich nett von dir
Ich würd gern sagen: Versuch's mit mir
MANN: Doch wir sind älter und auch schlauer
Daher wissen wir's genauer
Das mit uns, das würd nichts werden

REFRAIN
MANN: Wir versuchen's nie mehr
Alleine sind wir besser
STUCK: Wir versuchen's nie mehr
STUCK & MANN: Sonst greift einer von uns nach dem Messer

Beide müssen lachen.

MANN: So schlimm wäre es wohl nicht.

STUCK: Na, wir wollen mal lieber nichts riskieren.

Stuck schaut Mann beim Kochen zu, tritt zu ihm, dann legt sie Gewürze nach.

STROPHE 2
STUCK: Nimm doch noch 'ne Prise davon
MANN: Hey, das kommt beim Gaumen ziemlich gut an
Lass uns doch Rezepte entwerfen
STUCK: Das könnte die Lage rasch entschärfen
MANN: Und TaGueule wär zu entfernen
Bevor er den letzten Gast vergiftet
STUCK: Und das *Schnitzeleck* total vernichtet

REFRAIN 2
MANN: Versuchen wir's
STUCK: Gemeinsam kocht sich's besser
STUCK: Versuchen wir's
MANN & STUCK: Und das *Manni's* wird voll mit Essern!

MANN: Komm, wir schauen, was du noch an meinen Rezepten verbessern kannst.

STUCK: Das ist eine tolle Idee. (Sie sieht ihn an.) Aber mehr nicht!

MANN (wehrt entschieden ab): Da soll mich TaGueules steinhartes Schnitzel of Hell am Kopf treffen!

MUSIK: aus

Beide durch die Seitentür ab.

SET: MF *Kingburgers* bleibt dunkel, Straße dunkel, *Manni's* schwach gedimmt.

Igor kommt mit der Panade aus dem Kühlraum zurück und ist verwundert.

MUSIK: Underscore UNSCHLAGBARES REZEPT (düster)

IGOR: Ah, ich habe zu lange gebraucht. Opium zu schwer zu beschaffen. (Sieht das Büchlein der Gastrokritikerin, blättert und ist entsetzt.) Was hat dieser Froschfresser angerichtet? Hat Ruf von mein Rasputinski ruiniert!

Moser kommt die Straße herab und tritt ans *Manni's.* Sie klopft an die Tür.
Igor sieht sie, steckt das Büchlein ein und öffnet ihr.

IGOR: Dà?

MOSER: Ich habe mein Notizbuch hier liegen lassen.

IGOR: Sie sind die Kritikerin?

MOSER: Ja. Und ich durfte das schlimmste Stück Schnitzel essen, das es auf der Welt gibt. Wieso?

IGOR (grinst böse): Nur so. (Deutet auf den Boden.) Habe ich gehört was fallen. Suchen Sie mal.

Moser bückt sich und sucht.
Igor nimmt den Schnitzelklopfer und schlägt zu, Moser bricht zusammen.

IGOR: Ab heute – Schnitzel Mozart!

Igor schleift sie dunkel-böse lachend in die Kühlkammer.

MUSIK: aus

SET: schwarz

SZENE 5

MUSIK: Intro GESTÄNDNIS-SONG

SET: Straße ist gleichmäßig ausgeleuchtet. Das *Manni's* und das MF *Kingburgers* sind noch dunkel.

Straße:
TaGueule kommt die Straße zurück, er sieht niedergeschlagen aus. Er geht sehr langsam, zögert und geht aufs *Manni's* zu.

MUSIK: GESTÄNDNIS-SONG
TaGUEULE, RUND, CHANTALE, IGOR

TaGUEULE: Ich ertrage das alles keinen Tag länger
Die Kehle wird mir immer enger
Bin nicht TaGueule und kein Koch
Ich muss es gestehen, sie merken's ja doch.

MUSIK: Underscore GESTÄNDNIS-SONG weiter

Am anderen Ende der Straße erscheinen Rund und sein Team.

RUND: Da ist er ja. Und so wie er schaut, hat er Moser nicht umstimmen können.

Die Kamerafrau will die Kamera auf TaGueule anlegen, aber Rund winkt ab.

RUND: Nein, lassen wir ihn. Der Tag war mies genug, die Quoten sind mies genug. Diese Moser-Sache wird das Ende von *Angebrannt & Abgebrannt* bedeuten.

KAMERATEAM (JINGLE im Barbershop-Style, traurig): SuperTV ist nicht mehr super …

RUND (gesprochen): Genau. Ganz genau, Jungs.

SET: Straße ist gleichmäßig ausgeleuchtet. Das *Manni's* langsam erhellen, das MF *Kingburgers* bleibt noch dunkel.

Manni's:
Chantale kommt aus der Seitentür und betritt den Laden. Setzt sich und schaut sich deprimiert um. Dann erkennt sie TaGueule auf der Straße und geht zu ihm hinaus.

Straße:
TaGueule und Chantale stehen vorne, das Kamerateam mit Rund hinten.

CHANTALE: Oh, Maître! Haben Sie Moser noch …

TaGUEULE (blickt sie an und nimmt ihre Hände): Ich muss dir was gestehen, Chantale.

MUSIK: GESTÄNDNIS-SONG
TaGUEULE, RUND, CHANTALE, IGOR

STROPHE 1
TaGUEULE: Bin kein Koch, sondern nur Mime
Und ich hab Schulden, unglaublich viele
Diese Show war meine finanzielle Rettung
Ich bin Karsten und komme aus Hamburg
Und ich gebe ihn auf, den ständigen Betrug

CHANTALE: Du hast also gar keine Ahnung vom Kochen?
Das hat Igor von Anfang an gerochen
Was machen wir nun? Die Katastrophe ist perfekt
Wir sind geliefert, wenn der Sender das entdeckt

REFRAIN
BEIDE: Ich muss dir was gestehen
So kann's nicht weitergehen
Jeder hat sein Geheimnis
Auch wenn das sehr gemein ist

Rund kommt nach vorne gelaufen, ohne Kamerateam. TaGueule und Chantale erschrecken, doch er macht beruhigende Gesten.

RUND: Ich habe euch eben gehört. Keine Sorge wegen des Senders. Wir wussten, dass er ein Hochstapler ist.

BEIDE: Was?

RUND: Denkt ihr, der miese Sender hätte sich einen echten Sterne-Koch leisten können? SuperTV …

KAMERATEAM (JINGLE im Barbershop-Style): SuperTV ist super – genau!

RUND: Der Sender ist so gut wie pleite, und er wollte sich mit dem Format retten. Hat ja auch geklappt. Aber nach der Moser-Sache …

STROPHE 2
RUND: Ich muss euch auch offenbaren
Hab die Rezepte zu Richi übertragen
Damit es spannend für die Sendung bleibt
Die Quoten waren unerreicht

Manni's:
Igor kommt aus der Seitentür, schaut sich um und stellt die Panade raus. Er will gerade mit dem Schnitzelklopfen anfangen, da sieht er das Trio auf der Straße. Neugierig geht er zur Tür und öffnet sie einen Spalt, um zu lauschen.

Straße:
TaGUEULE: Ah, sieh an! Also hast du auch Dreck am Stecken! Ist ja beruhigend. Irgendwie.

RUND: Hätte ich es nicht getan, wäre die Sendung schon vorbei und das *Schnitzeleck* auch nicht gerettet. Je mehr PR für den Laden, desto besser!

REFRAIN
TRIO: Ich muss dir was gestehen
So kann's nicht weitergehen
Jeder hat sein Geheimnis
Auch wenn das sehr gemein ist

Chantale sieht zwischen den Männern hin und her.

STROPHE 3
CHANTALE: Ich war sehr verwirrt und durcheinander
(Zu TaGueule:) Wir fanden Gefallen aneinander
Doch mein Herz, ich spüre es
(Zu Rund:) gehört dir, und dir geb ich es

TaGueule ist niedergeschlagen, aber er nimmt es hin. Rund und Chantale umarmen sich.

CHANTALE: Ach ja, und Chantale ich nur mein Spitzname, wenn ich im *Manni's* arbeite. Weil er besser zu Schnitzel passt. Eigentlich heiße ich Rebekka.

TaGUEULE: Aber wir haben noch was zu erledigen, um das *Schnitzeleck* vor dem Untergang zu bewahren. (Richtet sich auf.) Was machen wir wegen Moser?

Manni's:
Igor betritt die Straße.

STROPHE 4
IGOR: Hab ich weichgeklopft die Moserin
Den Schmidt und auch zwei Bullen, alle hin,
Hängen im Kühlraum zur Entsorgung
Und meine Panade ist mit Opium

CHANTALE: Das ist jetzt nicht wahr, oder?

IGOR: Dà. Ist wahr! War Notwehr. Für *Schnitzeleck!*

REFRAIN
QUARTETT: Ich muss dir was gestehen
So kann's nicht weitergehen
Jeder hat sein Geheimnis
Auch wenn das sehr gemein ist

MUSIK: Underscore GESTÄNDNIS-SONG weiter

RUND: Wenn das rauskommt! Wir müssen die Leichen loswerden!

TaGUEULE: Ich kenne Moor gleich in der Nähe. Da tauchen die nie wieder auf.

CHANTALE: Igor, wie konntest du diese Leute nur umbringen?

IGOR (hebt Schnitzelhammer): Damit!

MUSIK: Underscore aus

CHANTALE: Nein, das meinte ich doch nicht.

TaGUEULE (freudig): Aber das bedeutet doch, dass das *Manni's* sicher ist. Wir können es noch retten! Super!

KAMERATEAM (JINGLE im Barbershop-Style): SuperTV ist super – genau!

RUND: Los, schnappen wir uns die Leichen und schaffen sie ins Moor. Und dann nehmen wir das Senden wieder auf. Mit ein bisschen Glück ist es nicht zu spät.

Er winkt sein Kamerateam herbei.
Alle gehen ins *Manni's* und dort durch eine Seitentür ab.

SET: Straße und MF *Kingburgers* dunkel. Das *Manni's* bleibt hell.

Manni's:
Mann und Stuck kommen rein. Sie lachen und halten beide Zettel in der Hand. Sie gehen in die Küche und suchen die verschiedenen Behälter raus.

MANN: Du hast die Rezepte toll verbessert.

STUCK: Das sehe ich genauso. Hätte nie gedacht, dass ich so kreativ sein kann, wenn es um Panade geht.

MUSIK: Underscore UNSCHLAGBARES REZEPT

MANN: Das Schnitzel Surprise wird der Renner. (Sieht sie an.) Ich weiß gar nicht, wie ich mich dafür bei dir bedanken soll, Sabine.

STUCK: Mach dir keine Sorgen. (Überlegt.) Wie wäre es, wenn du mich einstellst?

MUSIK: Underscore UNSCHLAGBARES REZEPT wird düster

Im Hintergrund:
Die Tür zum Kühlraum geht auf, und heraus kommen Igor und

Rund, die zusammen einen Sack schleppen. Als sie Mann und Stuck sehen, schleichen sie weiter auf die Tür zu.

MANN: Na, ich weiß nicht.

STUCK: Rebekka soll in Ruhe studieren, und solange sie bei dir noch nebenbei jobbt, wird das nichts. Also: Ich übernehme den Part unserer Tochter. (Sie hält ihm die Hand hin.)

Im Hintergrund:
Chantale und TaGueule schleppen einen zweiten Sack hinterher, keuchen und ächzen.

MANN: Einen Versuch wäre es wert. (Er schlägt ein.) Weißt du, ich könnte mich glatt in dich verlieben.

STUCK: Wenn wir beide nicht wüssten, dass wir das schon mal versucht haben … Das lassen wir mal schön bleiben.

Sie lachen.
Mann sieht die kleine Prozession aus den Augenwinkeln und wirbelt herum.

MANN (irritiert): Was macht ihr denn da?

IGOR (unschuldig): Bringen Moserin zur Tür. Einzeln.

STUCK: Was?

CHANTALE: Das erklären wir euch später. Ihr könnt uns helfen. Die Leichen müssen weg.

MANN (ungläubig): Leichen?

IGOR (herunterspielend): Sind nur bisschen tot. Kaum eklig.

STUCK (verwundert): Du meine Güte. Auf die Geschichte bin ich gespannt.

MUSIK: Underscore UNSCHLAGBARES REZEPT aus.

SET: schwarz

SZENE 6

MUSIK: Underscore WELTKÜCHE

SET: Straße, MF *Kingburgers* und *Manni's* sind gleichmäßig ausgeleuchtet.

Straße:
Leute laufen umher, die meisten interessieren sich für das *Manni's*. Richi verteilt seine Geschmacksverstärker-Burger an die Leute, die sie aber überwiegend ablehnen. Er sieht schon leicht verrückt aus. Die Leute, die den Burger annehmen, spucken den Bissen aus oder riechen angewidert daran.

Das MF *Kingburgers* ist leer, nicht mal Angestellte sind da.

Das *Manni's* ist gut besucht.
Alle sind da. Igor macht Schnitzel, Stuck und Mann bedienen gemeinsam. TaGueule läuft herum und macht Faxen.
Das Kamerateam filmt, Chantale schreibt gerade die neusten Empfehlungen auf die Tafel, wie das Schnitzel Surprise.

Straße:
RICHI (wahnsinnig): Hier! Hier, versuchen Sie meinen Maltol-Burger! Und ich habe auch Thaumatin-Schnitzel und Neotam-Currywurst! Bester Geschmack! (Lacht und rennt mit den Waren umher.) Maltol-Burger! Es gibt nichts Besseres als reinste Chemie! Sauber und ohne natürliche Zusatzstoffe!

Manni's:
Mann sieht aus dem Fenster.

MANN: Der ist komplett verrückt geworden, oder täusche ich mich?

STUCK: Das sind die Geschmacksverstärker.

IGOR: Dà. Macht Gehirn weich. Habe ich gesagt.

RUND (in die Kamera): Geschätzte Zuschauer von *Angebrannt & Abgebrannt,* SuperTV …

KAMERATEAM (JINGLE im Barbershop-Style): SuperTV ist super – genau!

Straße:
Li kommt die Straße runter, sieht Richi und weicht ihm sofort aus. Er geht auf das *Manni's* zu.

RUND: … wir melden uns heute mit der letzten Folge aus *Manni's Schnitzeleck.*

MUSIK: WELTKÜCHE (Reprise)
RUND, CHANTALE, MANN, STUCK, ENSEMBLE

RUND: Sie war'n dabei im *Schnitzeleck*
Dank Ihnen sind die Schulden weg
TaGueule hat hier was angerichtet
Und manches Schnitzel wurd' vernichtet.

ENSEMBLE: *Manni's*
TaGUEULE (gespr.): Oh, là, là, isch habe nur geholfen.
ENSEMBLE: *Schnitzeleck*
CHANTALE (gespr.): Es ist wirklich gut gelaufen!
ENSEMBLE: Jetzt sind ...
MANN (gespr.): Die Gäste strömen rein!
ENSEMBLE: ... die Schulden weg
STUCK (gespr.): Und das wird niemals mehr anders sein!

Alle lachen.

MUSIK: Underscore WELTKÜCHE

Manni's:
Li kommt herein.
Richi folgt ihm heimlich und achtet darauf, nicht gesehen zu werden. Er lauscht.

STUCK (alarmiert): Oha! Das ist Li, der Investor von Richi. Was will der hier?

IGOR: Rasputinski-Schnitzel.

CHANTALE: Oder eine Entschuldigung, weil wir ihn rausgeschmissen haben, nicht wahr, Papa!?

MANN: Von mir aus.

Li kommt an den Tresen.

MANN: Ich wollte mich bei Ihnen entschuldigen, denn –

LI (ihn unterbrechend): Nicht wichtig. Ich bin der neue Besitzer.

MUSIK: Underscore-Wechsel in A&A TV

ALLE: Was?

CHANTALE: Aber ich dachte, die Schulden bei der Bank sind beglichen?

LI: Nicht die von *Manni's.* (Zeigt auf Rund.) Nach dem Besuch hier habe ich mir die Sendung angeschaut. Ich bin ein großer Fan von *Angebrannt & Abgebrannt,* und da habe ich mir erlaubt, das marode SuperTV …

KAMERATEAM (JINGLE im Barbershop-Style): SuperTV ist super – genau!

LI: … zu kaufen. (Breitet die Arme aus.) Wir machen eine Kochshow! Mit dem Maître, aus dem *Schnitzeleck!* Jeden Tag! TaGueules Comedy Cooking! Sie sind *so* schlecht, dass es wieder lustig ist. Irgendwas zwischen Unfall, Fremdscham und genialen Momenten. Sehr seltenen genialen Momenten.

TaGUEULE (freudig): Dann habe ich ja wieder einen Job!

RUND (freudig): Und meiner ist sicher!

CHANTALE (lacht): Was für eine grandiose Werbung für uns.

Alle freuen sich und jubeln.

MUSIK: Underscore aus

Richi kommt aus der Deckung, er sieht wirr und wütend aus.

RICHI: Hey! So geht das nicht! Herr Li, Sie wollten doch, dass wir das *Manni's* dichtmachen und das *MacFried Kingburgers* …

MUSIK: Intro KATSCHING-SONG

LI: Ach, Herr Hunshauser! Schön, dass Sie hier sind. (Drückt ihm ein Papier in die Hand.) Ihre Entlassung. Ich mache die Kette zu. Dieser Geschmacksverstärker-Mist hat mich schon immer genervt. Genau wie Sie und Ihre Art.

RICHI (beißt in das Papier und lacht irre): Niemals! *Niemals!* (Stürmt hinaus und ins MF *Kingburgers.*)

MANN: Das wird ja immer besser!

LI: Aber sicherlich. Herr Mann, wenn Sie möchten, eröffnen wir in jeder Stadt ein *Manni's.* Natürlich nur mit Ihren Original-Rezepten!

Sie können mein Partner werden bei World Wide Schnitzel. Was sagen Sie dazu?

MUSIK: KATSCHING-SONG
MANN, IGOR, CHANTALE, STUCK

STROPHE 1
MANN: Das *Schnitzeleck* wird nun global
ENSEMBLE: Ka-tsching
STUCK: Mit unseren Rezepten Erfolg total
ENSEMBLE: Ka-tsching
MANN: Aber nur ohne Geschmacksverstärker
ENSEMBLE: Ka-tsching
IGOR: Und ohne Opium, sonst gibt Ärger

REFRAIN 1
ENSEMBLE: Ka-tsching, Ka-tsching
CHANTALE: Schnitzel sind wieder in
ENSEMBLE: Ka-tsching, Ka-tsching
TaGUEULE: Ob Peking oder Berlin
ENSEMBLE: Ka-tsching, Ka-tsching
MANN: Mit Bio, Tofu und natürlich
ENSEMBLE: Ka-tsching, Ka-tsching
STUCK: So schmeckt es einfach herrlich

STROPHE 2
MANN: Herr Li, ich sage gerne zu
ENSEMBLE: Ka-Tsching
STUCK: Der Erfolg erfolgt im Nu
ENSEMBLE: Ka-Tsching
CHANTALE: So wendet sich alles doch zum Guten
ENSEMBLE: Ka-Tsching
RUND: Ich hoffe, Richi wird noch mehr bluten

MUSIK: aus

MUSIK: GESCHMACKSVERSTÄRKER-SONG (Reprise)
RICHI

MF *Kingburgers:*
Richi baut und mischt die Pülverchen wie besessen.

RICHI: Das wird die neue Droge
Mit der ich die Gäste zu mir hole
Unwiderstehlich, abhängig machend
Dann bin ich der Sieger mit dem letzten Lachen
(beißt ab)
Oh, genau das ist es ja!
Alles drin … mir wird sonderbar

MUSIK: aus

Richi explodiert. Die Stücke fliegen herum.

SET: MF *Kingburgers* dunkel.

Manni's:
Alle schauen aus dem Fenster zum MF *Kingburgers*

MUSIK: Underscore KATSCHING-SONG

CHANTALE: Was war denn das?

TaGUEULE: Eine Gasexplosion!

IGOR: Njet. War Richi. Habe ich gesagt, macht bumm bei zu viel E.

Alle lachen.
Rund nimmt Chantales Hand.
Stuck will Mann's Hand nehmen, aber dann zeigt sie ihm lachend den Vogel, und er lacht auch.

Die Kamerafrau nimmt Igors Hand, und er lehnt den Kopf an ihre Schulter.

MUSIK: KATSCHING-SONG weiter
REFRAIN 2
ENSEMBLE: Ka-Tsching, Ka-Tsching
CHANTALE: Wir sind wieder im Geschäft
ENSEMBLE: Ka-Tsching, Ka-Tsching
TaGUEULE: Meine Show wird niemals abgesetzt
ENSEMBLE: Ka-Tsching, Ka-Tsching
MANN: Alles außer Wiener Schnitzel
ENSEMBLE: Ka-Tsching, Ka-Tsching
STUCK: Da fällt mir ein …

MUSIK: Underscore KATSCHING-SONG

Stuck geht ein paar Schritte zur Seite, zieht ihr Handy hervor.

STUCK: Ja? Ah, du bist's! Okay, ich brauche sofort zwei Kilo Hasch. Genau, für meine Panade. Kannst du schnell machen? Danke.

MANN: Alles in Ordnung?

STUCK: Ja, ja. Ich habe nur rasch meine Bestellung ergänzt. Sonst geht uns das Schnitzel Surprise aus.

RUND (in die Kamera): Verehrte Zuschauer, dank Herrn Li geht es nun glänzend in die Zukunft, mit den besten Schnitzeln, der besten Sendung und SuperTV …

KAMERATEAM (JINGLE im Barbershop-Style): SuperTV ist super – genau!

TaGUEULE: Schauen Sie Comedy Cooking! Sie lachen sich pappsatt!

RUND (in die Kamera): Sie wissen, bei mir geht es Rund!

Alle jubeln.

MUSIK: KATSCHING-SONG weiter
REFRAIN 3
ENSEMBLE: Ka-Tsching, Ka-Tsching
CHANTALE: Unsere Schnitzel sind die besten
ENSEMBLE: Ka-Tsching, Ka-Tsching
MANN: Ehrlich währt halt doch am längsten
ENSEMBLE: Ka-Tsching, Ka-Tsching
STUCK: Das Leben wird nicht länger mies
ENSEMBLE: Ka-Tsching, Ka-Tsching
ALLE: Mit unserem Schnitzel Surprise!
ALLE: Schnitzel Surprise!
ALLE: Schnitzel Surprise!

MUSIK: aus

(Applauspunkt)

SET: schwarz

ENDE

Die unvermeidlichen

REZEPTE

Wiener Schnitzel

das ultimative Grundrezept Mann'is Art aus dem TV-Format von Sat7 VoxTL »Schnitzelgold« (verworfen)

Zutaten (4 Portionen)

- 4 Stück Schnitzelfleisch vom Kalb, je ca. 160 g (am edelsten ist Kalbsrücken)
- Salz
- zwei Eier (Größe M)
- doppelt griffiges Mehl
- Semmelbrösel
- Wichtig sind gleichkörnige Semmelbrösel. Manche verwenden selbst gemachte aus entrindetem, ungewürztem Weißbrot, andere wiederum schwören auf die braune Kruste der Brötchen in gemahlener Form, da sie deutlich weniger Fett aufnehmen und knuspriger werden, statt sich vollzusaugen.
- Butterschmalz
- Zitrone
- Petersilie (glatt)

Zubereitung

Die Schnitzel trocken tupfen und plattieren, d. h. Frischhaltefolie über die Scheiben legen und mit einem Topf, einer Pfanne, einem Nudelholz oder einem Plattiereisen flach klopfen. Fünf Millimeter Dicke werden als perfekt angesehen.

(Dieser Schritt kann wegfallen, wenn man statt Kalb Pute, Huhn oder vegetarische Produkte nimmt.)

In drei tiefen Schalen oder Tellern die Panierstraße anlegen: ein Teller für das doppelt griffige Mehl, ein Teller für die Semmelbrösel und ein Teller für die Eimasse.

Damit die Panade in der Pfanne schön souffliert (flufft aka aufgeht),
- die Eier nicht komplett verquirlen. Das Eigelb soll noch deutlich sichtbar sein;
- es gibt Rezepte, in denen mischt man etwas Sahne oder sogar geschlagene Sahne unter das Ei;
- die Schnitzel nach dem Plattieren ganz leicht mit Wasser besprühen, bestenfalls mit einer Sprühpistole. Alternativ kann man auch einen Pinsel nutzen.

Grund: Das Wasser verdampft später beim Braten, und der Dampf wiederum sorgt dafür, dass die Panade flufft.

Reichlich Butterschmalz in einer Pfanne langsam erhitzen und das Mehl einmal durchsieben.
Da es mehrere Schnitzel geben wird, vielleicht zwei Pfannen nutzen, weil das Fett beim Braten anfangs an Hitze verlieren kann. Die Pfannen dann im Wechsel nutzen.

Die Schnitzel derweil salzen.
Weitere Gewürze, wie Pfeffer oder Muskatnuss, sind freigestellt.

Anschließend die Schnitzel nacheinander auf beiden Seiten zuerst im gesiebten Mehl drehen und überschüssiges Mehl leicht abklopfen. Dann durch die Eimasse ziehen, sodass jede Seite etwas vom Ei abbekommt. Schnitzel abtropfen lassen und zum Schluss in die Semmelbrösel legen.
Wichtig: Schnitzel in den Bröseln wenden, nicht die Brösel anpressen.
Ist das Gewicht des Fleischs nicht ausreichend, um die Brösel haften zu lassen, am besten mit der Rückseite einer Gabel behutsam andrücken. Überschüssige Brösel abklopfen.

Das vorbereitete Schnitzel nicht lagern, sondern sofort backen.
Ob das Butterschmalz heiß genug ist, erkennt man, wenn man den Stiel eines Holzkochlöffels in das Fett hält. Steigen dabei Bläschen auf, ist das Schmalz bereit. Noch besser wäre ein Infrarot-Küchenthermometer, um die 170° Celsius daran abzulesen.

Die Schnitzel ins heiße Fett gleiten lassen und schwimmend von beiden Seiten bei mittlerer Temperatur backen. Zu heißes Fett lässt die Panade rasch dunkel werden, während das Schnitzel noch nicht gar ist.
Dabei entweder die Pfanne schwenken, damit das Fett auch über die obere Seite schwappt, oder das Fett mit einem Löffel über die Schnitzel gießen.
Wichtig: Die Schnitzel mit einem Bratenheber mehrmals wenden und keinesfalls anstechen!

Je nach Stärke und Fleischsorte backen: Zwei Minuten genügen für dünne Kalbsschnitzel; dickere Schweinsschnitzel brauchen eher vier Minuten, bis sie goldbraun sind.

Die fertigen Schnitzel aus der Pfanne nehmen und auf Küchenkrepp auslegen, um überschüssiges Fett abtropfen zu lassen.
Garniert wird das Wiener Schnitzel mit Zitronenspalten und Petersilie.

Das Frühstücksschnitzel »bei Tiffany's«

aus dem TV-Format von Sat7 VoxTL *Dates First - Ein Tisch und Zwei*

Man nehme zwei millimeterdünne, kreisrund ausgestochene Schnitzelscheiben vom Kalb und bereite sie nach obigem Rezept zu.
Dazwischen und darauf setzt man vorsichtig dünne Scheiben Räucherlachs.
Auf das Türmchen kommen ein pochiertes Ei, ein wenig Sauce hollandaise, ein paar Ringe frischer Schnittlauch und zum Abschluss ein Klecks schwarzen Kaviars als Topping.
Frischkäse-Sour-Creme-Dip in einem extra Schälchen anreichen, außerdem separat frittierte Kapern und frisches Röstbrot beifügen.

Die Rezepte für pochiertes Ei, Sauce hollandaise, Frischkäse-Sour-Creme-Dip und frittierte Kapern bekommt ihr schon raus. Ist ja kein Kochbuch hier.

Tonkatsu

das japanische Schweineschnitzel aus dem Sat7 VoxTL TV-Format »Feinkost Fernost« (verworfen)

Das fertige Tonkatsu wird üblicherweise mit der gleichnamigen Soße verfeinert, einer Worcestershiresauce nicht unähnlich: latent süß, etwas säuerlich und würzig im Geschmack. Sie nimmt frittierten oder gebratenen Gerichten die Schwere und gibt ihnen einen frischen, leichten Geschmack.
Als Beilagen bieten sich Reis und japanischer Krautsalat an. Die habe ich nicht eigens aufgeführt.

Zutaten (2 Portionen)

- 2 Schweinekoteletts ohne Knochen
- Salz & Pfeffer
- 50 ml Schlagsahne
- 1 Ei (Größe M)
- 50 g doppelt griffiges Mehl
- 100 g Panko
- 2 TL Zucker
- Butterschmalz zum Ausbraten oder Rapsöl
- Tonkatsu-Soße (Feinkost- oder Asia-Laden)

Zubereitung
Frischhaltefolie über die Koteletts legen und mit einem Topf, einer Pfanne oder einem Fleischklopfer leicht plätten, bis die Scheiben circa zwei Zentimeter dick sind.
Mit Salz und Pfeffer beidseitig würzen.

Panierstraße:
1 Schüssel mit Ei und Sahne, beides verquirlen
Je 1 flache Schale mit Mehl und Panko

Die Koteletts von beiden Seiten im Mehl wenden und in die Eier-Sahne-Masse tunken. Abtropfen lassen.
Danach die Scheiben nacheinander in die Panko-Brösel geben und ringsum damit bedecken. Gerne etwas fester andrücken, damit das Panko hält. Im Gegensatz zum Wiener Schnitzel muss hier nichts soufflieren.

Die Koteletts im heißen Butterschmalz oder Öl (ca. 170 °C) schwimmend braten, jeweils vier Minuten von beiden Seiten. Alternativ kann man auch eine Fritteuse verwenden.

Danach die Scheiben auf Küchenkrepp zum Abtropfen geben und mit einem Messer in etwa zwei Zentimeter breite Streifen schneiden. Am besten ein sehr scharfes Messer nutzen und rasch schneiden, damit die Panade nicht abbricht.

Das Tonkatsu auf einem Teller zusammen mit den gewünschten Beilagen anrichten und kurz vor dem Servieren mit einem fingerdicken Streifen Tonkatsu-Soße von oben nach unten übergießen.
Für den Anfang.
Wer mehr davon will, bitte sehr!

AUS DEM TV-KONZEPT VON SAT7 VOX TL KOCHEN MIT ZOOTIEREN (VERWORFEN)

Meerschweinchen peruanische Art

Hinweis: Es ist Privatpersonen nicht gestattet, Haustiere zum Zweck des Verzehrs zu töten! Nicht, dass jemand auf seltsame Gedanken kommt.

Zutaten (eine Portion)

- 2 Meerschweinchen (ohne Fell, nicht enthäutet, aber ausgenommen und gereinigt)
- 6 mittelgroße Kartoffeln
- 100 g geröstete Erdnüsse
- 100 g Salzcracker
- 100 ml Wasser
- 300 ml Salsa-Soße
- 2 Knoblauchzehen
- Salz
- Fett zum Braten

Zubereitung
Die vorbereiteten Meerschweinchen mit Salz einreiben.

Knoblauchzehen zerdrücken und mit der Salsa-Soße vermischen, danach die Meerschweinchen damit bestreichen. Es darf ruhig etwas von der Salsa übrig bleiben. Die braucht man später noch.

Die Meerschweinchen von beiden Seiten im heißen Fett etwa dreißig Minuten braten, gelegentlich wenden.

Parallel die Kartoffeln kochen.

Die Erdnüsse fein hacken und in einer Pfanne nochmals kurz rösten. Das Wasser und restliche Salsa hinzugeben, danach die Cracker in der Soße auflösen. Die Soße sollte keinesfalls zu flüssig sein. Eventuell mit Salz, Pfeffer und Tabasco nachwürzen, sollte noch etwas fehlen.

Die gebratenen Meerschweinchen jeweils in Hälften teilen, mit Kartoffeln und Soße anrichten – fertig!

Emu-Medaillons mit Pesto

Zutaten (4 Portionen)

Für die Herstellung des Pestos:

- 2 Bund Basilikum
- 1 Zweig Rosmarin
- 1 Knoblauchzehe
- 4 EL Cashewnüsse, gesalzen und geröstet
- 50 g Käse (Parmesan)
- Salz & Pfeffer

Für die Medaillons:

- Pfeffer

Zubereitung

Für das Pesto Kräuter, Knoblauch und Cashewkerne im Mörser behutsam zu einer Paste mahlen. Den Parmesan reiben und unter die Paste rühren.
Gutes Olivenöl behutsam untermischen, bis das Pesto die gewünschte Cremigkeit hat, und mit Salz und Pfeffer abschmecken.

Die Tomaten waschen und trocken tupfen, zur Seite stellen.

Das Emufilet in sechs bis acht Medaillons schneiden. Die Rosmarinzweige unten entnadeln (Nadeln aufheben!) und je zwei seitlich in die Medaillons schieben.

Öl und Butter gemeinsam in einer Pfanne erhitzen.
Die ungeschälten Knoblauchzehen andrücken und mit den Rosmarinnadeln ins Fett geben.

Medaillons darin von jeder Seite je nach Dicke drei bis vier Minuten braten.
Die Stücke aus der Pfanne nehmen, mit Salz und Pfeffer würzen und in einer Alufolie warmhalten.

Die vorbereiteten Tomaten im Bratensud einige Minuten schmoren, salzen und pfeffern. Zwei EL Pesto zufügen und unterrühren.

Zusammen mit den Medaillons auf Tellern anrichten, das Pesto in Schälchen dazureichen.

Marinierte Krokodilsteaks

Zutaten (4 Portionen)
- 4 Krokodilsteaks
- 1 fein gehackte Schalotte
- 2 fein geschnittene Knoblauchzehen
- 1 TL fein geschnittener Ingwer
- 2 EL fein gehackter Koriander
- 3 EL Olivenöl

Zubereitung
Aus den Kräutern und dem Öl eine Marinade zubereiten, in einen Gefrierbeutel geben und die Steaks 24 Stunden darin einlegen. Dabei das Fleisch gelegentlich im Beutel massieren, damit die Marinade schön einzieht.

Die Steaks aus dem Beutel nehmen, abtropfen lassen und grobe Stücke bzw. Blätter entfernen.
Danach grillen, bis sie medium sind.

Alternativ kann man die Krokodilfilets salzen und pfeffern, mit etwas Limette beträufeln, panieren und goldbraun braten. Zum Schluss ganz dünn Limettenabrieb darübergeben.

Lamasteaks

Zutaten (4 Portionen)

- 4 Lamasteaks, ca. drei bis vier Zentimeter dick
- Butterschmalz

Zubereitung

Das Fleisch waschen und trocken tupfen.

Butterschmalz in einer Pfanne erhitzen und die Steaks bei starker Hitze von beiden Seiten etwa zwei bis drei Minuten scharf anbraten. Dabei öfters mit dem Schmalz übergießen.

Das Fleisch herausnehmen, in Alufolie einschlagen und ca. zehn Minuten im Backofen bei 120 °C ziehen lassen. Am besten ein Fleischthermometer einsetzen und auf die Kerntemperatur achten, damit es zartrosa bleibt.

Die Steaks aus dem Backofen nehmen und nochmals fünf Minuten ruhen lassen, danach herausnehmen, mit etwas Salz und Pfeffer würzen und servieren.

Gebratene Schlange

Hinweis: Manche Menschen reagieren sensibel auf den Genuss von Schlangenfleisch!

Zutaten (2 Portionen)

- 250 g Schlangenfleisch
- 100 ml Sojasoße
- 5 Nelken (ganz)
- die Knospe einer Gewürzlilie (Asia-Laden)
- Pflanzenöl
- Milch

Zubereitung:
Das Schlangenfleisch über Nacht in Milch einlegen, damit es zarter wird und seinen typischen Geruch verliert.

Danach herausnehmen, waschen und in 5 cm dicke Stücke schneiden.
Die Stücke zusammen mit Nelken und den Blütenblättern der Lilie in der Sojasoße eine Stunde marinieren.

Danach das Öl in einer Pfanne erhitzen und die Schlangenstücke nacheinander von allen Seiten ausbacken, sodass eine braune Kruste entsteht.

AUS DEM TV-KONZEPT VON SAT7 VOX TL WAS OMA DAMALS KOCHTE (VERWORFEN)

(Moritz Richter: 400 Salatrezepte der modernen feinen und bürgerlichen Küche, Verlag des Verbandes Deutscher Köche e.V., Berlin 1908)

Salatsauce à la diable

»Hart gekochte Eigelb mit Öl, Zitronensaft und Rotwein zu einer dickflüssigen Sauce gerührt und mit Senf, Salz, weissen Pfeffer, Zucker, gehackten Schalottzwiebeln und ein wenig Cayenne abgeschmeckt.«

Salatsauce Ravigote

»1 Handvoll Kerbel, ebensoviel Spinat, etwas Estragon und Lauchzwiebel (Poree) eine Minute in kochendem Wasser blanchiert, abgekühlt, ausgedrückt und mit 3 Sardellen durch ein Sieb gestrichen. Mit 3 Eigelben glatt gerührt und nach und nach mit ½ Kaffeelöffel Senf, etwas Weinessig, Salz, Pfeffer und 1/5 Liter Öl zu einer dickflüssigen Sauce angerührt.«

Türkischer Gurkensalat

»Fein geschälte Haselnusskerne mit ein wenig Knoblauch verrieben, mit frisch geriebenem Weissbrot, Zitronensaft und Wasser zu einer dicken Sauce angerührt. Die Gurkenscheiben leicht eingesalzen und mit der Sauce angemacht.«

Perigord-Salat

»Frische Trüffeln sauber gebürstet, geschält, roh in Scheiben geschnitten und mit einer Salatmarinade angemacht.«

Makkaronisalat

»Die nicht zu starken Makkaroni in Salzwasser abgekocht, in kleine Stücke geschnitten. Unter etwas fest geschlagene Sahne etwas geriebenen Meerrettich, Essig und Salz gezogen. Die Makkaroni damit angemacht, angerichtet und mit Kresse garniert.«

Pariser Kartoffelsalat

»Kartoffeln in der Schale gekocht, gleichmässig rund geschält, in Scheiben geschnitten und mit etwas trockenem Weisswein übergossen. Nach 15 Minuten mit reichlich gehackter Petersilie und Kerbel überstreut, mit einer Salatmarinade angemacht.«

AUS DEM TV-KONZEPT VON SAT7 VOXTL WOVOR SICH OMMA SCHON EKELTE (VERWORFEN)

(Amalie Seidel: Kochbuch für Stadt und Land und jede Küche, Verlag des Leipziger Stadt- und Dorfanzeigers, Leipzig 1902)

Kuheuter

»Nachdem dasselbe sehr gut ausgewässert und in Salzwasser weichgekocht ist, wird es in dünne Scheibchen geschnitten, dann in einem aus Eier und Mehl bereiteten Teige umgewendet und in Butter gelbbraun gebraten. Anzurichten mit Gemüse oder einer Sauce.«

Hirnsuppe

»Ein frisches Kalbshirn wird gewässert, blanchiert, gehäutet, in Mehl gewendet und mit feingeschnittener Petersilie in Butter gebraten, dann mit einigen gerösteten Semmelscheiben im Mörser zerstoßen, in ein Kasserol gethan, mit der erforderlichen Menge Bouillon aufgegossen und einige Zeit verkocht. Nun gießt man sie durch ein Sieb, thut noch etwas frische Butter hinzu und richtet sie über geröstete Semmel an.«

DESSERT & GESÖFF

Schnitzeleis (des Todes), Privatrezept von Thomas Mann

Die Idee ist, die Form eines Schnitzels nachzuahmen, wie es das Spaghettieis mit Pasta tut.

Zutaten

- verschiedene Eissorten (siehe Beschreibung)
- gesüßte Cornflakes
- gemahlene Haselnüsse
- Zitronenschnitz
- Preiselbeeren/beliebige Marmelade/Chutney

Je nach verwendetem »Fleisch« muss die Farbe des »Schnitzels« angepasst werden.
Für Schweinefleisch taugt Vanilleeis; eine Mischung aus Schoko und Vanille, wenn es Kalb darstellen soll; für Huhn ginge Kokos und für Pute Pfirsich.

Das »Fleisch« ist gewählt.
Man lege nun ein echtes Schnitzel auf den Teller und schichte das ausgewählte Eis zwei Finger hoch auf das Fleisch. Danach wende man das Fleisch und ziehe die Scheibe ab …
Nein, ein Scherz!
Den Umriss eines Schnitzels von Hand formen, etwa zwei Zentimeter hoch (oder höher, je nach Eishunger).

Die Panade besteht aus zerbröselten, gesüßten Cornflakes mit ein bisschen gemahlenen Haselnüssen. Wer mag, kann die Haselnüsse mit Mandeln ersetzen. Ist genug Zeit, kann man die gemahlene Nussmasse kurz ohne Fett in einer Pfanne anbräunen.

Anschließend die Panade über das Eis-Schnitzel streuen und leicht andrücken, auch die Seiten nicht vergessen.
Ist das »Schnitzel« mit der Panade bedeckt, kommt ein Zitronenschnitz zum Auspressen an den Tellerrand.

Als bunte Beigabe sind rote Marmeladen geeignet, um die Preiselbeeren nachzuahmen, wobei Preiselbeeren selbst auch passen. Oder Chutney.
Ganz wichtig: keinen Salat dazureichen!

Die Eisklippe (des Todes), Privatrezept von Thomas Mann

Sehr bliebt in Restaurants und Cafés an der Küste von Nord- und Ostsee, wenn auch noch nicht überall bei den Touristen bekannt. Fragen Sie ruhig mal in den Küstenorten und verweisen Sie gerne auf mein Buch.

Zutaten

- verschiedene Eissorten (siehe Beschreibung)
- dünner Kuchenboden, z. B. Biskuit
- Knusperwaffel
- Topping nach Belieben
- Blaubeer-Soße oder Curacao
- dunkle Kekskrümel

Die Eisklippe hat die Form eines Kuchenstücks, das an der spitzen Seite flach ist und von dort in die breite, halbrunde Seite steil nach oben verläuft.
Die Basis kann Eis oder ein dünner Kuchenboden (z. B. Biskuit) sein.

Nun bilden verschiedene Schichten Eis die Steigung zum halbrunden Ende hin, die beliebig je nach »Gesteinsart« der Klippe kombinierbar sind.
Beliebt sind Stracciatella, Vanille und Schokolade, welche die Erdtöne abbilden.
Aber auch »Kreidefelsen« aus hellen Eissorten stehen auf den Karten weit oben.

Ist die Eisklippe geformt, kommt obenauf eine dünne Knusperwaffel und ein beliebiges Topping.

Dazu wird wahlweise eine Soße aus Blaubeere oder Curacao für die Meeroptik angegossen. Alternativ können auch dunkle Kekskrümel drumherum verteilt werden, wenn die Klippe sich bei Ebbe erhebt.

AUS DEM TV-KONZEPT VON SAT7 VOXTL WAS OMA DAMALS KOCHTE (VERWORFEN)

(Amalie Seidel: Kochbuch für Stadt und Land und jede Küche, Verlag des Leipziger Stadt- und Dorfanzeigers, Leipzig 1902)

Chokoladensuppe

»In 1 Liter siedende Milch schütte man 100 bis 130 Gramm Chocolade, lasse sie kochen und quirle sie dann nach öfterem Aufrühren mit 2 bis 3 Eidottern und etwas Salz und Zucker ab, worauf man sie über in Stücke geschnittenen Zwieback anrichte.«

Nuß-Crême

»¼ Pfund Wallnußkerne werden gebrüht, geschält, gerieben, mit einem ¼ Pfund Zucker, ¼ Liter Sahne und 9 Eigelb verrührt, über dem Feuer zu einer dicken Masse geformt, fügt, wenn alles etwas abgekühlt ist, den Schnee der 9 Eiweiß hinzu, fülle die Masse in eine mit Wasser ausgespülte Form und stürzt den Crême nach dem Erkalten.«

Chaudeau

»Nachdem man 1 Flasche guten Weißwein mit 10 Eidottern, 8 Gramm Zimmet und ¼ Pfund Zucker (auf einer Zitrone abgerieben) in einem Casserol mit heißem Wasser im Ofen so lange gequirlt, bis es recht schäumig wird und anfängt zu kochen, wird es mit ein wenig Butter abgeschmeckt und in gewärmten Gläsern oder Tassen servirt. Beim Quirlen achte man darauf, daß der Boden überall berührt wird, damit es nicht anbrennt. Das Abschmecken mit Butter kann unterbleiben, doch empfiehlt es sich des besseren Geschmackes wegen.«

Limonade

»Die Limonade ist eins der angenehmsten Getränke im Sommer, sie erquickt die Menschen wie kein anderes Getränk. Man bereitet sie, indem man in ½ Liter kaltes Wasser den Saft einer Zitrone tröpfelt und Zucker, und nach Belieben weißen Wein zufügt. Manche gießen sie auch noch durch ein feines Sieb, doch ist dies gar nicht nöthig.«

Punsch-Royal

»Den Saft von 10–12 Zitronen giebt man zu 2 Pfund Zucker und übergießt dies mit ungefähr einem halben Liter kochendem, mit grünem Thee gebrühtem Wasser durch eine Serviette. Dann ist es mit Wein, Arak, Maraschino, je eine Flasche, zu vermischen und beim Serviren 1 Flasche Champagner darunter zu geben.«

Nachwort

Es ist getan und der letzte Satz kredenzt.

Beinahe.

Ich habe so viele Ideen – wie die annähernd siebzig Romane über Vampire, Zwerge, Mörder und das Weltall der letzten Jahre belegen. Manchmal ist es wahrlich knifflig, sie alle unter einen Hut zu bekommen.

Der wilde Mix des *Schnitzel Surprise* in Sachen Satire, Kochbuch und Musical-Libretto ist eine Ausnahme, in der sich die Genres ungewohnt und ungewöhnlich mischen. Das dürfte ziemlich einmalig sein. Und es hat mir verdammt viel Spaß gemacht, dieses Menü für die Leserinnen und Leser zuzubereiten.

Ich hoffe, die Surprise ist mir gelungen und hat eine unterhaltsame Zeit verschafft.

Keine Sorge – etwas Ähnliches wird es in absehbarer Zeit nicht geben. Auch wenn jetzt natürlich die Gefahr besteht, dass auf ein *reines* Kochbuch von mir gewartet wird …

Aber für mich haben die nächsten Romane erst einmal Priorität.

Die Albae drängeln im Verborgenen und wollen ihre Version der neusten Ereignisse im Geborgenen Land erzählen. Und in der Finsternis lauern Vampire und Schlimmeres auf eine weitere Gelegenheit, die Herrschaft über die Gegenwart an sich zu reißen.

Ach ja, unter meinem offenen Pseudonym MAXIM VOLAND gibt es übrigens gänzlich andere Romane von mir, ganz ohne Mystery, Vampire und Zwerge. Einer heißt DIE REPUBLIK und spielt in einer DDR, die eine führende europäische Macht geworden ist. Der andere ist ein Yakuza-Thriller namens DIE WERTLOSEN, der die japanische Mafia nach Deutschland holt. Selbstverständlich gibt es auch Schnitzel »Tonkatsu« zu essen und nicht nur Sushi.

Mein Dank geht an Lektorin Hanka Leo, die jedem falsch gesetzten Brösel in der Panade nachjagte, und den Knaur Verlag, der mich in der Versuchsküche machen ließ. Danke für das Vertrauen. Nicht zu vergessen Ingo Römling mit seinen herrlichen Mini-Zeichnungen zwischen den Kapiteln.

Und jetzt: Ran an die Eisklippe (des Todes)!
Machen wir sie berühmt!

Markus Heitz,
im Sommer 2023

Blutig, actionreich, dramatisch: Bestseller-Autor Markus Heitz kehrt mit seinem Dark-Fantasy-Roman »Die Schwarze Königin« zu den Vampiren zurück!

MARKUS HEITZ

DIE SCHWARZE KÖNIGIN

Der Busausflug nach Prag und ins Banat läuft anders, als der junge Len sich je hätte ausmalen können. Auch wenn seine Großmutter immer behauptet hatte, er sei ein Drăculeşti und der letzte Nachfahre von Vlad II, hat er selbst nie daran geglaubt. Bis er in Prag von Vampiren gejagt wird – denn Vlad und seine Familie galten als erbitterte Feinde der Blutsauger. Nun fürchten sie, dass Len ein Vorbote ist: für die Rückkehr der Schwarzen Königin! Sie wollen über ihn an die alten magisch-alchemistischen Aufzeichnungen der geheimnisvollen Herrscherin. Dumm nur, dass Len nicht den blassesten Schimmer hat. Sowohl von der Vergangenheit als auch dem Kommenden … Und die Vergangenheit hat es in sich, wie das parallele, dramatische Geschehen um Königin Barbara, Vlad Dracul und rivalisierende Vampirfürsten in Transsilvanien und der Walachei im Mittelalter zeigt.